# PERVERTA-ME

ANNA ZAIRES

♠ MOZAIKA PUBLICATIONS ♠

Publicado pela Mozaika Publications, impressão da Mozaika LLC. www.mozaikallc.com

Capa de Najla Qamber Designs
www.najlaqamberdesigns.com

Tradução de Christiane Jost, revisão de Karine Lima e Ayrton Jost.

e-ISBN: 978-1-63142-300-0
ISBN: 978-1-63142-301-7

# PRÓLOGO

Sangue.

*Está por toda parte. A poça de líquido vermelho-escuro está espalhando-se, multiplicando-se. Está nos meus pés, na minha pele, nos meus cabelos... Consigo sentir o gosto, o cheiro. Consigo senti-lo cobrindo-me. Estou afogando-me em sangue, sufocando nele.*

Não! Pare!

*Quero gritar, mas não consigo ar suficiente. Quero me mover, mas estou presa, amarrada no lugar. As cordas cortam a pele quando luto contra elas.*

*Mas consigo ouvir os gritos* dela. *Gritos inumanos de dor e agonia que me cortam, deixando minha mente tão exposta e mutilada quanto a carne dela.*

*Ele ergue a faca uma última vez e a poça de sangue se transforma em um oceano, a corrente me puxa...*

Acordo gritando o nome dele, com os lençóis molhados de suor frio.

Por um momento, fico desorientada... em seguida, lembro-me.

Ele nunca mais virá atrás de mim.

DEZOITO MESES ANTES

Eu tinha dezessete anos quando o conheci.

Dezessete anos e louca por Jake.

— Nora, vamos, isto é chato — disse Leah. Estávamos sentadas nas arquibancadas assistindo ao jogo. Futebol americano. Algo sobre o qual eu não sabia nada, mas fingia adorar porque era onde o via. Lá naquele campo, praticando todos os dias.

Eu não era a única garota observando Jake, claro. Ele era o *quarterback* e o cara mais bonito do planeta... ou, pelo menos, do subúrbio Oak Lawn de Chicago, Illinois.

— Não é chato — disse eu. — Futebol é muito divertido.

Leah revirou os olhos. — Ah, é. Vá falar com ele logo. Você não é tímida. Por que simplesmente não faz com que ele a note?

Dei de ombros. Jake e eu não frequentávamos os mesmos círculos. As líderes de torcida viviam sobre ele e eu o observara por tempo suficiente para saber que gostava de garotas altas e loiras, não morenas e baixas.

Além do mais, era divertido apenas desfrutar da atração. E eu sabia que era isso que sentia. Luxúria. Hormônios, pura e simplesmente. Eu não sabia se gostaria de Jake como pessoa, mas certamente adorava vê-lo sem camisa. Sempre que ele passava, eu sentia o coração batendo mais depressa. Eu me sentia quente por dentro e tinha vontade de me contorcer no banco.

Eu também sonhava com ele. Sonhos sensuais em que ele segurava minha mão, tocava em meu rosto e beijava-me. Meu corpo encostava no dele e esfregávamos um no outro. Nossas roupas caíam no chão.

Eu tentava imaginar como seria o sexo com Jake.

No ano anterior, enquanto eu namorara Rob, quase fomos até o fim, mas descobri que ele dormira com outra garota em uma festa enquanto estava bêbado. Ele implorou profusamente quando eu o confrontei, mas não conseguia mais confiar nele e terminamos. Agora, eu era muito mais cuidadosa com os rapazes com quem saía, apesar de saber que nem todos eram como Rob.

Mas talvez Jake fosse. Ele era popular demais para não se aproveitar disso. Ainda assim, se havia alguém com quem eu queria ter minha primeira vez, certamente era Jake.

— Vamos sair hoje à noite — disse Leah. — Só nós, garotas. Podemos ir a Chicago, comemorar o seu aniversário.

— Meu aniversário é só na semana que vem —

comentei, apesar de saber que ela tinha a data marcada no calendário.

— E daí? Podemos começar cedo.

Eu sorri. Ela estava sempre pronta para se divertir.
— Não sei. E se nos jogarem para fora de novo? Aquelas identidades não são tão boas assim...

— Iremos a outro lugar. Não precisa ser no Aristotle.

O Aristotle era a melhor boate da cidade. Mas Leah tinha razão, havia outras.

— Está bem — disse eu. — Vamos. Vamos começar mais cedo.

LEAH ME BUSCOU ÀS NOVE HORAS DA NOITE.

Ela vestia calças *jeans* escuras, uma camiseta justa preta brilhante e botas de cano alto e salto fino. Os cabelos loiros estavam perfeitamente lisos, caindo pelas costas como uma cascata.

Em contraste, eu ainda usava tênis. Os sapatos de festa estavam escondidos na mochila que eu pretendia deixar no carro de Leah. Um casaco grosso escondia a camisa *sexy* que eu usava. Não aplicara maquiagem e os cabelos castanhos longos estavam presos em um rabo de cavalo.

Saí da casa desse jeito para evitar suspeitas. Eu disse a meus pais que ficaria com Leah na casa de uma amiga. Minha mãe sorriu, dizendo-me para que me divertisse.

Agora que eu tinha quase dezoito anos, não havia mais limite de horário para voltar para casa. Bem, talvez sim, mas não formalmente. Desde que voltasse para casa antes que meus pais começassem a entrar em pânico, ou pelo menos avisasse a eles onde eu estava, não havia problema.

Quando entrei no carro de Leah, comecei a transformação.

Tirei o casaco grosso, revelando a camiseta justa que vestia por baixo. Eu colocara um sutiã para maximizar meus seios um tanto pequenos. As tiras do sutiã eram bonitas e não me senti envergonhada por elas aparecerem. Eu não tinha botas bonitas como Leah, mas levara o par de sapatos de salto alto mais bonito que tinha e que acrescentava quase dez centímetros à minha altura. Como eu precisava de cada um daqueles centímetros, calcei os sapatos.

Em seguida, peguei a bolsa de maquiagem e baixei o para-sol para que conseguisse usar o espelho.

Feições familiares me encararam de volta. Olhos castanhos grandes e sobrancelhas pretas claramente definidas dominavam o rosto pequeno. Uma vez, Rob dissera que eu parecia exótica, algo que, de certa forma, conseguia ver. Apesar de ser apenas um quarto latina, minha pele sempre parecia ligeiramente bronzeada e os cílios eram incomumente longos. Leah dizia que eram falsos, mas eram inteiramente reais.

Eu não tinha problemas com minha aparência, apesar de frequentemente desejar ser mais alta. Eram os genes mexicanos. Minha avó era pequena como eu, apesar de meus pais terem altura média. Eu não me importaria com isso, exceto que Jake gostava de garotas altas. Eu achava que ele nem me via no corredor, pois estava literalmente abaixo do nível dos olhos dele.

Suspirando, passei brilho nos lábios e um pouco de sombra nos olhos. Eu não exagerava na maquiagem porque ficava melhor com algo simples.

Leah ligou o rádio e uma das músicas pop mais recentes encheu o carro. Sorri e comecei a cantar com Rihanna. Leah também acompanhou a música e cantamos o caminho inteiro.

Antes que eu me desse conta, chegamos à boate.

Entramos como se fôssemos donas do lugar. Leah abriu um sorriso largo ao segurança e mostramos as identidades. Ele nos deixou entrar sem qualquer problema.

Nunca fôramos àquela boate antes. Ela ficava em uma parte mais antiga do centro de Chicago.

— Como você descobriu este lugar? — perguntei a Leah, gritando para ser ouvida acima da música.

— Ralph me falou sobre ele — gritou ela de volta. Revirei os olhos.

Ralph era o ex-namorado de Leah. Eles terminaram quando ele começou a agir de forma estranha, mas, por algum motivo, ainda se falavam. Eu achava que Ralph começara a usar drogas, mas não tinha certeza e Leah não me dizia nada por causa de alguma lealdade estranha a ele. Ralph era uma pessoa extremamente duvidosa e o fato de estarmos lá por recomendação dele não era muito reconfortante.

Mas não dei importância a isso. A área do lado de fora não era das melhores, mas a música era boa e a multidão tinha uma mistura agradável de pessoas.

Estávamos lá para nos divertir e foi exatamente o que fizemos na hora seguinte. Leah convenceu dois rapazes a pagar bebidas para nós duas, mas tomamos apenas uma dose. Leah porque precisava nos levar para casa dirigindo e eu porque não metabolizava o álcool muito bem. Éramos jovens, mas não burras.

Depois das bebidas, fomos dançar. Os dois rapazes que pagaram as bebidas dançaram conosco, mas gradualmente nós nos afastamos deles. Não eram muito bonitos. Leah encontrou um grupo de rapazes atraentes, com idade universitária, e ficamos perto dele. Ela começou uma conversa com um deles e eu sorri, observando-a em ação. Ela era boa em flertar.

Enquanto isso, minha bexiga avisou que eu precisava ir ao banheiro e afastei-me do grupo.

No caminho de volta, pedi ao garçom um copo d'água, pois estava com sede depois de dançar tanto.

Ele me entregou o copo e bebi avidamente. Quando terminei, larguei o copo sobre o balcão e ergui o olhar.

Diretamente para um par de olhos azuis penetrantes.

Ele estava sentado do outro lado do bar, a poucos metros de distância. E estava encarando-me.

Eu o encarei de volta. Não consegui evitar. Era provavelmente o homem mais bonito que eu já vira.

Os cabelos dele eram escuros e ligeiramente ondulados. O rosto era duro e masculino, com feições perfeitamente simétricas. As sobrancelhas escuras e retas emolduravam os olhos estranhamente pálidos. E a boca poderia pertencer a um anjo caído.

Subitamente, senti-me quente ao imaginar aquela boca tocando minha pele, meus lábios. Se eu corasse com facilidade, estaria totalmente vermelha.

Ele se levantou e andou na minha direção, ainda mantendo meu olhar. Seus passos eram preguiçosos e calmos. Era um homem totalmente confiante. E por que não? Ele era lindo e sabia disso.

Ao se aproximar, percebi que era um homem grande. Alto e musculoso. Eu não sabia a idade dele, mas achei que estivesse mais próximo dos trinta do que dos vinte anos. Um homem, não um garoto.

Ele parou ao meu lado e tive que me lembrar de respirar.

— Qual é o seu nome? — perguntou ele em tom suave. De alguma forma, a voz dele superou a música, o tom profundo audível mesmo com o ambiente barulhento.

— Nora — disse eu baixinho, olhando para ele. Eu estava completamente hipnotizada e tinha certeza de que ele sabia disso.

Ele sorriu. Os lábios sensuais se abriram, revelando dentes brancos uniformes. — Nora. Gostei.

Ele não se apresentou. Reuni coragem e perguntei:
— E qual é o seu nome?

— Pode me chamar de Julian — disse ele. Observei os lábios dele movendo-se. Eu nunca estivera tão fascinada pela boca de um homem.

— Quantos anos você tem, Nora? — perguntou ele em seguida.

Eu pestanejei. — Vinte e um.

A expressão dele ficou sombria. — Não minta para mim.

— Quase dezoito — admiti relutantemente. Torci para que ele não contasse ao garçom e fizesse com que eu fosse expulsa de lá.

Ele assentiu, como se eu tivesse confirmado suas suspeitas. Em seguida, ergueu a mão e tocou no meu rosto de leve, gentilmente. Ele passou o polegar sobre meu lábio inferior, como se estivesse curioso para ver a textura.

Fiquei tão chocada que nem me mexi. Ninguém fizera isso antes, tocar-me de forma tão casual, tão possessiva. Eu me senti quente e fria ao mesmo tempo e um arrepio de medo desceu pela espinha. Não havia hesitação nas ações dele. Ele não pediu permissão, não parou para ver se eu o deixaria me tocar.

Ele simplesmente me tocou. Como se tivesse o direito de fazer isso. Como se eu pertencesse a ele.

Trêmula, respirei fundo e recuei. — Preciso ir embora — sussurrei. Ele assentiu novamente, obser-vando-me com uma expressão inescrutável no rosto belo.

Eu sabia que ele estava me deixando ir embora e senti-me ridiculamente grata. Algo dentro de mim dizia que ele poderia ter ido mais longe com facilidade, que não jogava pelas regras normais.

Algo dentro de mim dizia que ele era a criatura mais perigosa que eu já conhecera.

Virei-me e abri caminho pela multidão. Minhas mãos tremiam e o coração parecia estar na garganta.

Eu precisava ir embora. Chamei Leah e fiz com que ela me levasse para casa.

Ao sairmos da boate, olhei para trás e vi-o novamente. Ele ainda me encarava.

Havia uma promessa sombria no olhar dele, algo que me fez estremecer.

2

As três semanas seguintes passaram como um borrão. Comemorei meu décimo oitavo aniversário, estudei para as provas finais, saí com Leah e minha outra amiga, Jennie, fui a jogos de futebol para ver Jake jogar e preparei-me para a formatura.

Tentei não pensar novamente no incidente na boate. Sempre que pensava naquilo, sentia-me uma covarde. Por que eu fugira? Julian mal me tocara.

Não conseguia entender minha reação estranha. Eu ficara excitada, mas ridiculamente apavorada ao mesmo tempo.

E agora, minhas noites eram inquietas. Em vez de sonhar com Jake, frequentemente acordava sentindo-me quente e desconfortável e com um latejar intenso entre as pernas. Imagens sexuais sombrias invadiam meus sonhos, coisas em que eu nunca pensara. Muitos deles envolviam Julian fazendo alguma coisa comigo, normalmente quando eu estava indefesa.

Às vezes, eu achava que estava ficando louca.

Tirando aquele pensamento perturbador da mente, concentrei-me em me vestir.

A formatura da escola era naquele dia e eu estava empolgada. Leah, Jennie e eu tínhamos grandes planos para depois da cerimônia. Jake daria uma festa na casa dele. Seria a oportunidade perfeita para finalmente falar com ele.

Eu usava um vestido preto sob o vestido azul da formatura. Era simples, mas ficava muito bem, mostrando minhas curvas pequenas. Também estava calçando sapatos de salto muito alto. Era um pouco demais para a cerimônia de formatura, mas eu precisava da altura extra.

Meus pais me levaram de carro até a escola. Naquele verão, eu esperava economizar bastante dinheiro para comprar meu próprio carro para ir para a faculdade. Eu iria a uma faculdade local porque era mais barato e continuaria morando em casa.

Eu não me importava. Meus pais eram agradáveis e nós nos dávamos bem. Eles me davam muita liberdade, provavelmente porque achavam que eu era uma garota boa que nunca se metia em encrencas. Em sua maioria, eles estavam certos. Além das identidades falsas e das excursões ocasionais às boates, eu levava uma vida bem tranquila. Não bebia demais, não fumava, não usava nenhum tipo de droga, apesar de ter experimentado maconha uma vez em uma festa.

Chegamos à escola e encontrei Leah. Na fila da cerimônia, esperamos pacientemente que nosso nome fosse chamado. Era um dia perfeito do início de junho, sem estar quente nem frio demais.

O nome de Leah foi chamado primeiro. Para sorte dela, seu sobrenome começava com "A". Meu sobrenome era Leston e eu teria que esperar mais trinta minutos. Felizmente, a turma da formatura tinha apenas cem pessoas. Era uma das vantagens de morar em uma cidade pequena.

Meu nome foi chamado e avancei para receber o diploma. Olhando para a multidão, sorri e acenei para meus pais. Fiquei feliz por eles parecerem tão orgulhosos.

Apertei a mão do diretor e virei-me para voltar para o banco.

E, naquele momento, eu o vi novamente.

O sangue congelou em minhas veias.

Ele estava sentado no fundo, observando-me. Consegui sentir seus olhos sobre mim, mesmo à distância.

De alguma forma, consegui descer do palco sem cair. Minhas pernas tremiam e minha respiração estava muito mais acelerada do que o normal. Sentei-me ao lado dos meus pais e rezei para que não notassem meu estado.

Por que Julian estava lá? O que ele queria de mim? Respirando fundo, tentei me acalmar. Obviamente, ele estava lá por causa de outra pessoa. Talvez tivesse um irmão ou uma irmã na minha turma. Ou algum outro parente.

Mas eu sabia que estava mentindo para mim mesma.

Eu me lembrei daquele toque possessivo. E sabia que ele não terminara comigo.

Ele me queria.

Ao pensar nisso, um arrepio desceu pela minha espinha.

EU NÃO O VI DEPOIS DA CERIMÔNIA E FIQUEI ALIVIADA. Fomos no carro de Leah até a casa de Jake. Ela e Jennie foram conversando o caminho inteiro, empolgadas por terem terminado a escola e para começar a próxima fase da vida.

Normalmente, eu participaria da conversa, mas estava muito perturbada depois de ver Julian e fiquei em silêncio. Por algum motivo, eu não contara a Leah que o conhecera na boate. Só dissera que estava com dor de cabeça e que queria ir para casa.

Eu não sabia por que não conseguia falar com Leah sobre Julian. Não tinha problema nenhum em falar sobre Jake. Talvez fosse porque era difícil demais descrever como Julian me fazia sentir. Ela não entenderia por que ele me assustava.

Eu mesma não entendia.

Quando chegamos à casa de Jake, a festa estava a todo vapor. Eu ainda estava determinada a falar com Jake, mas estava assustada demais depois de ter visto

Julian mais cedo. Decidi que precisava de um pouco de coragem líquida.

Deixando as garotas, fui até o barril e servi um copo de ponche. Cheirando-o, vi que certamente tinha álcool e bebi o copo inteiro.

Quase imediatamente, comecei a me sentir tonta. Como eu descobrira nos anos anteriores, minha tolerância a álcool era praticamente inexistente. Um copo era o meu limite.

Vi Jake andando para a cozinha e segui-o até lá.

Ele estava fazendo uma limpeza, jogando no lixo alguns copos extras e pratos de papel sujos.

— Quer ajuda com isso? — perguntei.

Ele sorriu, com os olhos castanhos brilhando. — Ah, claro, obrigado. Seria demais. — Os cabelos eram um pouco longos e caíam em cachos na testa, fazendo com que ele parecesse muito bonito.

Eu derreti um pouco por dentro. Ele era tão lindo. Não da forma perturbadora de Julian, mas de forma agradavelmente confortável. Jake era alto e musculoso, mas não tão grande assim, considerando que jogava futebol. Uma vez, Jennie me dissera que ele não era grande o suficiente para jogar na universidade.

Eu o ajudei na limpeza, removendo alguns farelos do balcão e limpando o ponche que derramara no chão. O tempo inteiro, meu coração bateu mais depressa.

— Nora, certo? — perguntou Jake, olhando para mim.

Ele sabia meu nome!

Eu abri um sorriso largo. — Isso mesmo.

— Foi muito simpático de sua parte me ajudar, Nora — disse ele com sinceridade. — Gosto de dar festas, mas a limpeza é sempre uma chatice no dia seguinte. Portanto, agora tento limpar um pouco durante a festa antes que fique uma bagunça completa.

Meu sorriso aumentou e assenti. — Claro.

Aquilo fazia muito sentido. Adorei o fato de ele parecer tão atencioso e simpático.

Começamos a conversar. Ele me contou sobre os planos que tinha para o ano seguinte. Diferentemente de mim, ele iria para a universidade em outro lugar. Eu disse a ele que planejava ficar na cidade nos dois anos seguintes para economizar dinheiro. Depois disso, queria me transferir para uma universidade real.

Ele assentiu aprovadoramente e disse que era uma decisão inteligente. Ele pensara em fazer algo seme-lhante, mas tivera a sorte de conseguir uma bolsa inte-gral para a Universidade do Michigan.

Sorri e dei os parabéns a ele. Por dentro, eu pulava de alegria.

Estávamos nos dando bem. Estávamos, de verdade! Ele gostava de mim, eu consegui perceber. Ai, por que eu não me aproximara dele antes?

Conversamos por cerca de vinte minutos até que alguém entrou na cozinha procurando Jake.

— Ei, Nora — disse Jake antes de voltar para a festa. — Você vai fazer alguma coisa amanhã?

Balancei a cabeça negativamente, prendendo a respiração.

— Que tal irmos ao cinema? — sugeriu Jake. — E

talvez jantar naquele restaurantezinho de frutos do mar?

Sorri e assenti como uma idiota. Eu estava com medo demais de dizer algo imbecil e mantive a boca fechada.

— Ótimo — disse Jake, sorrindo de volta. — Então, busco você às seis.

Ele voltou a ser o anfitrião da festa e eu me juntei novamente às garotas. Ficamos lá por mais algumas horas, mas não falei novamente com Jake. Ele estava rodeado de amigos e eu não queria interromper.

Mas, de vez em quando, eu o via olhando para mim e sorrindo.

~

EU FLUTUEI PELAS VINTE E QUATRO HORAS SEGUINTES. Contei a Leah e Jennie o que acontecera e elas ficaram empolgadas por mim.

Em preparação para o encontro, coloquei um vestido azul bonito e botas marrons de salto alto. Eram uma mistura de botas de caubói e algo mais sofisticado e eu sabia que ficavam bem em mim.

Jake me buscou às seis horas em ponto.

Fomos ao restaurante que ele sugerira, um local popular não muito longe do cinema. Era um lugar agradável, não formal demais.

Perfeito para um primeiro encontro.

Nós nos divertimos muito. Descobri mais algumas

coisas sobre Jake e a família dele. Ele também me fez algumas perguntas e descobrimos que gostávamos dos mesmos tipos de filmes. Eu não suportava filmes melosos e adorava histórias de fim do mundo com muitos efeitos especiais. Pelo jeito, Jake também.

Depois do jantar, fomos ao cinema. Infelizmente, não era sobre o apocalipse, mas ainda era um filme de ação muito bom. Durante o filme, Jake colocou o braço sobre meus ombros e mal consegui conter a excitação. Eu torci para que ele me beijasse naquela noite.

Quando o filme terminou, fomos passear no parque. Era tarde, mas eu me senti totalmente segura. A taxa de criminalidade na nossa cidade era insignificante e o lugar era muito iluminado.

Estávamos andando e Jake segurava minha mão. Conversávamos sobre o filme. Em certo momento, ele parou e simplesmente me encarou.

Eu sabia o que ele queria. Era também o que eu queria.

Olhei para ele e sorri. Ele sorriu de volta, colocou as mãos nos meus ombros e abaixou-se para me beijar.

Os lábios dele eram macios e o hálito cheirava à menta do chiclete que ele mascara mais cedo. O beijo foi gentil e agradável, tudo o que eu esperara que fosse.

E, em um piscar de olhos, tudo mudou.

Eu nem sei o que aconteceu nem como aconteceu. Em um segundo, eu estava beijando Jake e, no próximo, ele estava caído no chão inconsciente. Uma pessoa grande estava sobre ele.

Abri a boca para gritar, mas não consegui soltar um som sequer antes que uma mão grande cobrisse minha boca e meu nariz.

Senti uma picada no lado do pescoço e o mundo ficou completamente escuro.

3

Acordei com uma dor de cabeça intensa e o estômago enjoado. Estava escuro e eu não conseguia ver nada.

Por um segundo, não consegui me lembrar do que acontecera. Eu bebera demais em uma festa? Mas minha mente clareou e os eventos da noite anterior surgiram rapidamente. Lembrei-me do jeito e... Jake! Ai, meu Deus, o que acontecera com Jake?

O que acontecera comigo?

Eu me senti tão aterrorizada que só fiquei deitada lá, tremendo.

Eu estava deitada em algo confortável. Provavelmente, uma cama com um bom colchão. Havia um cobertor sobre mim, mas não senti roupas no corpo, apenas a maciez dos lençóis de algodão contra a pele. Apalpei o corpo e confirmei que estava completamente nua.

O tremor se intensificou.

Usei uma das mãos para verificar entre as pernas. Para meu grande alívio, tudo parecia o mesmo. Nada de umidade, dor nem indicação de que eu fora violada.

Pelo menos, por enquanto.

As lágrimas queimaram meus olhos, mas não deixei que caíssem. Chorar não ajudaria a situação. Eu precisava descobrir o que estava acontecendo. Pretendiam me matar? Eu seria estuprada? Estuprada e depois morta? Se o que queriam era um resgate, eu estava praticamente morta. Depois que meu pai perdera o emprego durante a recessão, mal conseguia pagar a hipoteca.

Contive a histeria com muito esforço. Não queria começar a gritar. Isso atrairia a atenção deles.

Em vez disso, fiquei deitada no escuro, repassando na mente todas as histórias medonhas que vira nos noticiários. Pensei em Jake e no sorriso dele. Pensei em meus pais e em como ficariam arrasados quando a polícia lhes dissesse que eu desaparecera. Pensei em todos os meus planos e em como provavelmente nunca teria a oportunidade de frequentar uma universidade de verdade.

Em seguida, comecei a ficar com raiva. Por que fizeram aquilo? E quem eram eles? Supus que fossem "eles", e não "ele", porque me lembrava de ter visto um vulto escuro sobre o corpo de Jake. Outra pessoa devia ter me segurado por trás.

A raiva ajudou a conter o pânico. Consegui pensar um pouco. Ainda não conseguia ver nada no escuro, mas conseguia sentir.

Movi-me silenciosamente, começando a explorar os arredores com cuidado.

Primeiro, determinei que realmente estava deitada em uma cama. Uma cama grande, provavelmente tamanho *king*. Havia travesseiros e um cobertor. Os lençóis eram macios e agradáveis. Provavelmente caros.

Por algum motivo, aquilo me deixou ainda mais assustada. Eram criminosos com dinheiro.

Rastejando até a beirada da cama, sentei-me, segurando o cobertor firmemente em volta do corpo. Meus pés nus tocaram no chão, que era liso e frio, como madeira.

Enrolei-me totalmente no cobertor e fiquei de pé, pronta para explorar um pouco mais.

Naquele momento, ouvi a porta se abrir.

Uma luz suave entrou. Apesar de não ser muito forte, fiquei cega por um minuto. Pisquei algumas vezes até que meus olhos se ajustassem.

E eu o vi.

Julian.

Ele estava parado na porta como um anjo sombrio. Os cabelos faziam cachos em volta do rosto, suavizando a perfeição dura das feições. Os olhos dele se fixaram em meu rosto e os lábios se curvaram em um sorriso leve.

Ele era deslumbrante.

E aterrorizador.

Meus instintos estavam certos, aquele homem era capaz de qualquer coisa.

— Olá, Nora — disse ele suavemente, entrando no quarto.

Lancei um olhar desesperado em volta. Não vi nada que pudesse servir de arma.

Minha boca estava seca como o deserto. Não consegui nem mesmo juntar saliva suficiente para falar. Portanto, só o observei andando na minha direção, espreitando-me como um tigre faminto observa a presa.

Se ele tocasse em mim, eu pretendia lutar.

Ele chegou mais perto e eu dei um passo atrás. E mais um. E mais outro. Até que fiquei com as costas contra a parede. Eu ainda estava enrolada no cobertor.

Ele ergueu a mão e eu, tensa, me preparei para me defender.

Mas ele estava apenas segurando uma garrafa d'água e oferecendo-a a mim.

— Tome — disse ele. — Imaginei que você estivesse com sede.

Eu o encarei. Estava morrendo de sede, mas não queria que ele me drogasse novamente.

Ele pareceu entender minha hesitação. — Não se preocupe, meu bichinho. É só água. Eu a quero acordada e consciente.

Eu não soube como reagir àquilo. Senti o coração na garganta e fiquei enjoada de tanto medo.

Ele ficou parado, assistindo pacientemente. Segurando o cobertor firmemente com uma mão, cedi à sede e peguei a garrafa da mão dele. Minha mão tremia e, ao pegar a garrafa, meus dedos encostaram nos dele.

Uma onda de calor me invadiu, uma reação estranha que ignorei.

Eu precisava tirar a tampa da garrafa, o que significava que teria que soltar o cobertor. Ele observou meu dilema com interesse e uma grande dose de diversão. Por sorte, ele não estava tocando-me. Estava parado a menos de um metro e simplesmente observando-me.

Pressionei os braços contra o corpo, segurando o cobertor, e tirei a tampa. Em seguida, voltei a segurá-lo com uma das mãos e ergui a garrafa até os lábios para beber.

A sensação do líquido fresco foi deliciosa nos lábios e na língua secos. Bebi a garrafa inteira. Não me lembrava de quando fora a última vez em que a água tivera um gosto tão bom. A boca seca devia ser efeito colateral da droga que ele usara para me levar para lá.

Agora que conseguia falar novamente, perguntei: — Por quê?

Para minha surpresa, a voz soou quase normal.

Ele ergueu a mão e tocou no meu rosto novamente. Como fizera na boate. E, novamente, fiquei parada indefesa, deixando que ele fizesse aquilo. Os dedos foram gentis sobre minha pele, o toque quase gentil. Era um contraste tão grande com a situação toda que, por um momento, fiquei desorientada.

— Porque não gostei de ver você com ele — disse Julian. Percebi a raiva suprimida na voz dele. — Porque ele tocou em você. Ele colocou as mãos sobre você.

Eu mal conseguia pensar. — Quem? — sussurrei,

tentando entender do que ele estava falando. Logo, entendi. — Jake?

— Sim, Nora — disse ele sombriamente. — Jake.

— Ele está... — Eu não sabia se conseguiria dizer aquilo em voz alta. — Ele está... vivo?

— Por enquanto — respondeu Julian com os olhos ardentes sobre os meus. — Ele está no hospital com uma concussão leve.

Fiquei tão aliviada que tive que me encostar na parede. Em seguida, o significado das palavras dele me atingiu. — O que quer dizer, por enquanto?

Julian deu de ombros. — A saúde e o bem estar dele dependem inteiramente de você.

Engoli saliva para tentar molhar a garganta ainda seca. — De mim?

Os dedos dele acariciaram meu rosto novamente, empurrando os cabelos para trás da orelha. Eu estava com tanto frio que parecia que o toque dele queimava a pele. — Sim, meu bichinho, de você. Se você se comportar, ele ficará bem. Se não...

Eu mal conseguia respirar. — Se não?

Julian sorriu. — Ele estará morto em uma semana.

O sorriso dele era a coisa mais linda e aterrorizadora que eu já vira.

— Quem é você? — sussurrei. — O que quer de mim?

Ele não respondeu. Em vez disso, tocou nos meus cabelos, erguendo um cacho castanho até o próprio rosto, inalando como se o estivesse cheirando.

Eu o observei sem me mexer. Não sabia o que fazer.

Deveria lutar contra ele? E, se fizesse isso, de que adiantaria? Ele ainda não me machucara e eu não queria provocá-lo. Ele era muito maior e muito mais forte. Eu conseguia ver os músculos fortes sob a camiseta preta que ele vestia. Sem os sapatos de salto alto, eu mal chegava à altura dos ombros dele.

Enquanto contemplava o mérito de lutar contra alguém que provavelmente tinha cerca de cinquenta quilos a mais do que eu, ele tomou a decisão por mim. A mão dele se afastou dos meus cabelos e puxou o cobertor que eu segurava com tanta força.

Não soltei. No mínimo, segurei com mais força. E fiz algo constrangedor.

Eu implorei.

— Por favor — disse eu desesperadamente —, por favor, não faça isso.

Ele sorriu de novo. — Por que não? — A mão dele continuou puxando o cobertor, de forma lenta e inexo-rável. Eu sabia que ele fazia aquilo para prolongar a tortura. Poderia facilmente arrancar o cobertor com um puxão forte.

— Não quero isso — disse eu. Eu mal conseguia respirar por causa do aperto no peito e a voz saiu ines-peradamente sem fôlego.

Ele pareceu se divertir, mas havia um brilho sombrio em seus olhos. — Não? Você acha que não percebi sua reação a mim na boate?

Balancei a cabeça negativamente. — Não houve reação. Você está errado... — Minha voz estava densa por causa das lágrimas não derramadas. — Eu só quero Jake...

Em um instante, a mão dele estava em minha garganta. Ele não fez mais nada, não a apertou. Mas a ameaça estava lá. Senti a violência nele e fiquei aterrorizada.

Ele se inclinou para perto de mim. — Você não quer aquele garoto — disse ele duramente. — Ele nunca lhe dará o que você quer. Você entendeu?

Assenti, assustada demais para fazer qualquer outra coisa.

Ele soltou minha garganta. — Ótimo — disse ele em tom mais suave. — Agora, solte o cobertor. Quero ver você nua de novo.

De novo? Devia ter sido ele quem tirara minhas roupas.

Tentei ficar ainda mais colada na parede. E ainda não soltei o cobertor.

Ele suspirou.

Dois segundos depois, o cobertor estava no chão. Como eu suspeitara, não tive a menor chance quando ele usou toda a força.

Resisti da única forma que podia. Em vez de ficar parada e deixar que ele olhasse para meu corpo nu, deslizei para baixo até sentar no chão com os joelhos encostados no queixo. Coloquei os braços em volta das pernas e fiquei sentada, com o corpo inteiro tremendo. Os cabelos longos e densos estavam caídos sobre as costas e os braços, cobrindo-me parcialmente.

Escondi o rosto contra os joelhos. Eu estava com

muito medo do que ele faria comigo e as lágrimas que queimavam os olhos finalmente escaparam, descendo pelo rosto.

— Nora — disse ele. Havia um tom de aço na voz dele. — Levante-se. Levante-se agora mesmo.

Balancei a cabeça sem dizer nada nem olhar para ele.

— Nora, isso pode ser algo prazeroso ou doloroso para você. A decisão é somente sua.

Prazeroso? Ele era louco? Meu corpo inteiro sacudia com os soluços.

— Nora — disse ele novamente e ouvi a impaciência em sua voz. — Você tem exatamente cinco segundos para fazer o que estou lhe dizendo.

Ele esperou e quase o ouvi contando na mente. Eu também estava contando e, ao chegar a quatro, levantei-me, com as lágrimas ainda escorrendo pelo rosto.

Eu senti vergonha da minha covardia, mas tinha muito medo da dor. Não queria que ele me machucasse.

Eu não queria que ele encostasse em mim, mas aquilo claramente não aconteceria.

— Boa garota — disse ele em tom suave, tocando meu rosto novamente e empurrando meus cabelos sobre os ombros.

Eu estremeci com o toque dele. Não podia olhar para ele e mantive o rosto abaixado.

Ele pareceu objetar àquilo, pois ergueu meu queixo até que eu não tivesse outra opção além de encontrar seu olhar.

Os olhos dele eram azuis-escuros naquela luz. Ele estava tão perto de mim que senti o calor de seu corpo. Foi uma sensação boa, pois eu estava com frio. Nua e com frio.

Subitamente, ele se abaixou e agarrou-me. Antes que eu ficasse realmente com medo, ele passou um braço atrás das minhas costas e outro sob meus joelhos.

Em seguida, ergueu-me sem esforço algum nos braços e carregou-me para a cama.

ELE ME COLOCOU SOBRE A CAMA, QUASE GENTILMENTE, E enrolei o corpo, trêmula. Ele começou a tirar a roupa e não consegui evitar observá-lo.

Ele vestia calça *jeans* e uma camiseta, que foi a primeira peça que tirou.

O corpo dele era uma obra de arte, com os ombros largos, músculos rígidos e pele lisa e bronzeada. O peito tinha um pouco de pelos escuros. Em outras circunstâncias, eu teria ficado muito feliz por ter um amante tão bonito.

Naquelas circunstâncias, eu só queria gritar.

A calça *jeans* foi a próxima. Ouvi o som do zíper sendo aberto e isso me fez agir.

Eu estava deitada na cama e, um segundo depois, correndo para a porta, que ele deixara aberta.

Eu era pequena, mas muito rápida. Praticara corrida durante dez anos e era muito boa. Infeliz-mente, machuquei o joelho em uma das corridas e tive que me limitar a corridas mais leves e outras formas de exercício.

Consegui chegar à porta, descer a escada e estava quase na porta da frente quando ele me agarrou.

Seus braços se fecharam à minha volta por trás e ele me apertou com tanta força que não consegui respirar por um momento. Meus braços estavam completamente presos e eu não conseguia lutar. Ele me ergueu e chutei para trás com os saltos altos. Acertei alguns chutes antes que ele me virasse para encará-lo.

Eu tinha certeza de que ele me machucaria e preparei-me para um golpe.

Em vez disso, ele simplesmente me segurou firmemente em um abraço. Meu rosto estava enterrado em seu peito e meu corpo nu pressionado contra o dele. Senti o aroma limpo da pele dele e algo duro e quente contra a barriga.

A ereção dele.

Ele estava totalmente nu e excitado.

Da forma como ele me segurava, eu estava quase totalmente indefesa. Não conseguia chutá-lo nem arranhá-lo.

Mas conseguia morder.

Portanto, enterrei os dentes no músculo peitoral dele e ouvi-o xingar antes de puxar meus cabelos, forçando-me a soltá-lo.

Ele me segurou naquela posição, com um braço em volta da minha cintura e meu corpo firmemente pressionado contra o dele. A outra mão segurava meus cabelos, mantendo minha cabeça para trás. Com as mãos, empurrei o peito dele em uma tentativa inútil de colocar alguma distância entre nós.

Encontrei o olhar dele de forma desafiadora, ignorando as lágrimas que escorriam pelo meu rosto. Eu não tinha outra opção além de ser corajosa. Se eu morresse, pelo menos queria manter alguma dignidade.

Ele estreitou os olhos azuis e a expressão ficou sombria e furiosa.

Eu respirava pesadamente e o coração batia tão depressa que parecia prestes a saltar do peito. Nós nos encaramos, predador e presa, conquistador e conquistada. Naquele momento, senti uma estranha conexão com ele. Como se uma parte de mim tivesse mudado para sempre por causa do que acontecia entre nós.

Subitamente, o rosto dele suavizou e um sorriso surgiu nos lábios sensuais.

Em seguida, ele abaixou a cabeça e pressionou a boca contra a minha.

Fiquei atônita. Os lábios dele eram gentis e suaves ao explorar os meus, mesmo enquanto ele me segurava com mãos de ferro.

O beijo dele foi muito habilidoso. Eu beijara vários rapazes e nunca sentira nada como aquilo. O hálito dele era quente, com um gosto doce, e a língua provocou meus lábios até que eles se abriram involuntariamente, dando a ele acesso à minha boca.

Eu não sabia se eram os efeitos da droga que tomara ou simplesmente alívio por ele não estar machucando-me, mas derreti com aquele beijo. Um estranho langor se espalhou pelo meu corpo, acabando com a vontade de lutar.

Ele me beijou lentamente, como se tivesse todo o tempo do mundo. A língua dele duelou com a minha e ele mordeu de leve meu lábio inferior, lançando uma onda de calor diretamente ao centro do meu corpo. A mão dele soltou meus cabelos e apoiou minha nuca. Era quase como se estivesse fazendo amor comigo.

Vi que minhas mãos seguravam os ombros dele. Eu não fazia ideia de como elas chegaram lá, mas agora estava segurando-me nele, em vez de empurrá-lo. Não entendi minha própria reação. Por que eu não me afastava do beijo dele com desgosto?

Mas a sensação daquela boca incrível era muito boa. Era como beijar um anjo. O beijo me fez esquecer da situação por um segundo, fazendo com que afastasse o terror.

Ele se afastou e olhou para mim. Seus lábios estavam úmidos e brilhantes, um pouco inchados depois do beijo. Os meus provavelmente estavam da mesma forma.

Ele não parecia mais furioso. Em vez disso, parecia faminto. Eu vi desejo e gentileza no rosto perfeito e não consegui afastar os olhos.

Passei a língua nos lábios e os olhos dele desceram para minha boca por um segundo. Ele me beijou novamente, apenas encostando os lábios nos meus.

Em seguida, pegou-me nos braços novamente e levou-me para a cama no andar de cima.

## 4

Quando olho para trás, para aquele dia, meu comportamento não faz sentido. Não entendo por que não lutei mais contra ele, por que não tentei fugir novamente. Não foi uma decisão racional da minha parte. Não foi uma opção consciente de cooperar para evitar a dor.

Não, agi puramente por instinto.

E meu instinto foi de me submeter a ele.

Ele me colocou sobre a cama e fiquei deitada. Eu estava muito cansada da luta anterior e ainda me sentia tonta por causa da droga.

Havia algo tão surreal sobre o que estava acontecendo que minha mente não conseguia processar totalmente. Parecia que eu assistia a uma peça ou um filme. Não podia ser eu naquela situação. Eu não podia ser aquela garota que fora drogada e sequestrada, e que deixava o sequestrador tocá-la, acariciá-la por todo o corpo.

Estávamos deitados de lado, olhando um para o outro. Senti as mãos dele na minha pele. Elas eram ligeiramente ásperas, com alguns calos, e quentes sobre a pele gelada. Eram fortes, apesar de ele não estar usando aquela força no momento. Ele poderia me subjugar com facilidade, como fizera antes, mas não havia necessidade. Eu não estava lutando. Estava flutuando em uma névoa sensual.

Ele me beijou novamente, acariciando meu braço, minhas costas, meu pescoço, a parte de fora da minha coxa. O toque dele era gentil, mas firme. Era quase como se estivesse massageando-me, exceto que eu sentia a intenção sexual em suas ações.

Ele beijou meu pescoço, mordendo de leve o ponto sensível perto do ombro, e estremeci com a sensação de prazer.

Fechei os olhos. Aquela gentileza surpreendente foi desarmante. Eu sabia que deveria me sentir violada, e sentia, mas também me sentia estranhamente querida.

Com os olhos fechados, fingi ser apenas um sonho. Uma fantasia sombria, como as que eu tinha tarde da noite. Fazia com que fosse mais aceitável o fato de deixar que aquele estranho fizesse aquilo comigo.

Uma das mãos dele desceu para minhas nádegas, apertando a pele macia. A outra mão subiu pelo meu abdômen até as costelas, chegando ao seio esquerdo, que ele apertou de leve. Meus mamilos já estavam rígidos e o toque foi agradável, quase reconfortante. Rob fizera áquilo comigo antes, mas nunca fora daquele jeito. A sensação não fora a mesma.

Continuei de olhos fechados quando ele rolou meu corpo para que eu ficasse deitada de costas. Em seguida, colocou-se parcialmente sobre mim, mas a maior parte do peso apoiada na cama. Percebi que ele não queria me esmagar e fiquei grata.

Ele me beijou no pescoço, no ombro, na barriga. A boca dele era quente e deixou um rastro úmido na minha pele.

Em seguida, ele colocou os lábios sobre meu mamilo direito e chupou. Arqueei o corpo, sentindo a tensão na parte inferior da barriga. Ele repetiu a ação com o outro mamilo e a tensão se intensificou.

Ele sentiu isso. Eu sabia porque a mão dele se aventurou entre minhas coxas e sentiu a umidade. — Boa garota — murmurou ele, acariciando minhas dobras. — Tão doce, tão acolhedora.

Gemi quando os lábios dele desceram pelo meu corpo, com os cabelos fazendo cócegas na pele. Eu sabia o que ele pretendia e minha mente ficou vazia quando ele chegou ao destino.

Por um segundo, tentei resistir, mas, sem esforço, ele afastou minhas pernas. Com os dedos, ele me acariciou gentilmente e, em seguida, abriu-me as dobras.

Logo depois, ele me beijou lá, enviando uma onda de calor pelo meu corpo. A boca habilidosa lambeu e mordeu em volta do clitóris até que comecei a gemer. Ele fechou os lábios sobre a área e chupou de leve.

O prazer foi tão forte que abri os olhos.

Eu não entendia o que estava acontecendo comigo e fiquei assustada. Estava queimando por dentro e sentia um latejar entre as pernas. O coração batia tão depressa que fiquei ofegante, sem conseguir recuperar o fôlego.

Comecei a me contorcer e ele riu de leve. Senti o hálito quente dele sobre a pele sensível. Ele me segurou com facilidade e continuou o que fazia.

A tensão dentro de mim estava ficando insuportável. Comecei a me contorcer contra a língua dele e os movimentos pareceram me deixar mais perto de um precipício ilusório.

Despenquei com um grito suave. Meu corpo inteiro se retesou e fui invadida por uma onda de prazer tão intensa que encolhi os dedos do pé. Senti os músculos internos pulsando e percebi que acabara de ter um orgasmo.

O primeiro orgasmo da minha vida.

E nas mãos... ou na boca... do meu sequestrador.

Eu estava tão arrasada que só queria me enrolar e chorar. Fechei os olhos novamente.

Mas ele ainda não terminara. Lentamente, subiu sobre o meu corpo e beijou minha boca de novo. O gosto agora era diferente, salgado com um leve tom de almíscar. Percebi que vinha de mim mesma. Eu senti meu gosto nos lábios dele. Uma onda quente de vergonha me invadiu, ao mesmo tempo em que senti a fome dentro de mim aumentar.

O beijo foi mais carnal e rude do que antes. A língua dele penetrou em minha boca em uma imitação óbvia do ato sexual e seus quadris assentaram pesadamente entre minhas pernas. Uma das mãos dele segurou minha nuca, enquanto a outra estava entre minhas coxas, esfregando-me de leve e estimulando-me novamente.

Eu ainda não resisti, apesar de sentir o corpo tenso quando o medo voltou. Senti o calor e a rigidez da ereção contra a coxa e sabia que ele me machucaria.

— Por favor — sussurrei, abrindo os olhos para encará-lo. Minha visão estava borrada pelas lágrimas. — Por favor... nunca fiz isto antes.

As narinas dele se abriram ligeiramente e seus olhos brilharam. — Fico feliz — disse ele baixinho. Em seguida, ele ergueu os quadris um pouco e usou a mão para guiar o pênis em direção à minha abertura.

Arquejei quando ele começou a me penetrar. Eu estava molhada, mas o corpo resistiu à intrusão nada familiar. Eu não sabia o tamanho dele, mas parecia enorme quando a cabeça do pênis entrou lentamente em meu corpo.

Começou a doer, a queimar, e gritei, empurrando-o pelos ombros.

As pupilas dele se expandiram, fazendo com que os olhos parecessem mais sombrios. Havia gotas de suor na testa dele e percebi que estava tentando conter-se. — Relaxe, Nora — sussurrou ele. — Doerá menos se relaxar.

Eu estava tremendo. Não consegui seguir o conselho dele porque estava nervosa demais... e porque doía demais, mesmo que apenas uma parte pequena dele estivesse dentro de mim.

Ele continuou a pressionar e meus músculos lentamente cederam, estendendo-se relutantemente para ele. Eu me contorci, soluçando, arranhando as costas dele com as unhas, mas ele foi implacável, empurrando o pênis lentamente, centímetro a centímetro.

Ele fez uma pausa e vi uma veia pulsando perto de sua têmpora. Ele parecia sentir dor. Mas eu sabia que ele sentia prazer com aquele ato que me machucava tanto.

Ele baixou a cabeça, beijando minha testa. Em seguida, empurrou o pênis, passando pela minha barreira virginal, rasgando a membrana fixa com uma investida firme. Ele não parou até que estivesse totalmente enterrado em mim e senti seus pelos púbicos encostarem nos meus.

Quase desmaiei de dor. Senti uma náusea intensa e tontura. Nem mesmo consegui gritar. A única coisa que consegui foi respirar depressa, várias vezes, para evitar desmaiar. Senti o pênis fundo dentro de mim e foi a coisa mais agonizantemente invasiva que já sentira.

— Relaxe — murmurou ele em meu ouvido. — Só relaxe, meu bichinho. A dor passará, ficará melhor...

Não acreditei nele. Parecia que uma haste quente fora inserida no meu corpo, rasgando-me por dentro. E não havia nada que pudesse fazer para escapar, para sentir menos dor. Ele era muito maior e mais forte que eu. A única coisa que podia fazer era ficar deitada indefesa, presa sob ele.

Ele não moveu os quadris, não investiu novamente, apesar de eu conseguir sentir a tensão em seus músculos. Em vez disso, beijou gentilmente minha testa. Fechei os olhos, sentindo lágrimas amargas escorrerem pelas têmporas, e senti de leve seus lábios contra minhas pálpebras.

Não sei quanto tempo ficamos assim. Ele deu inúmeros beijos suaves em meu rosto e meu pescoço. As mãos dele me envolveram, acariciando a pele em uma paródia do toque de um amante. Durante todo esse tempo, o pênis ficou enterrado profundamente em mim, com a rigidez machucando-me, queimando-me por dentro.

Não sei em que momento a dor começou a mudar. Meu corpo traiçoeiro lentamente amaciou, começou a responder aos beijos, à gentileza do toque dele.

O idiota maligno sentiu. E começou lentamente a se mover, parcialmente recuando do meu corpo e voltando para dentro dele.

Inicialmente, os movimentos pioraram a dor, aumentando a agonia que eu sentia. Em seguida, ele colocou a mão entre os dois corpos e usou um dedo para pressionar o clitóris, mantendo a pressão leve e constante. As investidas moveram meus quadris, fazendo com que eu me esfregasse contra o dedo dele de forma ritmada.

Para meu horror, senti a tensão aumentando novamente dentro de mim. A dor ainda estava lá, mas o prazer também. Eu me contorci nos braços dele, mas lutava contra mim mesma. As investidas ficaram mais rápidas e mais profundas. Gritei com a intensidade insuportável. A dor e o prazer se misturaram até que não consegui mais distingui-los, até que eu existisse em um mundo de pura sensação. Em seguida, explodi e o orgasmo atravessou meu corpo com tanta força que minha visão ficou escura por um momento.

Subitamente, ouvi quando ele gemeu contra meu ouvido e senti-o ficando maior dentro de mim. O pênis pulsou fundo dentro de mim e percebi que ele também chegara ao orgasmo.

Depois disso, ele rolou para o lado e abraçou-me, segurando-me firmemente.

E chorei nos braços dele, buscando consolo da própria pessoa que era a causa das minhas lágrimas.

~

Depois disso, minha mente ficou enevoada, meus pensamentos estranhamente confusos. Ele me levou para algum lugar e fiquei imóvel em seus braços, como um boneco de pano.

Ele me lavou. Eu estava no chuveiro com ele, vagamente surpresa com o fato de que minhas pernas conseguiam me manter de pé.

Eu me sentia amortecida, de alguma forma desconectada.

Havia sangue nas minhas coxas. Vi quando ele se misturou com a água e desceu pelo ralo. Além disso, havia algo grudento. Provavelmente, o sêmen dele. Ele não usara proteção.

Talvez agora eu estivesse com alguma doença sexualmente transmissível. Eu deveria ficar horrorizada com a ideia, mas só me senti apática. Pelo menos, não teria que me preocupar com uma gravidez. Assim que comecei a namorar Rob, minha mãe insistira em me levar a um médico para colocar um implante de anticoncepcional no braço. Como assistente de enfermagem em uma clínica sem fins lucrativos para mulheres, ela vira muitas adolescentes grávidas e queria garantir que o mesmo não acontecesse comigo.

Fiquei muito grata a ela naquele momento.

Enquanto pensava nisso tudo, Julian me lavou cuidadosamente, passando xampu e condicionador nos meus cabelos. Ele até mesmo depilou minhas axilas e pernas.

Quando estava totalmente limpa, ele desligou a água e tirou-me do chuveiro.

Ele me secou com uma toalha e depois secou-se. Em seguida, envolveu-me em um roupão felpudo e carregou-me para a cozinha para me alimentar.

Comi o que ele colocou à minha frente. Nem senti o gosto. Era um sanduíche, mas não sei o que havia dentro dele. Ele também me deu um copo d'água, que bebi avidamente.

Eu torci vagamente para que ele não estivesse drogando-me, mas não me importei muito se estivesse. Estava tão cansada que só queria desmaiar.

Depois que terminei de comer e beber, ele me levou de volta para o quarto.

— Vá em frente, escove os dentes — disse ele. Eu o encarei. Ele se importava com minha higiene bucal?

Mas eu queria escovar os dentes e fiz o que ele

mandou. Também usei o banheiro para urinar. Ele me deixou consideravelmente sozinha para fazer isso.

Em seguida, ele me levou de volta para o quarto. De alguma forma, a cama agora tinha lençóis limpos, sem rastros de sangue. Fiquei grata.

Ele me beijou de leve nos lábios, saiu do quarto e trancou a porta.

Eu estava tão cansada que andei até a cama, deitei-me e instantaneamente peguei no sono.

5

Quando acordei, minha mente estava completamente clara. Lembrei-me de tudo e senti vontade de gritar.

Saltei da cama, notando que ainda vestia o roupão da noite passada. O movimento súbito me deixou consciente de uma dor interna e meu corpo se retesou com a lembrança de como eu ficara dolorida. Ainda conseguia senti-lo dentro de mim e estremeci ao me lembrar disso.

Senti nojo de mim mesma. O que havia de errado comigo? Como pudera simplesmente ficar deitada e deixar que Julian fizesse sexo comigo? Como conseguira encontrar prazer nos carinhos dele?

Sim, ele era bonito, mas isso não era desculpa. Ele era mau. Eu sabia disso. Senti isso desde o início. A beleza externa dele escondia uma personalidade sombria.

Eu tinha a sensação de que ele apenas começara a revelar sua verdadeira natureza.

No dia anterior, eu estivera assustada e traumatizada demais para prestar atenção aos arredores. Eu me sentia muito melhor e estudei o quarto cuidadosamente.

Havia uma janela, que estava coberta por cortinas grossas cor de marfim, mas ainda consegui ver um pouco da luz do sol do lado de fora.

Corri até ela, abri as cortinas e pisquei várias vezes por causa da luz clara súbita. Meus olhos demoraram alguns segundos para se ajustar. Depois, olhei para fora.

Senti um vazio por dentro.

A janela não era hermeticamente fechada nem nada. Na verdade, parecia que eu conseguia abri-la com facilidade e sair. O quarto era no segundo andar e talvez eu conseguisse chegar ao chão sem quebrar nada.

Não, a janela não era o problema.

Era a vista do lado de fora.

Vi palmeiras e uma praia de areia branca. Além delas, havia uma grande massa de água, azul e brilhante sob o sol.

Era um lugar tropical lindo.

E tão diferente quanto possível da minha cidadezinha no oeste.

～

SENTI FRIO NOVAMENTE. TANTO FRIO QUE COMECEI A

tremer. Eu sabia que era por causa do estresse, pois a temperatura devia estar em torno dos 26 graus Celsius.

Andei de um lado para o outro no quarto, parando às vezes para olhar pela janela.

Toda vez que eu olhava, era como um soco na barriga.

Eu não sabia o que esperara. Sinceramente, não tivera a oportunidade de pensar sobre minha localização. Eu supusera que ele me manteria em algum lugar da área, talvez perto de Chicago onde nos conhecemos. Achei que a única coisa de que precisava para escapar era encontrar uma forma de sair da casa.

Agora, eu percebia que era muito mais complicado que isso.

Tentei abrir a porta novamente. Estava trancada.

Alguns minutos antes, eu descobrira um banheiro pequeno anexo ao quarto. Usei-o para cuidar das necessidades básicas e escovar os dentes. Fora uma distração agradável.

Agora, eu andava de um lado para o outro como um animal enjaulado, ficando mais aterrorizada e furiosa a cada minuto.

Finalmente, a porta se abriu e uma mulher entrou.

Fiquei tão chocada que simplesmente a encarei. Ela era relativamente jovem, com pouco mais de trinta anos, e bonita.

Ela segurava uma bandeja de comida e sorriu para mim. Os cabelos dela eram ruivos e encaracolados, e os olhos eram castanhos. Ela era maior que eu, provavelmente cerca de quinze centímetros mais alta, e tinha um corpo atlético. Estava vestida de forma muito casual, com uma bermuda *jeans* e uma camiseta branca, e calçava sandálias.

Pensei em atacá-la. Era uma mulher e eu tinha uma pequena chance de ganhar dela em uma luta. Eu não tinha chance alguma contra Julian.

O sorriso dela se alargou, como se ela tivesse lido minha mente. — Por favor, não me ataque — disse ela. Percebi o tom de diversão na voz dela. — É inútil, eu garanto. Eu sei que quer fugir, mas não há para onde ir. Estamos em uma ilha particular no meio do Oceano Pacífico.

A sensação de buraco no estômago aumentou. — Ilha particular de quem? — perguntei, apesar de já saber a resposta.

— Ora, de Julian, é claro.

— Quem é ele? Quem são vocês? — Minha voz estava relativamente estável quando falei. Ela não me deixava nervosa como Julian.

Ela largou a bandeja. — Você saberá de tudo no momento certo. Estou aqui para cuidar de você e da propriedade. Meu nome é Beth.

Respirei fundo. — Por que estou aqui, Beth?

— Você está aqui porque Julian a quer.

— E você não vê nada de errado nisso? — Percebi o tom de histeria na minha voz. Eu não entendia como aquela mulher aceitava as loucuras daquele homem, como agia de forma tão normal.

Ela deu de ombros. — Julian faz o que quer. Não estou aqui para julgar.

— Por que não?

— Porque devo minha vida a ele — disse ela em tom sério, saindo do quarto.

~

COMI O QUE BETH LEVARA. ESTAVA GOSTOSO, APESAR DE não ser um café da manhã tradicional. Havia peixe grelhado com um molho de cogumelos e batatas assadas, além de uma salada verde. Como sobremesa, fatias de manga. Imaginei que fosse uma fruta local.

Apesar do turbilhão interno, consegui comer tudo. Se eu fosse menos covarde, resistiria recusando-me a comer a comida dele. Mas eu tinha tanto medo da fome quanto tinha da dor.

Até o momento, ele não me machucara de verdade. Sim, doera quando me penetrara, mas ele não fora propositadamente rude. Suspeitei que a primeira vez seria acompanhada de dor independentemente das circunstâncias.

A primeira vez. Subitamente, percebi que fora minha primeira vez. Eu não era mais virgem.

Estranhamente, não parecia que eu perdera alguma coisa. A membrana fina dentro de mim nunca tivera um significado particular. Eu nunca planejara esperar até o casamento ou algo assim. Era terrível que minha primeira vez tivesse sido com um monstro, mas não senti pesar pela perda da designação "virgem". Eu teria ido até o fim com Jake, se tivesse tido a oportunidade.

Jake! Senti um aperto no peito. Não consegui acreditar que não pensara nele desde que Julian me dissera que ele estava seguro. O rapaz por quem fora louca durante meses desaparecera da minha mente enquanto eu estava nos braços do meu sequestrador.

Senti uma vergonha profunda. Eu não deveria ter pensado em Jake na noite passada? Não deveria ter imaginado o rosto dele enquanto Julian me tocava de forma tão íntima? Se eu realmente quisesse Jake, ele não deveria ser quem eu tinha em mente durante o ato sexual forçado?

Subitamente, fui invadida por um ódio amargo pelo homem que fizera aquilo comigo, o homem que destruíra minhas ilusões sobre o mundo, sobre mim mesma. Eu nunca pensara no que faria se fosse sequestrada, sobre como reagiria. Quem pensava em coisas assim? Mas achei que sempre supusera que seria corajosa, que lutaria até o último suspiro. Não era o que faziam nos livros e nos filmes? Lutar, mesmo sendo inútil, mesmo quando isso significaria ser ferida? Eu não deveria ter feito isso também? Sim, ele era mais forte, mas eu não deveria ter cedido tão facilmente. Ele não me amarrara, não me ameaçara com uma faca ou uma arma. Só o que fizera fora me perseguir quando eu tentara correr.

Aquela corrida fora toda a minha resistência até o momento.

Eu não reconhecia essa pessoa que cedera com tanta facilidade. E, ainda assim, sabia que era eu. Uma parte de mim que nunca fora à tona antes. Uma parte de mim que eu nunca teria conhecido se Julian não tivesse me levado.

Pensar naquilo era tão angustiante que resolvi me concentrar no meu sequestrador. Quem era ele? Como alguém tinha uma ilha particular inteira? Por que Beth devia a vida a ele? E, o mais importante, o que ele pretendia fazer comigo?

Um milhão de cenários passaram pela minha mente, cada um mais horrível que o outro. Eu sabia que existia algo chamado de tráfico humano. Acontecia o tempo inteiro, especialmente com mulheres de países mais pobres. Era aquele o destino que me aguardava? Eu acabaria em algum bordel, totalmente drogada e usada diariamente por dezenas de homens? Julian estava simplesmente experimentando a mercadoria antes de entregá-la ao destino final?

Antes que o pânico me invadisse, respirei fundo e tentei pensar logicamente. Apesar de tráfico humano ser uma possibilidade, não parecia provável. Para começo de conversa, Julian parecia se sentir possessivo em relação a mim, possessivo demais para alguém que estivesse apenas testando a mercadoria. Além do mais, por que me levaria para lá, para aquela ilha particular, se estivesse simplesmente planejando me vender?

Meu bichinho, ele me chamara. Era apenas um termo sem significado ou era como ele me via? Ele tinha algum fetiche que envolvia manter as mulheres cativas? Pensei naquilo por um momento e imaginei que provavelmente sim. Por que mais um homem bonito e rico faria aquilo? Certamente, ele não tinha problemas em conseguir encontros da forma normal. Na verdade, talvez eu tivesse saído com ele se não fosse por aquela estranha vibração que percebera nele na boate.

Se ele não tivesse encostado em mim como se eu fosse propriedade dele.

Era aquilo que ele gostava? Propriedade? Queria uma escrava sexual? Se fosse isso, por que ele me escolhera? Fora por causa da minha reação a ele na boate? Ele achou que eu seria covarde e deixaria que fizesse o que quisesse comigo? De alguma forma, eu era culpada daquilo?

A ideia foi tão hedionda que eu a afastei e levantei-me, determinada a explorar um pouco mais minha prisão.

A porta ainda estava trancada, o que não me surpreendeu. Abri a janela e um ar quente, com cheiro de mar, encheu o quarto.

Mas não era possível abrir a tela da janela. Eu precisaria fazer isso para sair. Não fiz muito esforço. Se fosse para acreditar em Beth, escapar daquele quarto não me ajudaria em nada.

Procurei algo que pudesse usar como arma. Não havia uma faca, mas um garfo acompanhara a refeição. Beth provavelmente notaria se eu o escondesse. Ainda assim, resolvi arriscar, escondendo o utensílio sob uma pilha de livros em uma das prateleiras altas que cobria a parede.

Em seguida, explorei o banheiro, torcendo para encontrar um frasco de spray para cabelos ou algo parecido. Mas havia apenas sabonete, uma escova de dentes e pasta dental. No chuveiro, encontrei sabonete líquido, xampu e condicionador, todos de marcas caras. Meu sequestrador claramente não era mesquinho.

Por outro lado, alguém que era dono de uma ilha particular certamente podia comprar um xampu de cinquenta dólares. Talvez até mesmo pudesse comprar um xampu de mil dólares, se tal coisa existisse.

O fato de estar pensando no xampu me deixou espantada. Eu não deveria estar gritando e chorando? Ah, na verdade, eu fizera isso no dia anterior. Imaginei que houvesse um limite para as lágrimas de uma pessoa. Eu parecia não ter mais nenhuma, pelo menos por enquanto.

Depois de explorar todos os recantos do quarto, fiquei entediada e peguei um dos livros da prateleira. Era um romance de Sidney Sheldon, sobre uma mulher traída que buscava vingança contra seus inimigos.

O livro era envolvente o suficiente para que eu conseguisse escapar mentalmente da minha prisão pelas horas seguintes.

~

Beth voltou para levar o almoço. Ela também levou algumas roupas, dobradas em uma pilha.

Fiquei grata. Eu usara o roupão a manhã inteira e queria me vestir normalmente.

Quando ela colocou as roupas sobre a cômoda,

pensei novamente em atacá-la e tentar fugir. Talvez usar o garfo que eu escondera.

— Nora, dê-me o garfo — disse ela.

Eu me sobressaltei e olhei para ela espantada. Ela conseguia ler mentes?

Mas percebi que ela simplesmente olhava para a bandeja vazia e notara que o utensílio não estava lá.

Decidi bancar a boba. — Que garfo?

Ela soltou um suspiro. — Você sabe de que garfo estou falando. O que você escondeu atrás dos livros. Entregue-o.

Outra suposição que se provara errada. Não sei por que achei que eu teria alguma privacidade.

Olhei para o teto, estudando-o com cuidado, mas não vi onde estava a câmera.

— Nora... — chamou Beth.

Peguei o garfo e joguei-o para ela. Secretamente, torci para que ele furasse o olho dela.

Mas Beth o pegou e balançou a cabeça, como se estivesse desapontada com meu comportamento. — Eu esperava que você não fosse agir assim — disse ela.

— Assim como? Como uma vítima de sequestro? — Eu queria muito bater nela naquele momento.

— Como uma adolescente mimada — esclareceu ela, guardando o garfo no bolso. — Você acha que é tão horrível estar aqui nesta ilha tão linda? Acha que está sofrendo por estar na cama de Julian?

Eu a encarei como se ela fosse louca. Ela esperava sinceramente que eu aceitasse a situação? Que nunca dissesse uma palavra de protesto?

Ela me encarou de volta e, pela primeira vez, percebi algumas linhas em seu rosto. — Você não sabe o verdadeiro significado de sofrimento, garota — disse ela em tom suave. — E espero que nunca descubra. Seja gentil com Julian e talvez possa continuar vivendo uma vida encantada.

Ela saiu do quarto e engoli em seco.

Por algum motivo, as palavras dela deixaram minhas mãos trêmulas.

6

Chegou o anoitecer e, a cada minuto que passava, eu ficava cada vez mais ansiosa com a ideia de ver meu sequestrador novamente.

O romance que eu estivera lendo não mantinha mais meu interesse. Eu o larguei e andei em círculos pelo quarto.

Eu estava vestida com as roupas que Beth me dera mais cedo. Não era o que eu teria escolhido para usar, mas eram melhores do que um roupão. Uma calcinha branca de renda *sexy* e um sutiã combinando, um vestido azul bonito abotoado na frente. Tudo me serviu perfeitamente, de forma muito suspeita. Ele estivera observando-me por algum tempo? Descobrindo tudo sobre mim, incluindo o tamanho das roupas?

A ideia me deixou enjoada.

Tentei não pensar no que aconteceria, mas foi impossível. Eu não sabia por que tinha tanta certeza de que ele apareceria naquela noite. Era possível que ele tivesse um harém inteiro de mulheres na ilha e visitasse cada uma delas apenas uma vez por semana, como os sultões.

Ainda assim, eu sabia que ele chegaria em breve. A noite anterior simplesmente abrira o apetite dele. Eu sabia que demoraria muito para que ele se cansasse de mim.

Finalmente, a porta se abriu.

Ele entrou como se fosse dono do lugar. O que, claro, era verdade.

Fiquei novamente impressionada pela beleza masculina dele. Com um rosto daqueles, ele poderia ter sido modelo ou ator de cinema. Se houvesse alguma justiça no mundo, ele seria baixo ou teria alguma outra imperfeição para compensar aquele rosto.

Mas não tinha. O corpo era alto e musculoso, com proporções perfeitas. Lembrei-me da sensação de tê-lo dentro de mim e senti uma onda indesejada de excitação.

Ele vestia novamente calça *jeans* e uma camiseta, desta vez, cinza. Ele parecia gostar de roupas simples, o que era inteligente. A aparência dele não precisava de realce.

Ele sorriu para mim. Aquele sorriso de anjo caído, sombrio e sedutor ao mesmo tempo. — Olá, Nora.

Eu não sabia o que dizer e falei a primeira coisa que me surgiu na mente. — Por quanto tempo vai me manter aqui?

Ele inclinou a cabeça ligeiramente para o lado. — Aqui no quarto? Ou na ilha?

— Os dois.

— Beth mostrará o lugar a você amanhã. Se quiser, poderá nadar — disse ele, aproximando-se. — Você não ficará trancada, a não ser que faça alguma tolice.

— Como o quê? — perguntei. Meu coração bateu com mais força dentro do peito quando ele parou perto de mim e ergueu a mão para acariciar meus cabelos.

— Tentar machucar Beth. Ou machucar você mesma. — A voz dele era suave e o olhar hipnótico ao olhar para mim. A forma como tocava nos meus cabelos foi estranhamente relaxante.

Pisquei, tentando me livrar do feitiço dele. — E a ilha? Por quanto tempo pretende me manter aqui?

A mão dele acariciou as curvas em volta do meu rosto. Eu me vi recostando-me na mão dele, como uma gata sendo acariciada, e imediatamente endireitei o corpo.

Os lábios dele se curvaram em um sorriso. O idiota sabia o efeito que tinha em mim. — Muito tempo, espero — disse ele.

Por algum motivo, não fiquei surpresa. Ele não teria se dado ao trabalho de me levar até a ilha se quisesse apenas dar algumas trepadas comigo. Fiquei aterrorizada, mas não surpresa.

Reuni coragem e fiz a próxima pergunta mais lógica. — Por que você me sequestrou?

O sorriso desapareceu do rosto dele. Ele não respondeu, apenas me encarou com um olhar azul inescrutável.

Comecei a tremer. — Você vai me matar?

— Não, Nora, não vou matar você.

A negação dele me reconfortou, apesar de, obviamente, ser possível que estivesse mentindo.

— Você vai me vender? — Mal consegui pronunciar as palavras. — Para ser uma prostituta ou algo assim?

— Não — disse ele em tom suave. — Nunca. Você é minha e só minha.

Eu me senti um pouco mais calma, mas havia mais uma coisa que precisava saber. — Você vai me machucar?

Por um momento, ele não respondeu. Algo sombrio passou em seus olhos. — Provavelmente — respondeu ele baixinho.

Em seguida, ele se abaixou e beijou-me, com os lábios quentes e macios tocando nos meus gentilmente.

Por um segundo, fiquei imóvel, sem reagir. Eu acreditei nele. Sabia que estava falando a verdade quando dissera que me machucaria. Havia algo nele que me assustava. Algo que me assustara desde o início.

Ele não era nada parecido com os rapazes com quem eu saíra. Ele era capaz de qualquer coisa.

Eu estava completamente à sua mercê.

Pensei em tentar lutar contra ele novamente. Seria a coisa normal a fazer na minha situação. Um ato de coragem.

Mesmo assim, não fiz nada.

Eu conseguia sentir a escuridão dentro dele. Havia algo de errado com ele. A beleza externa escondia algo monstruoso.

Eu não queria libertar aquela escuridão. Não sabia o que aconteceria se fizesse isso.

Portanto, fiquei imóvel entre os braços dele e deixei que me beijasse. E, quando ele me pegou no colo e levou-me para a cama, não tentei resistir.

Em vez disso, fechei os olhos e entreguei-me às sensações.

~

Novamente, ele foi gentil. Eu deveria estar aterrorizada, e estava, mas meu corpo parecia gostar da sensação dupla de medo e excitação. Eu não sabia o que isso dizia sobre mim mesma.

Fiquei deitada de olhos fechados enquanto ele tirou minhas roupas, camada por camada. Primeiro, desabotoou a frente do vestido, como se estivesse desembrulhando um presente. As mãos dele eram fortes e seguras. Não havia sinal de desconforto nem hesitação em seus movimentos. Ele claramente tinha muita prática com roupas femininas.

Depois que o vestido estava desabotoado, ele parou por um segundo. Senti seu olhar sobre mim e perguntei-me o que ele via. Eu sabia que tinha um corpo bonito, esbelto e bronzeado, apesar de não ter tantas curvas quanto gostaria.

Ele correu os dedos pela minha barriga, fazendo-me estremecer. — Tão linda — disse ele baixinho. — Uma pele tão bonita. Você deveria usar branco sempre. Fica bem em você.

Não respondi, simplesmente fechei os olhos com mais força. Não queria que ele me olhasse, não queria que desfrutasse da visão do meu corpo nas roupas íntimas que escolhera para mim. Eu só queria que ele trepasse comigo e terminasse logo com aquilo, em vez de continuar com aquela paródia de ato de amor.

Mas ele não tinha intenção alguma de facilitar as coisas para mim.

A boca dele seguiu o mesmo caminho que os dedos. A sensação foi quente e úmida na minha barriga. Ele continuou descendo para onde minhas pernas instintivamente se fecharam firmemente. Ele não pareceu gostar daquilo e, com mãos rudes, abriu-me as pernas, enterrando os dedos na carne macia.

Eu gemi com aquele toque de violência e tentei relaxar as pernas para evitar que ele ficasse mais bravo.

Ele afrouxou as mãos e o toque ficou mais gentil. — Minha bela garota — sussurrou ele. Senti o hálito quente nas dobras sensíveis. — Você sabe que farei com que seja bom.

Em seguida, seus lábios estavam em mim, a língua circulava o clitóris e ele me chupou. Os cabelos acariciaram a parte interna da minha coxa, fazendo cócegas, e ele manteve minhas pernas abertas com as mãos. Eu me contorci e gritei, sentindo um prazer tão grande que me esqueci de tudo, exceto o calor e a tensão inacreditáveis dentro de mim.

Ele me deixou perto do clímax, mas sem que eu chegasse lá. Sempre que sentia o orgasmo aproximando-se, ele parava ou mudava o ritmo, deixando-me louca de frustração. Vi-me implorando, gemendo, arqueando o corpo sem pensar na direção dele. Quando ele finalmente me deixou chegar ao clímax, foi um alívio tão grande que meu corpo inteiro foi percorrido por espasmos, estremecendo e contorcendo-se com a intensidade do orgasmo.

Por algum motivo, comecei a chorar quando terminou. As lágrimas saíram pelo canto dos olhos, escorrendo pelas têmporas e molhando meus cabelos e o travesseiro. Ele pareceu gostar daquilo, pois deitou-se sobre mim, beijando e lambendo os rastros molhados em meu rosto.

As mãos grandes acariciaram meu corpo todo. Teria sido reconfortante se não fosse pela rigidez do pênis forçando a entrada.

Eu não estava totalmente curada por dentro e senti dor novamente quando ele começou a me penetrar. Apesar de estar molhada por causa do orgasmo, ele não conseguiu me penetrar com facilidade sem me machucar. Ele precisou ir devagar, penetrando-me gradualmente até que eu conseguisse me ajustar à intrusão.

Mordi o lábio inferior, tentando aceitar a sensação de ardência. Algum dia eu conseguiria aceitá-lo com facilidade? Conseguiria ter prazer sem dor nos braços dele?

— Abra os olhos — comandou ele em um sussurro.

Eu obedeci, apesar de mal conseguir enxergar por entre as lágrimas.

Ele me encarou ao começar a se mover lentamente dentro de mim e havia algo de triunfante em seu olhar.

O calor do corpo dele me envolveu, seu peso me pressionou contra a cama. Ele estava dentro e em cima de mim, por todo lado. Eu não conseguia escapar nem mesmo para a privacidade da minha mente.

E, naquele momento, senti-me possuída por ele, como se estivesse tomando mais do que apenas meu corpo. Como se estivesse reclamando algo fundo dentro de mim, fazendo surgir um lado meu que eu nem sabia que existia.

Porque, nos braços dele, senti algo que nunca sentira.

Uma sensação primitiva e totalmente irracional de pertencer a alguém.

~

ELE ME POSSUIU MAIS DUAS VEZES DURANTE A NOITE. Na manhã seguinte, eu estava tão dolorida que parecia estar em carne viva por dentro. Mesmo assim, tive tantos orgasmos que perdi a conta.

Ele me deixou em algum momento pela manhã. Eu estava tão exausta que nem notei sua partida. Dormi profundamente, sem sonhar. Quando acordei, passava do meio-dia.

Eu me levantei, escovei os dentes e tomei um banho. Nas coxas, vi manchas secas de sêmen. Ele também não usara camisinha na noite anterior.

Perguntei-me novamente sobre doenças sexualmente transmissíveis. Julian se importava com isso? Ele provavelmente não estava preocupado em pegar nada de mim, considerando a minha falta de experiência. Mas eu certamente me preocupava em pegar alguma coisa dele. Erguendo o braço esquerdo, olhei para a marca minúscula onde o implante de anticoncepcional estava inserido. Agradeci à paranoia de minha mãe sobre gravidez. Se eu não tivesse o implante... estremeci com a ideia.

Logo depois que saí do banheiro, Beth entrou no quarto carregando uma bandeja de comida e mais roupas. Desta vez, era um café da manhã mais tradicional: omelete com legumes e queijo, uma torrada e frutas tropicais frescas.

Novamente, ela sorriu para mim, parecendo determinada a ignorar o incidente do garfo. — Bom dia — disse ela em tom alegre.

Ergui as sobrancelhas. — Bom dia para você também — disse eu com a voz repleta de sarcasmo.

Ao perceber minha tentativa óbvia de alfinetá-la, o sorriso de Beth aumentou. — Ora, não seja tão rabugenta. Julian disse que você deve sair do quarto hoje. Não é ótimo?

Era mesmo ótimo. Aquilo me daria uma chance de explorar um pouco minha prisão, de ver se aquele lugar era realmente uma ilha. Talvez houvesse outras pessoas lá além de Beth, pessoas que seriam mais sensíveis à minha situação.

Além do mais, talvez eu conseguisse encontrar um telefone ou um computador. Se conseguisse enviar uma mensagem de texto ou um e-mail para meus pais, eles poderiam encaminhar para a polícia e talvez eu fosse resgatada.

Ao pensar na minha família, senti um peso no peito e os olhos queimando. Eles deviam estar muito preocupados, perguntando-se o que acontecera, se eu ainda estava viva. Eu era filha única e minha mãe sempre dizia que morreria se algo acontecesse comigo. Torci para que ela não estivesse falando sério.

Eu o odiava.

E odiava aquela mulher que sorria para mim naquele momento.

— Claro, Beth — disse eu, sentindo vontade de rasgar o rosto dela até que se transformasse em uma careta. — É sempre bom sair de uma gaiola pequena para uma maior.

Ela revirou os olhos e sentou-se em uma cadeira. — Que dramática. Coma sua comida e mostrarei o lugar a você.

Pensei em não comer só para irritá-la, mas eu estava faminta. Portanto, comi até deixar o prato vazio.

— Onde está Julian? — perguntei entre uma garfada e outra. Eu estava curiosa para saber como ele passava os dias. Até o momento, só o vira à noite.

— Trabalhando — explicou Beth. — Ele tem muitos negócios que exigem sua atenção.

— Que tipo de negócios?

Ela deu de ombro. — De todo tipo.

— Ele é um criminoso? — perguntei em tom direto.

Ela riu. — Por que acha isso?

— Talvez porque ele me sequestrou?

Ela riu de novo, balançando a cabeça como se eu tivesse dito algo engraçado.

Eu quis bater nela, mas contive-me. Precisava saber mais sobre os arredores antes de tentar algo assim. Não queria acabar presa no quarto, se pudesse evitar. Minhas chances de escapar seriam muito maiores se eu tivesse mais liberdade.

Portanto, eu me levantei e lancei um olhar frio a ela.

— Estou pronta.

— Então, vista uma roupa de banho — disse ela, indicando as roupas que levara. — Depois, poderemos ir.

ANTES DE SAIRMOS, BETH ME MOSTROU O RESTANTE DA casa. Era espaçosa e com mobília de bom gosto. A decoração era moderna, com um toque de influência tropical e motivos asiáticos sutis. Predominavam os tons claros, apesar de, aqui e ali, eu perceber uma cor inesperada na forma de um vaso vermelho ou uma escultura de dragão azul. Havia quatro quartos, três no andar de cima e um no térreo. A cozinha no térreo era particularmente incrível, com aparelhos modernos e balcões de granito brilhantes.

Havia também um aposento que Beth disse ser o escritório de Julian. Ele ficava no primeiro andar e, pelo jeito, era proibido para qualquer pessoa exceto ele. Era onde supostamente ele cuidava dos negócios. A porta estava fechada quando passamos.

Depois de terminarmos o passeio pela casa, Beth passou as duas horas seguintes mostrando-me a ilha. E era certamente uma ilha, ela não mentira.

A ilha tinha apenas cerca de três quilômetros de largura por um de comprimento. De acordo com Beth, estávamos em algum lugar do Oceano Pacífico e o lugar habitado mais próximo ficava a mais de oitocentos quilômetros de distância. Ela enfatizou isso algumas vezes, como se estivesse com receio de que eu resolvesse tentar fugir nadando.

Eu não faria aquilo. Não era uma boa nadadora nem era suicida.

Em vez disso, eu tentaria roubar um barco.

Subimos até o ponto mais alto da ilha. Era uma montanha pequena... ou uma colina alta, dependendo da definição que se quisesse usar. A vista era incrível, com água azul brilhante até onde era possível ver. Em um lado da ilha, a água tinha um tom de azul diferente, com um tom turquesa. Beth disse que havia uma caverna rasa que era excelente para mergulhar.

A casa de Julian era a única da ilha. Ela ficava em um lado da montanha, um pouco afastada da praia e um tanto elevada. Beth explicou que era o local mais protegido contra ventos fortes e o oceano. Pelo jeito, a casa sobrevivera a vários tufões, sofrendo apenas danos mínimos.

Eu assenti, como se me importasse. Não tinha a menor intenção de presenciar o próximo tufão. A vontade de fugir queimava dentro de mim. Não vi nenhum telefone nem computador enquanto Beth me mostrara a casa, mas isso não significava que não existiam. Se Julian conseguia trabalhar da ilha, certamente havia internet. E, se fossem idiotas o suficiente para me deixar percorrer a ilha livremente, eu encontraria uma forma de falar com o mundo externo.

Terminamos o passeio na praia perto da casa.

— Quer nadar um pouco? — perguntou Beth, tirando a bermuda e a camiseta. Por baixo, ela vestia um biquíni azul. Seu corpo era esbelto e bronzeado. Estava em tão boa forma que fiquei imaginando qual seria a idade dela. O corpo poderia pertencer a uma adolescente, mas o rosto parecia mais velho.

— Quantos anos você tem? — perguntei em tom direto. Eu teria um pouco mais de tato em circunstâncias normais, mas não me importava se ofenderia aquela mulher. O que importavam as convenções sociais quando alguém era mantida prisioneira por duas pessoas loucas?

Ela sorriu, nem um pouco chateada com minha pergunta rude. — Trinta e sete — disse ela.

— E Julian?

— Ele tem vinte e nove.

— Vocês dois são amantes? — Não sei o que me fez perguntar aquilo. Se ela sentia algum ciúme de minha posição como brinquedo sexual de Julian, certamente não demonstrava.

Beth riu. — Não, não somos.

— Por que não? — Mal consegui acreditar que estava sendo tão direta. Eu fora criada para ser sempre educada e ter boas maneiras, mas havia algo libertador em não se importar com o que as pessoas pensavam. Eu sempre fora uma pessoa agradável, mas não queria agradar aquela mulher.

Ela parou de rir e olhou-me séria. — Porque não sou o que Julian quer nem do que ele precisa.

— E o que é?

— Você aprenderá um dia — disse ela em tom misterioso, entrando na água.

Eu a observei, sentindo a curiosidade me devorar, mas ela não parecia ter mais nada a dizer. Ela mergulhou e começou a nadar com braçadas atléticas.

Estava quente e o sol me queimava. A areia era branca e parecia macia. A água brilhante me tentava com a promessa de frescor. Eu queria odiar aquele lugar, desprezar tudo que se relacionava à minha prisão, mas tinha que admitir que a ilha era linda.

Eu não precisava nadar se não quisesse. Não parecia que Beth me forçaria. E parecia errado sentir prazer na praia enquanto minha família certamente estava muito preocupada comigo, desesperada com o meu desaparecimento.

Mas a atração da água era forte. Eu sempre adorara o oceano, apesar de ter visitado os trópicos algumas vezes. Aquela ilha era minha ideia de paraíso, apesar do fato de pertencer a uma serpente.

Deliberei por um minuto. Em seguida, tirei o vestido e as sandálias. Eu poderia negar aquele pequeno prazer a mim mesma, mas era pragmática demais. Eu não tinha ilusão sobre meu status ali. A qualquer momento, Julian e Beth poderiam me trancar, deixar que eu morresse de fome, bater em mim. Só porque fora tratada relativamente bem até o momento não significava que continuaria assim. Na minha situação precária, qualquer momento de alegria era precioso, pois eu não sabia o que o futuro me reservava nem se algum tinha teria algo parecido com alegria novamente.

Portanto, juntei-me à minha inimiga no oceano, deixando que a água levasse embora o medo e esfriasse a raiva que me queimava por dentro.

Nadamos, deitamos na areia quente e nadamos novamente. Não fiz mais perguntas e Beth pareceu contente com o silêncio.

Ficamos na praia por mais duas horas e finalmente voltamos para a casa.

7

Naquele dia, Julian deveria se juntar a mim para o jantar. Beth arrumou a mesa para nós no andar debaixo e preparou uma refeição de peixe, arroz, vagens e bananas. Ela disse, em tom orgulhoso, que era uma receita caribenha.

— Você vai jantar conosco? — perguntei, observando-a enquanto ela carregava os pratos até a mesa.

Eu tomara banho e vestira as roupas que Beth providenciara, outro conjunto de calcinha e sutiã de renda branca e um vestido amarelo com flores brancas. Nos pés, eu calçava sandálias brancas de salto alto. O traje era bonito e feminino, muito diferente das calças *jeans* e camisas escuras que normalmente eu vestia. Fazia com que eu parecesse uma boneca bonita.

Eu ainda não conseguia acreditar que me deixavam andar pela casa livremente. Havia facas na cozinha. Eu poderia, a qualquer momento, roubar uma delas e usá-la em Beth. Fiquei tentada, apesar de minhas entranhas se reviraram com a ideia de sangue e violência.

Talvez eu fizesse isso em breve, depois de ter a chance de descobrir um pouco mais sobre o lugar.

Eu descobrira algo interessante sobre mim mesma. Pelo jeito, não acreditava em gestos grandiosos, mas sem sentido. Uma voz fria e racional dentro de mim dizia que eu precisava de um plano, de uma forma de sair da ilha antes de tentar alguma coisa. Atacar Beth naquele momento seria idiota. Como resultado, eu poderia ficar trancada ou coisa pior.

Não, assim era muito melhor. Era melhor que pensassem que eu era inofensiva. Assim, teria uma chance muito maior de fugir.

Na hora anterior, eu estivera sentada na cozinha observando Beth preparar a comida. Ela era muito eficiente. E passar tempo com ela me distraía de pensamentos de Julian e da noite por vir.

— Não — disse ela, respondendo à minha pergunta. — Estarei em meu quarto. Julian quer passar algum tempo sozinho com você.

— Por quê? Ele acha que estamos namorando ou algo assim?

Ela sorriu. — Julian não namora.

— Não diga. — Meu tom foi muito sarcástico. — Por que namorar quando ele pode sequestrar e estuprar?

— Não seja ridícula — disse Beth em tom ríspido. — Acha mesmo que ele precisa forçar alguma mulher? Nem mesmo você consegue ser tão ingênua.

Eu a encarei. — Você quer dizer que ele não tem o hábito de roubar mulheres e trazê-las para cá?

Beth balançou a cabeça negativamente. — Além de mim, você é a única pessoa que veio aqui. Esta ilha é o santuário particular de Julian. Ninguém nem sabe que ela existe.

Senti um arrepio na espinha ao ouvir aquilo. — E por que eu fui tão sortuda? — perguntei devagar, sentindo o coração bater mais forte. — O que me fez merecer esta honra tão grande?

Ela sorriu. — Você descobrirá um dia. Julian lhe dirá quando quiser que você saiba.

Eu estava cansada daquela merda de "um dia", mas sabia que ela era leal demais ao meu sequestrador para me contar alguma coisa. Portanto, tentei descobrir outra coisa. — O que quis dizer quando falou que deve sua vida a ele?

O sorriso dela desapareceu e sua expressão ficou mais dura. Em seu rosto, surgiram linhas duras e amargas. — Isso não é da sua conta, garota.

E, pelos dez minutos seguintes, enquanto ela terminava de preparar a mesa, não falou mais comigo.

~

Depois de tudo pronto, ela me deixou sozinha na sala de jantar para esperar Julian. Eu estava nervosa e empolgada. Pela primeira vez, teria a oportunidade de interagir com meu sequestrador fora do quarto.

Eu tinha que admitir que sentia uma fascinação

doentia por ele. Ele me assustava, mas eu estava insu-portavelmente curiosa. Quem era ele? O que queria de mim? Por que me escolhera como vítima?

Um minuto depois, ele entrou na sala. Eu estava sentada à mesa, olhando para fora da janela. Antes mesmo de vê-lo, senti sua presença. A atmosfera ficou elétrica e pesada com ansiedade.

Virei a cabeça, observando-o se aproximar. Desta vez, ele estava vestindo uma camisa polo cinza e calças brancas. Poderíamos estar jantando em um clube no campo.

Meu coração bateu mais depressa no peito e senti a adrenalina nas veias. Subitamente, eu estava muito mais ciente do meu corpo. Meus seios estavam mais sensíveis e os mamilos se enrijeceram sob a renda do sutiã. O tecido macio do vestido acariciou minhas pernas nuas, lembrando-me da forma como ele me tocara lá. Da forma como me tocara em todo o corpo.

Uma umidade quente se acumulou entre minhas coxas com a lembrança.

Ele chegou perto de mim e abaixou-se, dando-me um beijo leve nos lábios. — Olá, Nora — disse ele ao endireitar o corpo, com os belos lábios curvados em um sorriso sombriamente sensual. Ele era tão bonito que fiquei incapaz de pensar por um momento.

O sorriso dele aumentou e ele deu a volta na mesa para se sentar à minha frente. — Como foi seu dia, meu bichinho? — perguntou ele, pegando um pedaço de peixe e colocando no prato. Os movimentos dele eram confiantes e estranhamente graciosos.

Era difícil acreditar que o mal usava uma máscara tão bonita.

Eu me recompus. — Por que você me chama assim?

— Assim como? Meu bichinho?

Eu assenti.

— Porque você me lembra de um gatinho — disse ele, com os olhos azuis brilhando com uma emoção estranha. — Pequena, macia e adorável. Sinto vontade de acariciar você só para ver se ronronará nos meus braços.

Meu rosto ficou quente. Senti o corpo inteiro quente e torci para que o tom da minha pele escondesse a reação. — Não sou um animal...

— É claro que não. Não gosto de bestialidade.

— Então do que gosta? — perguntei, recriminando-me mentalmente. Não queria deixá-lo bravo. Ele não era Beth. Ele me assustava.

Felizmente, ele só pareceu se divertir com minha ousadia. — No momento — disse ele em tom suave —, gosto de você.

Afastei o olhar e peguei a travessa de arroz, com a mão tremendo ligeiramente.

— Deixe-me ajudar você com isso. — Ele pegou o prato, encostando os dedos de leve nos meus. Antes que eu conseguisse dizer alguma coisa, meu prato estava cheio, com uma porção generosa de tudo que havia na mesa.

Ele colocou o prato à minha frente e eu olhei para a comida desolada. Estava nervosa demais para comer na frente dele. Senti um nó no estômago.

Quando olhei para cima, percebi que ele não tinha esse problema. Comia com gosto, claramente gostando da comida de Beth.

— Qual é o problema? — perguntou ele entre uma garfada e outra. — Não está com fome?

Balancei a cabeça negativamente, apesar de ter estado faminta antes da chegada dele.

Ele franziu a testa, largando o garfo. — Por que não? Beth disse que você passou o dia na praia e nadou bastante. Não deveria estar com fome depois de todo esse exercício?

Dei de ombros. — Estou bem. — Não pretendia dizer que ele era a causa da minha falta de apetite.

Ele estreitou os olhos para mim. — Está fazendo algum joguinho comigo? Coma, Nora. Você já é magra. Não quero que perca peso.

Engoli em seco nervosamente e comecei a comer. Havia algo nele que me dizia que não seria inteligente ir contra sua vontade naquele assunto.

Na realidade, em qualquer assunto.

Meus instintos diziam que aquele homem era extremamente perigoso. Ele não fora cruel comigo, mas havia crueldade nele. Eu conseguia senti-la.

— Boa garota — disse ele em tom aprovador depois que dei algumas garfadas.

Continuei a comer, apesar de não sentir o gosto da comida e ter que forçá-la a descer pela garganta. Mantive o olhar sobre o prato. Seria mais fácil comer se não visse o olhar azul penetrante dele.

— Beth me disse que vocês se divertiram nadando

— comentou ele depois que eu comera cerca de metade do que havia no prato.

Assenti em resposta e ergui o olhar, vendo que ele me encarava.

— O que achou da ilha? — perguntou ele, como se estivesse genuinamente interessado na minha opinião. Ele me estudou com uma expressão pensativa.

— É bonita — respondi com sinceridade. Depois, pausando por um segundo, acrescentei: —Mas não quero ficar aqui.

— É claro. — Quase pareceu que ele entendia. — Mas você se acostumará. Esta é sua nova casa, Nora. Quando mais cedo aceitar isso, melhor.

Meu estômago se revirou e senti como se toda a comida que acabara de ingerir fosse voltar. Engoli em seco várias vezes, tentando controlar a náusea. — E minha família? — As palavras saíram em tom baixo e amargo. — Como eles deverão aceitar isto?

Um toque de emoção surgiu no rosto dele. — E se eles não acharem que você está morta? — perguntou ele baixinho, mantendo meu olhar. — Isso faria com que se sentisse melhor, meu bichinho?

— É claro que sim! — Eu mal consegui acreditar no que ouvi. — Pode fazer isso? Pode avisar a eles que estou viva? Talvez eu possa telefonar para eles e...

Ele estendeu a mão para cobrir a minha, interrompendo minhas palavras. — Não. — O tom dele não deixou espaço para discussão. — Eu mesmo entrarei em contato com eles.

Engoli meu desapontamento. — O que você dirá a eles?

— Que você está viva e bem. — O polegar dele massageou gentilmente a palma da minha mão. O toque dele me distraiu, transformando meus ossos em gelatina.

— Mas... — Quase gemi quando ele apertou um ponto particularmente sensível — Mas eles não acreditariam em você...

— Eles acreditarão. — Ele retirou a mão, deixando-me estranhamente solitária. — Pode confiar em mim.

Confiar nele? Ah, claro. — Por que você está fazendo isto comigo? — perguntei frustrada. — Foi porque falei com você na boate?

Ele balançou a cabeça negativamente. — Não, Nora. É porque você é você. Você é tudo que eu estive procurando. Tudo o que eu sempre quis.

— Você sabe que isso é loucura, não sabe? — Eu estava tão abalada que me esqueci de ter medo por um momento. — Você nem me conhece!

— Isso é verdade — disse ele em tom suave. — Mas não preciso conhecer você. Só preciso conhecer o que eu sinto.

— Está dizendo que está apaixonado por mim? — Por algum motivo, aquilo me assustou mais do que quando achei que ele só tinha preferências sexuais estranhas.

Ele riu, jogando a cabeça para trás. Eu o encarei, sentindo-me irracionalmente ofendida. Não queria que ele estivesse apaixonado por mim, mas precisava achar a ideia tão engraçada?

— É claro que não — disse ele quando parou de rir. Mas ainda estava sorrindo.

— Então do que você está falando? — perguntei.

O sorriso dele sumiu lentamente. — Não importa, Nora — disse ele baixinho. — A única coisa de que você precisa saber é que é especial para mim.

— Então, por que você simplesmente não me chamou para sair? — Eu me esforcei para compreender o incompreensível. — Por que teve que me sequestrar?

— Porque você saiu com aquele garoto. — Houve uma raiva súbita na voz de Julian e um terror gelado se espalhou pelas minhas veias. — Você o beijou quando já era minha.

Engoli em seco. — Mas eu nem sabia que você me queria. — Minha voz tremeu um pouco. — Só vi você na boate...

— E na sua formatura.

— E na minha formatura — concordei, sentindo o coração bater com força. — Mas achei que você estivesse lá por causa de outra pessoa. Como um irmão mais novo...

Ele respirou fundo e percebi que estava muito mais calmo. — Não importa agora, Nora. Eu queria você aqui, comigo, não lá fora. É muito mais seguro para você... e para aquele garoto.

— Mais seguro para Jake?

Julian assentiu. — Se você tivesse saído com ele de novo, eu o teria matado. É melhor para todo mundo que você esteja aqui, longe dele e de outros que possam querê-la.

Ele estava falando completamente sério sobre matar Jake. Não era uma ameaça vazia. Pude ver isso em seu rosto.

Meus lábios estavam secos e passei a língua sobre eles. O olhar dele seguiu minha língua e percebi que sua respiração mudou. Minha ação simples claramente o deixou excitado.

Subitamente, uma ideia louca e desesperada me ocorreu. Ele obviamente me queria. Estava até mesmo disposto a fazer coisas para me deixar feliz, como avisar minha família de que eu estava viva. E se eu usasse esse fato a meu favor? Eu era inexperiente, mas não era totalmente ingênua. Sabia como flertar com rapazes. Eu conseguiria fazer aquilo? Conseguiria seduzir Julian para que me deixasse ir embora?

Eu teria que ter muito cuidado. Não podia mudar subitamente. Não podia agir como se o desprezasse em um minuto e apaixonada por ele no minuto seguinte. Ele precisava acreditar que poderia me levar para fora da ilha e que eu permaneceria ao seu lado pelo tempo que me quisesse. Que eu nunca mais olharia para Jake nem para nenhum outro homem.

Eu teria que convencer Julian de minha devoção.

8

PELO RESTANTE DO JANTAR, CONTINUEI AGINDO COMO SE estivesse com medo e intimidada. Não era fingimento, pois era como eu me sentia. Eu estava na presença de um homem que falava casualmente sobre matar pessoas inocentes. Como deveria me sentir?

No entanto, também tentei ser sedutora. Eram coisas pequenas, como a maneira como empurrava os cabelos para trás ao olhar para ele. A forma como mordia um pedaço de mamão que Beth cortara para a sobremesa e lambia o suco dos lábios.

Eu sabia que meus olhos eram bonitos e olhei para ele timidamente, com as pálpebras semifechadas. Eu praticara aquele olhar na frente do espelho e sabia que meus cílios pareciam muito longos quando inclinava a cabeça no ângulo certo.

Não exagerei, pois ele não acreditaria. Apenas fiz coisas pequenas que ele poderia achar excitantes e atraentes.

Também tentei evitar outros tópicos controversos. Em vez disso, perguntei a ele sobre a ilha e como ele a conseguira.

— Encontrei esta ilha há cinco anos — explicou Julian, com os lábios curvando-se em um sorriso charmoso. — Meu Cessna estava com um problema mecânico e eu precisava de um lugar para pousar. Por sorte, há uma área plana no outro lado, perto da praia. Consegui pousar o avião sem estragá-lo mais ainda e fazer os reparos necessários. Levei alguns dias e tive a oportunidade de explorar a ilha. Quando consegui ir embora, sabia que este lugar era exatamente o que eu queria. E eu comprei a ilha.

Arregalei os olhos e pareci impressionada. — Fácil assim? Não foi cara?

Ele deu de ombros. — Eu tenho dinheiro.

— Você vem de uma família rica? — Eu estava genuinamente curiosa. Meu sequestrador era um grande mistério. Eu teria uma chance muito melhor de manipulá-lo se o entendesse pelo menos um pouco.

A expressão dele ficou um pouco fria. — Algo assim. Meu pai tinha um negócio bem-sucedido, que assumi depois que ele morreu. Mudei a direção e expandi o negócio.

— Que tipo de negócio?

A boca de Julian se contraiu ligeiramente. — Importação e exportação.

— Do quê?

— Componentes eletrônicos e outras coisas — disse ele. Percebi que ele não revelaria mais do que aquilo por enquanto. Suspeitei que "outras coisas" era um eufemismo para alguma coisa ilegal. Eu não sabia muito sobre negócios, mas duvidava que vender TVs e aparelhos de música resultassem naquele tipo de riqueza.

Mudei a conversa para um tópico mais inócuo. — O resto da sua família também usa a ilha?

O olhar dele ficou duro. — Não. Estão todos mortos.

— Ah, sinto muito... — Eu não sabia o que dizer. O que poderia dizer para que ele se sentisse um pouco melhor? Sim, ele me sequestrara, mas ainda era um ser humano. Eu não conseguia imaginar sofrer aquele tipo de perda.

— Está tudo bem. — O tom dele não tinha emoção, mas senti a dor por baixo. — Aconteceu há muito tempo.

Assenti com simpatia. Eu me senti genuinamente mal por ele e não tentei esconder o brilho das lágrimas. Eu era muito emotiva. Leah dizia isso sempre que eu chorava em um filme triste. E não consegui evitar a tristeza que senti com o sofrimento de Julian.

Isso acabou funcionando a meu favor, pois a expressão dele ficou um pouco mais quente. — Não sinta pena de mim, meu bichinho — disse ele baixinho.

— Eu já superei. Por que não me conta um pouco sobre você?

Pisquei lentamente, sabendo que o gesto atraía a atenção para os meus olhos. — O que quer saber? —

Ele já não descobrira tudo sobre mim enquanto me observava?

Ele sorriu. O sorriso fazia com que ele ficasse tão lindo que senti um aperto no peito. *Pare com isso, Nora. É você quem o está seduzindo, não o contrário.*

— O que você gosta de ler? — perguntou ele. — Que tipo de filmes gosta de assistir?

E, pelos trinta minutos seguintes, ele ficou sabendo que eu gostava de livros de romance e histórias de detetive, que odiava comédias românticas e que adorava filmes épicos com muitos efeitos especiais. Depois, ele me perguntou qual era minha comida favorita e de que músicas gostava, escutando atentamente quando falei que gostava de pizza e de bandas dos anos oitenta.

De uma forma estranha, era quase lisonjeadora a forma como ele estava totalmente concentrado em mim, devorando cada palavra que eu dizia. A forma como os olhos azuis estavam fixados no meu rosto. Era como se ele realmente quisesse me entender, como se realmente se importasse. Mesmo com Jake, eu não tivera aquela sensação de que era algo mais além de uma garota bonita de cuja companhia ele gostava.

Com Julian, eu me sentia a coisa mais importante do mundo para ele. Eu me sentia como se realmente importasse.

∼

Depois do jantar, ele me levou para o quarto no

andar de cima. Meu coração começou a bater mais depressa por causa do medo e da ansiedade.

Como nas duas noites anteriores, eu sabia que não lutaria contra ele. Na verdade, naquela noite, eu pretendia avançar no meu plano de fuga pela sedução.

Eu fingiria fazer amor com ele por vontade própria.

Ao entrarmos no quarto, resolvi tocar em um assunto que estivera incomodando-me. — Julian... — chamei, propositadamente mantendo a voz suave e incerta. — E proteção? E se eu ficar grávida ou algo assim?

Ele parou e virou-se para mim. Havia um sorriso leve em seus lábios. — Não vai ficar, meu bichinho. Você tem aquele implante, não tem?

Arregalei os olhos chocadas. — Como você sabe sobre ele? — O implante era uma cápsula de plástico minúscula sob a pele, completamente invisível, exceto por uma marca pequena onde ele fora inserido.

— Acessei seu histórico médico antes de trazê-la para cá. Queria ter certeza de que você não tinha nenhuma condição médica que oferecesse risco, como diabetes.

Eu o encarei. Deveria me sentir furiosa com aquela invasão da minha privacidade, mas fiquei aliviada. Parecia que meu sequestrador era muito atencioso e, o mais importante, não tinha a intenção de me engravidar.

— E você não precisa se preocupar com nenhuma doença — acrescentou ele, entendendo minha preocupação não dita. — Fiz exames recentemente e sempre usei camisinha.

Eu não sabia se acreditava naquilo. — Então, por que não usou comigo? Porque eu era virgem?

Ele assentiu e havia um brilho possessivo em seus olhos. Ele ergueu a mão e acariciou meu rosto, fazendo com que meu coração batesse mais depressa. — Sim, exatamente. Você é completamente minha. Sou o único que esteve dentro de sua boceta gostosa.

Prendi a respiração e senti uma onda quente entre as pernas.

Eu não conseguia acreditar na força de minha resposta física a ele. Aquilo era normal, que eu ficasse tão excitada por alguém que temia e desprezava? Fora por isso que Julian se sentira atraído por mim na boate? Porque sentira aquilo em mim? Porque, de alguma forma, sabia de minha fraqueza?

Obviamente, considerando meu plano, não era necessariamente ruim que ele me deixasse tão excitada. Seria muito pior se eu tivesse nojo dele, se não conseguisse aguentar seu toque.

Não, assim era melhor. Eu poderia ser a cativa perfeita, obediente e acolhedora, lentamente apaixonando-me pelo meu sequestrador.

Portanto, em vez de ficar rígida e assustada, cedi ao desejo e inclinei-me um pouco contra a mão dele, como se estivesse respondendo involuntariamente ao seu toque.

Algo parecido com triunfo brilhou brevemente nos olhos dele. Em seguida, ele baixou a cabeça, encostando os lábios nos meus. Os braços fortes me envolveram, moldando-me contra o corpo poderoso. Ele estava totalmente excitado. Senti a ereção contra a maciez da barriga. Ele acariciou minha boca com os lábios e a língua. Seu gosto era doce por causa do mamão que acabáramos de comer.

Fogo surgiu em minhas veias e fechei os olhos, perdendo-me no prazer do beijo. Minhas mãos subiram para o peito dele, tocando-o timidamente. Senti o calor do corpo dele, o cheiro de sua pele, estranhamente atraente. Os músculos do peito de Julian se flexionaram sob meus dedos e senti seu coração bater mais depressa.

Ele me empurrou na direção da cama e caímos sobre ela. Minhas mãos se enterraram nos cabelos grossos e sedosos e retribuí o beijo de forma apaixonada e desesperada. Não pensei em meu grande plano de sedução.

Ele mordeu meu lábio inferior, sugando-o para dentro da própria boca. A mão se fechou sobre meu seio direito, apertando o mamilo sobre a barreira dupla do sutiã e do vestido. A atitude rude foi perversamente excitante, mas eu deveria ter ficado assustada com ela.

Gemi e ele me virou, deixando-me de bruços. Com uma das mãos, empurrou-me sobre o colchão, enquanto a outra levantou a minha saia, expondo as roupas íntimas.

Ele parou por um segundo, olhando para meu traseiro, acariciando-o de leve com a palma larga. —

Nádegas tão redondinhas — murmurou ele. — Tão bonitas.

Ele colocou os dedos entre as minhas pernas, sentindo a umidade. Não consegui evitar de me contorcer com o toque leve. Eu estava tão excitada que não faltava muito para que gozasse.

Ele puxou minha calcinha para baixo, deixando-a na altura dos joelhos. Em seguida, acariciou minhas nádegas novamente, deixando-me ainda mais excitada. Eu tremi de ansiedade.

Subitamente, ouvi um barulho alto e senti uma palmada forte no traseiro. Gritei assustada, mais por causa da natureza inesperada do ataque do que da dor.

Ele pausou, esfregou a área de leve e bateu de novo na nádega direita. Foram vinte palmadas em sucessão, cada uma mais forte do que as anteriores. Senti dor. Não eram palmadas leves de brincadeira.

Ele queria me causar dor.

Esquecendo minha resolução de fingir, comecei a lutar, assustada. Ele me segurou com facilidade e transferiu a atenção para a outra nádega, batendo nela vinte vezes com a mesma força.

Quando ele parou, eu estava chorando contra o colchão, implorando para que parasse. Minhas nádegas ardiam e latejavam em agonia.

Pior do que a dor, foi a sensação irracional de traição. Para meu horror, percebi que eu começara a confiar no meu sequestrador, a achar que o conhecia um pouco.

Ele me causara dor antes, mas não achei que tivesse

sido de propósito. Achei que fosse apenas porque eu era nova no sexo. Esperava que meu corpo se ajustasse e que só houvesse prazer no futuro.

Obviamente, eu era uma tola.

Meu corpo inteiro tremia e eu não conseguia parar de chorar. Ele ainda me segurava e fiquei com medo do que faria a seguir.

O que ele fez em seguida foi tão chocante quanto o que fizera antes.

Ele me virou e pegou-me nos braços. Em seguida, sentou-se, segurando-me no colo, e balançou-me para a frente e para trás. De forma gentil e doce, como se eu fosse uma criança que ele quisesse consolar.

E, apesar de tudo, enterrei o rosto o ombro dele e chorei, precisando desesperadamente daquela ilusão de ternura, do conforto daquele que me causara dor.

QUANDO ME ACALMEI UM POUCO, ELE SE LEVANTOU E botou-me de pé. Minhas pernas estavam fracas e trêmulas. Cambaleei de leve enquanto ele tirava cuidadosamente minhas roupas.

Esperei que ele dissesse alguma coisa. Talvez pedir desculpas ou explicar por que me machucara. Ele estava me punindo? Se era isso, eu queria saber o que fizera para evitar repetir no futuro.

Mas ele não disse nada, apenas tirou minhas roupas. Quando fiquei nua, ele começou a tirar as próprias roupas.

Eu o observei com uma estranha mistura de aflição e curiosidade. O corpo dele ainda era um mistério para mim, pois eu mantivera os olhos fechados nas duas noites anteriores. Ainda não vira o sexo dele, apesar de tê-lo sentido dentro de mim.

Portanto, olhei para ele.

O corpo dele era magnífico. Ombros largos, cintura estreita, quadris esbeltos. Os músculos eram bem definidos por todo o corpo, mas não da forma como eram os dos fisiculturistas. Ele parecia um guerreiro. Consegui imaginá-lo segurando uma espada e cortando os inimigos. Notei uma cicatriz longa na coxa e outra no ombro, que só aumentaram a impressão de que ele era um guerreiro.

A pele dele era bronzeada e tinha a quantidade certa de pelos no peito. Havia mais pelos escuros na parte inferior do abdômen, descendo até a virilha. A cor da pele dele me fez achar que ele andava nu ao ar livre ou era algo natural, como eu. Talvez ele também tivesse ancestrais latinos.

Ele também estava com o pênis totalmente ereto. Era longo e grosso, similar ao que eu vira em filmes pornográficos. Não era surpresa eu estar dolorida. Não consegui acreditar que ele cabia dentro de mim.

Quando nós dois estávamos nus, ele me levou para a cama. — Quero que fique de quatro — disse ele baixinho, empurrando-me de leve.

Meu coração deu um salto em pânico e resisti por um segundo, virando-me para ele. — Você vai... — Engoli em seco. — Você vai me machucar de novo?

— Ainda não decidi — murmurou ele, erguendo a mão para segurar meu seio. Com o polegar, ele esfregou o mamilo, que ficou rígido. — Acho que provavelmente chega por enquanto.

Por enquanto? Eu quis gritar.

— Você é sádico? — A pergunta escapou antes que eu pensasse e fiquei imóvel, esperando a resposta.

Ele sorriu para mim. Aquele belo sorriso de Lúcifer. — Sim, meu bichinho — respondeu ele baixinho. — Às vezes, sou. Agora, seja uma boa garota e faça o que mandei. Talvez não goste do que acontecerá se não fizer...

Antes mesmo que ele terminasse de falar, eu obedeci, ficando sobre as mãos e os joelhos. Apesar do calor do quarto, eu tremi da cabeça aos pés.

Imagens violentas e hediondas encheram minha mente, fazendo com que eu me sentisse enjoada. Eu não sabia muito sobre sadomasoquismo. Cinquenta Tons de Cinza e alguns outros livros do mesmo estilo eram toda minha experiência no assunto, mas nenhum daqueles romances ilustrara algo parecido com a minha situação. Nem mesmo em minhas fantasias mais secretas e sombrias eu imaginara ser mantida cativa de um sádico confesso.

O que ele faria? Pretendia me chicotear, torturar? Acorrentar-me em uma masmorra? Havia uma masmorra naquela ilha? Imaginei uma câmara de pedra, cheia de instrumentos de tortura, como em um filme sobre a inquisição espanhola, e senti vontade de vomitar. Eu tinha certeza de que o sadomasoquismo normal não era assim, mas não havia nada de normal na minha situação com Julian. Ele poderia fazer literalmente o que quisesse comigo.

Ele subiu na cama atrás de mim e acariciou minhas costas. O toque foi lento e gentil. Seria reconfortante, exceto que eu me encolhi, esperando um golpe a qualquer momento.

Ele percebeu isso e inclinou-se para a frente, sussurrando em meu ouvido: — Relaxe, Nora. Não vou fazer mais nada hoje.

Quase desabei na cama de alívio. As lágrimas escorreram pelo meu rosto novamente. Desta vez, eram lágrimas de alívio e gratidão. Eu estava ridiculamente grata porque ele não me machucaria de novo. Pelo menos, não naquela noite.

Em seguida, fiquei horrorizada. Horrorizada e com nojo de mim mesma. Quando ele começou a beijar meu pescoço, meu corpo respondeu como se nada tivesse acontecido. Como se não tivesse passado por um momento sequer de dor nas mãos dele.

Meu corpo idiota não percebia que ele era um imbecil depravado. Que ele me machucaria repetidamente. Não, meu corpo queria prazer e não se importava com mais nada.

A boca quente passou do pescoço para os ombros e, em seguida, para minhas costas. Minha respiração ficou irregular. Apesar da promessa dele, eu ainda estava com medo, o que me deixou ainda mais molhada.

Os lábios dele passaram para minhas nádegas,

beijando a área que machucara alguns minutos antes. Ele empurrou minhas costas para baixo e arqueei de leve sob o toque, entendendo o comando não dito. Os dedos dele deslizaram entre minhas pernas e um deles entrou profundamente em meu canal molhado.

Ele curvou o dedo dentro de mim e soltei uma exclamação quando um ponto sensível profundo foi pressionado. Fiquei tensa e estremeci, mas, desta vez, não foi de medo.

Ao mover o dedo curvado para dentro e para fora, senti uma pressão acumulando-se dentro de mim. Meu coração acelerou e subitamente me senti quente, como se estivesse queimando por dentro. Em seguida, um orgasmo intenso me percorreu. Foi tão forte que minha visão ficou turvada por um momento e quase caí na cama.

Antes mesmo que minhas pulsações se acalmassem, ele se ajoelhou atrás de mim e começou a me penetrar.

Eu estava molhada e a entrada foi relativamente fácil, apesar de senti-lo muito grande dentro de mim. Meus tecidos internos ainda estavam doloridos da noite anterior e não pude evitar um gemido de dor com a invasão. Quando ele me penetrou totalmente, a virilha pressionou minhas nádegas doloridas, aumentando o desconforto.

Segurando meus quadris, ele começou a se mover para dentro e para fora, de forma lenta e rítmica. Apesar da dor inicial, meu corpo pareceu gostar de ser preenchido e respondeu produzindo ainda mais lubrificação. Quando ele aumentou o ritmo, minha respiração se acelerou e gemidos escaparam da garganta a cada movimento dele.

Subitamente, sem aviso, meus músculos se retesaram quando o orgasmo me invadiu. O prazer foi de intensidade inacreditável. Atrás de mim, ouvi-o gemer quando meu clímax provocou o dele. E senti o jato do sêmen quente dentro de mim.

Em seguida, nós dois caímos sobre a cama, o corpo pesado e suado dele sobre o meu.

9

Acordei devagar, em estágios. Primeiro, senti cócegas por causa dos cabelos que caíram sobre o rosto. Em seguida, o calor do sol no braço. Por um momento, minha mente flutuou naquele limbo confortável entre estar dormindo e acordada, entre o sonho e a realidade.

Mantive os olhos fechados, sem querer acordar totalmente, pois a sensação era muito boa.

Em seguida, percebi o aroma de panquecas sendo feitas na cozinha.

Meus lábios se curvaram em um sorriso. Era fim de semana e minha mãe resolvera nos mimar novamente. Ela fazia panquecas em ocasiões especiais e, algumas vezes, só porque tinha vontade.

Os cabelos fizeram cócegas novamente e, relutantemente, movi o braço para tirá-los do rosto.

Eu estava mais acordada agora e a sensação agradável dentro de mim se dissipou, sendo substituída por um medo profundo.

*Não, por favor, faça com que seja tudo um sonho. Faça com que seja tudo um grande pesadelo.*

Abri os olhos.

Não era um sonho. Eu ainda sentia o aroma das panquecas, mas certamente não era minha mãe que estava cozinhando.

Eu estava em uma ilha no meio do Oceano Pacífico, mantida em cativeiro por um homem que sentia prazer em me machucar.

Eu me espreguicei devagar, inspecionando o corpo. Além de uma ligeira ardência no traseiro, parecia estar tudo bem. Ele só me possuíra uma vez na noite passada, pelo que eu ficara grata.

Levantando-me, andei ainda nua até o espelho e olhei para minhas costas. Havia machucados leves nas nádegas, mas nada grave. Era um dos benefícios de ter a pele dourada, machucados não apareciam com facilidade. No dia seguinte, estaria completamente normal de novo.

No geral, eu parecia ter sobrevivido a mais uma noite na cama do sequestrador.

Enquanto escovava os dentes, pensei sobre a noite anterior. O jantar, meu plano idiota de seduzi-lo, a sensação de traição com as ações dele...

Eu não conseguia acreditar que começara a confiar nele, nem que fosse só um pouco. Homens normais não sequestravam garotas no parque. Não as drogavam e levavam-nas para uma ilha particular. Homens que gostavam de sexo normal e consensual não mantinham as mulheres em cativeiro.

Não, Julian não era normal. Era um sádico controlador e eu não podia me esquecer disso. O fato de não ter me machucado gravemente não significava nada. Era só uma questão de tempo até que ele fizesse algo realmente grave.

Eu precisava escapar antes que isso acontecesse e não podia perder tempo seduzindo Julian. Ele era perigoso demais e imprevisível.

Eu tinha que encontrar uma forma de sair daquela ilha.

DEPOIS DE TOMAR UM BANHO RÁPIDO, DESCI PARA TOMAR café da manhã. Beth já estivera no meu quarto, pois havia outra pilha de roupas limpas lá. Um traje de banho, chinelos e outro vestido de verão.

Ela estava na cozinha, ao lado das panquecas cujo aroma eu sentira mais cedo.

Quando entrei, ela sorriu para mim. A tensão do dia anterior parecia ter sido esquecida. — Bom dia — disse ela em tom alegre. — Como está se sentindo?

Eu olhei para ela incrédula. Ela sabia o que Julian fizera comigo? — Ah, estou ótima — respondi sarcasticamente.

— Que bom. — Ela pareceu não notar meu sarcasmo. — Julian achou que você estaria um pouco dolorida esta manhã e deixou um creme especial para que eu lhe entregasse.

Ela sabia.

— Como você vive consigo mesma? — perguntei sinceramente curiosa. Como uma mulher podia simplesmente observar outra mulher sendo abusada daquele jeito? Como conseguia trabalhar para aquele homem cruel?

Em vez de responder, Beth colocou uma panqueca grande sobre um prato e levou-a para mim. Havia também fatias de manga sobre a mesa, ao lado de um pote de xarope de bordo.

— Coma, Nora — disse ela em tom suave.

Lancei um olhar amargo a ela e comecei a comer. A panqueca estava deliciosa. Percebi que ela acrescentara bananas na massa, pois senti o gosto doce delas. Nem precisei do xarope de bordo, mas adicionei algumas fatias de manga.

Beth sorriu novamente e voltou às tarefas da cozinha.

Depois do café da manhã, saí da casa e explorei a ilha sozinha. Beth não me impediu. Eu ainda achava chocante que me deixassem andar pelo lugar daquele jeito. Deviam estar muito confiantes de que não havia como sair da ilha.

Bem, eu pretendia encontrar uma forma.

Andei incansavelmente por horas sob o sol quente até que os chinelos que usava causaram uma bolha. Fiquei perto da praia, torcendo para encontrar um barco amarrado em algum lugar, talvez em uma caverna ou lagoa.

Mas não encontrei nada.

Como eu chegara lá? Fora de avião ou de helicóptero? Julian mencionara no dia anterior que descobrira a ilha enquanto pilotava um avião. Talvez ele tivesse me levado para lá em um avião particular.

Isso não seria bom. Mesmo se eu encontrasse o avião, como eu o pilotaria? Deveria ser algo bem complicado.

Por outro lado, com incentivo suficiente, talvez eu conseguisse descobrir. Eu não era burra e pilotar um avião não era tão complexo assim.

Mas também não encontrei o avião. Havia uma área plana no outro lado da ilha com uma estrutura na extremidade, mas não havia nada lá. Estava completamente vazia.

Cansada, com sede e com a bolha incomodando a cada passo, voltei para a casa.

— JULIAN PARTIU HÁ ALGUMAS HORAS — DISSE BETH assim que entrei.

Atônita, olhei para ela. — Como assim, ele partiu?

— Ele tinha que cuidar de alguns negócios urgentes. Se tudo der certo, ele voltará em uma semana.

Assenti, tentando manter uma expressão neutra, e subi para o quarto.

Ele partira! Meu atormentador partira!

Estávamos apenas Beth e eu na ilha. Mais ninguém.

Minha mente estava repleta de possibilidades. Eu poderia roubar uma das facas da cozinha e ameaçar Beth até que ela me mostrasse como sair da ilha. Provavelmente havia internet ali e eu poderia falar com o mundo externo.

Eu estava tão empolgada que quase gritei.

Eles achavam mesmo que eu era tão inofensiva? Meu comportamento obediente até o momento fizera com que pensassem que eu continuaria sendo uma prisioneira mansa?

Não podiam estar mais errados.

Era de Julian que eu tinha medo, não de Beth. Com os dois na ilha, atacar Beth teria sido inútil e perigoso.

Agora, no entanto, poderia fazer isso.

Uma hora depois, fui silenciosamente até a cozinha. Como eu esperara, Beth não estava lá. Era cedo demais para preparar o jantar e tarde demais para o almoço.

Eu estava descalça para não fazer barulho. Olhando cuidadosamente em volta, abri uma das gavetas e tirei um facão grande, testando-o com o dedo para ver se estava afiado.

Uma arma. Perfeito.

O vestido que eu usava tinha um cinto fino e usei-o para amarrar a faca nas costas. Era um suporte rudimentar, mas manteve a faca no lugar. Torci para não cortar o traseiro com a lâmina, mas, mesmo se isso acontecesse, era um risco que valia a pena correr.

A próxima aquisição foi um vaso de cerâmica grande. Era tão pesado que mal consegui erguê-lo sobre a cabeça com os dois braços. Imaginei que um crânio não seria páreo para algo como aquilo.

Quando estava com as duas coisas, fui procurar Beth.

Eu a encontrei no pórtico, encolhida com um livro no colo em um sofá confortável, desfrutando do ar fresco e da bela vista do oceano. Ela não olhou quando espiei pela porta aberta e entrei rapidamente, tentando planejar o que fazer em seguida.

Meu plano era simples. Eu precisava pegar Beth desprevenida e bater na cabeça dela com o vaso. Talvez amarrá-la com alguma coisa. Depois, poderia usar a faca para ameaçá-la e fazer com que me deixasse entrar em contato com o mundo externo. Assim, quando Julian voltasse, eu já poderia ter sido resgatada e prestado queixa.

Só precisava agora de um bom local para a emboscada.

Olhando em volta, percebi um pequeno recesso perto da entrada da cozinha. Quem estivesse saindo do pórtico, como imaginei que Beth faria, não veria nada naquele recesso. Não era o melhor lugar para me esconder, mas era melhor do que atacá-la abertamente. Fui até lá e encostei-me na parede, deixando o vaso no chão ao meu lado onde poderia pegá-lo facilmente.

Respirando fundo, tentei conter o tremor das mãos.

Eu não era uma pessoa violenta, mas lá estava, pronta a bater com o vaso na cabeça de Beth. Eu não queria pensar nisso, mas não consegui evitar imaginar o crânio dela aberto, com sangue e pedaços de cérebro por toda parte, como em um filme de terror. A imagem me deixou enjoada. Eu disse a mim mesma que não seria assim, que ela provavelmente acabaria apenas com um ferimento feio ou uma concussão leve.

A espera pareceu interminável. Cada segundo parecia uma hora. Meu coração batia com força e eu suava, apesar de a temperatura dentro da casa ser menor do que o calor do lado de fora.

Finalmente, depois de esperar o que pareceram horas, ouvi os passos de Beth. Pegando o vaso, ergui-o cuidadosamente acima da cabeça e prendi a respiração quando ela entrou pela porta aberta.

Ao passar por mim, segurei o vaso firmemente e abaixei-o sobre a cabeça dela.

E errei. No último momento, Beth deve ter ouvido algum movimento, pois o vaso bateu em seu ombro.

Ela gritou de dor, colocando a mão no ombro. — Sua vadia idiota!

Soltei uma exclamação e tentei erguer o vaso novamente, mas foi tarde demais. Ela agarrou o vaso, que caiu no chão, quebrando-se em uma dezena de pedaços entre nós.

Saltei para trás, colocando a mão direita nas costas tentando freneticamente pegar a faca. Merda, merda, merda. Consegui segurar o cabo e puxá-la. Mas, antes que conseguisse fazer alguma coisa, ela agarrou meu braço direito, movendo-se depressa como uma cobra. A mão dela parecia de aço em volta do meu pulso.

O rosto dela estava vermelho e os olhos brilhavam quando ela torceu meu braço dolorosamente para trás.

— Solte a faca, Nora — ordenou ela rispidamente com a voz cheia de fúria.

Em pânico, tentei bater no rosto dela com a outra mão, mas ela segurou o braço esquerdo também. Claramente, ela sabia como lutar. E, obviamente, era mais forte que eu.

Meu braço direito estava doendo muito, mas tentei chutá-la. Não podia perder aquela luta, era minha melhor chance de escapar.

Meu pé bateu na perna dela, mas, como eu estava descalça, o dano foi maior nos meus dedos do que na canela dela.

— Solte a faca, Nora, ou vou quebrar seu braço — sibilou ela. Eu sabia que ela falava sério. Meu ombro parecia prestes a soltar da articulação e minha visão ficou escura quando ondas de dor desceram pelo braço.

Aguentei mais um segundo e acabei soltando a faca, que caiu no chão com um barulho alto.

Beth imediatamente me soltou e abaixou-se para pegar a faca.

Eu recuei, respirando pesadamente, com lágrimas de dor e frustração queimando-me os olhos. Eu não sabia o que ela faria comigo agora e não queria descobrir.

Portanto, corri.

~

Eu era rápida e estava em boa forma. Ouvi Beth perseguindo-me e chamando meu nome, mas duvidava que ela tivesse feito aquilo antes.

Corri para fora da casa em direção à praia. Pedras, gravetos e cascalhos machucaram meus pés, mas mal senti.

Eu não sabia para onde estava correndo, mas não podia deixar que Beth me alcançasse. Não podia deixar que me prendesse no quarto ou coisa pior.

— Nora!

Que merda, ela também era boa corredora. Eu acelerei, ignorando a dor nos pés.

— Nora, não seja idiota! Não há para onde ir!

Eu sabia que era verdade, mas não poderia mais ser uma vítima passiva. Não poderia mais ficar sentada dentro daquela casa, comendo a comida de Beth e esperando a volta de Julian.

Não poderia deixar que ele me machucasse de novo e, em seguida, que fizesse meu corpo desejá-lo.

Os músculos das pernas doíam e os pulmões não recebiam ar suficiente. Desconectei-me do desconforto, fingindo que estava em uma corrida com a linha de chegada a cerca de cem metros à frente.

Pareceu que estava correndo havia muito tempo. Quando olhei para trás, vi que Beth ficava cada vez mais para trás.

Diminuí um pouco o ritmo. Não conseguiria sustentar aquela velocidade por muito mais tempo.

Sem pensar muito, fui para o lado rochoso da ilha, onde poderia subir nas rochas e desaparecer no bosque sobre elas.

Levei mais dez minutos para chegar lá e não vi mais Beth atrás de mim.

Corri um pouco mais devagar ao subir as rochas. Agora que estava fora do perigo imediato, senti os cortes nos pés descalços.

Foi uma subida lenta e torturante. Minhas pernas estavam trêmulas por causa do esforço e senti uma dormência pós-adrenalina. Mesmo assim, consegui chegar ao topo da colina e ao bosque.

A vegetação tropical estava à minha volta, escondendo-me. Andei mais um pouco, procurando um bom lugar para descansar. Não seria fácil me achar ali. Pelo que eu me lembrava da exploração que fizera mais cedo, a floresta cobria uma parte grande daquele lado da ilha.

Eu estaria segura por enquanto.

Quando a noite começou a cair, encontrei abrigo sob uma árvore grande, onde a vegetação era particularmente impenetrável. Limpei uma parte do chão, verificando se não havia algum formigueiro por perto nem nada mais que pudesse me picar. Em seguida, deitei-me, ignorando a dor latejante nos pés feridos.

Não foi a primeira vez que agradeci meu pai por me levar para acampar quando eu era pequena. Graças às orientações dele, eu me sentia confortável com a natureza em toda sua glória. Insetos, cobras, lagartos, nada disso me incomodava. Eu sabia que deveria ter cuidado perto de certas espécies, mas não sentia medo.

Eu estava com muito mais medo das cobras que me levaram para aquela ilha.

Agora que estava longe de Beth, consegui pensar um pouco mais claramente.

Aquele corpo esbelto e em boa forma dela claramente não era devido a exercícios leves. Ela era forte, provavelmente tão forte quanto alguns homens, e certamente muito mais forte do que eu.

Ela também parecia ter tido algum treinamento especial, talvez em artes marciais. Eu cometera um erro ao tentar fazê-la prisioneira. Deveria ter enfiado a faca nas costas dela quando ela não estivesse olhando.

Mas não era tarde demais. Ainda poderia voltar silenciosamente para a casa e surpreendê-la. Eu precisava de acesso àquela internet e imediatamente, antes que Julian voltasse.

Eu não sabia o que ele faria comigo por atacar Beth... e não queria descobrir.

10

UMA ESTRANHA SENSAÇÃO ME ACORDOU NA MANHÃ seguinte. Quase parecia...

— Ai, merda!

Eu saltei, tentando tirar a aranha de pernas longas que passeava pelo meu braço.

A aranha voou longe e passei as mãos freneticamente pelo rosto, pelos cabelos e pelo corpo, tentando me livrar de outros possíveis rastejadores.

Eu não tinha medo de aranhas, mas não gostava nem um pouco de tê-las em mim.

Não foi a forma mais agradável de acordar.

Meu coração gradualmente voltou ao normal e avaliei a situação. Eu estava com sede e o corpo inteiro doía de ter dormido no chão duro. Eu também me sentia suja e com dor nos pés. Erguendo uma das pernas, olhei para a sola do pé, achando que havia sangue seco nele.

Minha barriga roncou de fome. Eu não jantara na noite anterior e estava faminta.

Por outro lado, Beth ainda não me encontrara.

Eu não sabia o que faria em seguida. Talvez voltar para a casa e tentar emboscar Beth novamente.

Pensei no assunto e decidi que provavelmente era o melhor a fazer àquelas alturas. Cedo ou tarde, Beth ou Julian me encontraria. A ilha não era tão grande assim e eu não conseguiria me esconder deles por muito tempo. E não podia arriscar perder tempo, caso Julian voltasse antes do esperado. Dois contra um não era algo muito bom.

Eu também ficava com mais fome a cada minuto e, quando não comia regularmente, tinha a tendência a ficar tonta. Provavelmente conseguiria encontrar água fresca para beber, mas seria mais difícil encontrar comida. Eu não sabia de onde Beth pegava as mangas. Se eu tentasse me esconder por mais dois dias, talvez estivesse fraca demais para atacar alguém, muito menos uma mulher que parecia uma maldita princesa guerreira.

Além do mais, talvez ela não estivesse esperando que eu voltasse tão cedo e seria bom ter o elemento surpresa.

Portanto, respirei fundo e comecei a caminhar, ou melhor, a mancar de volta para a casa. Eu sabia que talvez as coisas não terminassem bem para mim, mas não tinha opção. Ou eu lutava agora ou seria uma vítima para sempre.

Demorei cerca de duas horas para voltar. Precisei

parar e respirar fundo algumas vezes quando não tolerei mais a agonia nos pés.

Era um pouco irônico eu ter escapado por ter medo da dor e acabar ferindo-me tanto ao fazer isso. Julian provavelmente adoraria me ver daquele jeito. Aquele idiota pervertido.

Finalmente, cheguei à casa e abaixei-me atrás de alguns arbustos grandes perto da porta da frente. Eu não sabia se a porta estava trancada, mas não achei que poderia simplesmente usar a entrada principal. Até onde sabia, Beth poderia estar bem ali, na sala de estar.

Não, eu precisava ser um pouco mais estratégica.

Depois de alguns minutos, dei a volta cuidadosamente até a parte de trás, perto do pórtico grande onde atacara Beth no dia anterior.

Para meu alívio, não havia ninguém lá.

Tomando cuidado para não fazer barulho, abri a porta de tela e entrei no pórtico. Na mão, tinha uma pedra grande. Eu preferiria ter uma faca ou uma arma, mas a pedra teria que servir.

Andando agachada até uma das janelas, olhei para dentro e fiquei grata ao ver que a sala de estar estava vazia.

Endireitando o corpo, andei até a porta de vidro que levava à sala de estar, abri-a devagar e entrei.

A casa estava completamente silenciosa. Não havia ninguém na cozinha nem arrumando a mesa.

O relógio digital na sala de estar mostrava 07h12. Torci para que Beth ainda estivesse dormindo.

Ainda segurando a pedra, entrei na cozinha e

encontrei outra faca. Segurando as duas, fui devagar para o segundo andar.

O quarto de Beth era o primeiro à esquerda. Eu sabia disso porque ela me dissera ao me mostrar a casa.

Prendendo a respiração, abri a porta silenciosamente... e congelei.

Sentada na cama, estava a pessoa que eu mais termia.

Julian.

Ele voltara mais cedo.

~

— OLÁ, NORA.

A voz dele estava enganadoramente suave e o rosto perfeito, sem expressão. Ainda assim, senti a fúria queimando silenciosamente nele.

Por um segundo, eu só o encarei, paralisada pelo terror. Não conseguia ouvir nada além do meu próprio coração. Comecei a recuar, ainda mantendo os olhos no rosto dele. Ergui as mãos à frente defensivamente, ainda segurando a pedra e a faca.

Naquele momento, mãos de aço agarraram meus braços por trás, apertando dolorosamente os pulsos. Gritei, lutando, mas Beth era forte demais. A faca foi torcida para trás, quase acertando meu ombro.

Em uma fração de segundo, Julian estava sobre mim e arrancou a faca e a pedra das minhas mãos. Beth me soltou e Julian me segurou, apertando-me firmemente enquanto eu gritava e contorcia-me em seus braços.

Quanto mais eu lutava, mais os braços dele me apertavam até que quase desmaiei por falta de ar.

Em seguida, ele me pegou no colo e carregou-me para fora do quarto de Beth.

Para minha surpresa, ele me levou para o andar térreo e parou na frente da porta que levava ao escritório dele. Um painel minúsculo se abriu ao lado da porta e vi uma luz vermelha movendo-se sobre o rosto de Julian, como um laser em um caixa de supermercado.

Logo depois, a porta se abriu.

Reprimi uma exclamação de surpresa. A porta do escritório se abria com varredura da retina, algo que eu só vira em filmes de espionagem.

Quando ele me carregou para dentro, tentei lutar novamente, mas foi inútil. Era impossível mover os braços dele, que me seguravam firmemente.

Mais uma vez, eu estava indefesa no abraço dele.

Lágrimas de frustração amarga escorreram pelo meu rosto. Eu detestava ser tão fraca. Ele não parecia nem um pouco abalado fisicamente pela luta.

Eu não sabia o que esperar dele. Talvez ele me batesse ou decidisse me possuir brutalmente.

Mas ele simplesmente me colocou no chão quando estávamos dentro do escritório.

Assim que ele me soltou, dei alguns passos para trás, precisando colocar pelo menos um pouco de distância entre nós.

Ele sorriu para mim e havia algo perturbador na

beleza daquele sorriso. — Relaxe, meu bichinho. Não vou machucar você. Pelo menos, não agora.

E, enquanto eu o observava, ele andou até uma mesa grande, abriu a gaveta e tirou um controle remoto. Em seguida, apontou o controle para uma parede atrás de mim.

Virei-me apreensiva e olhei para duas televisões grandes de tela plana. Pareciam ser muito modernas, bem diferentes do que eu tinha em casa.

A tela esquerda foi ligada. A imagem foi estranha por ser tão inesperada.

Parecia um quarto comum na casa de alguém. A cama estava desfeita, os lençóis amontoados sobre o colchão. Havia pôsteres de vários jogadores de futebol americano nas pareces e um notebook sobre a escrivaninha.

— Você reconhece esse lugar? — perguntou Julian.

Balancei a cabeça negativamente.

— Ótimo — disse ele. — Fico feliz.

— De quem é esse quarto? — perguntei, sentindo um nó no estômago.

— Não consegue adivinhar?

Eu o encarei, sentindo um frio cada vez maior. — De Jake?

— Sim, Nora. De Jake.

Comecei a tremer. — Por que ele está na sua televisão?

— Você se lembra de que eu lhe disse que Jake estaria seguro enquanto você se comportasse?

Parei de respirar por um segundo. — Sim... — Meu sussurro foi quase inaudível.

Na verdade, eu me esquecera da ameaça inicial dele a Jake, pois estivera envolvida demais com o fato de estar em cativeiro. Achei que a ameaça não fora séria, especialmente depois de descobrir que estávamos em uma ilha a milhares de quilômetros da minha cidade natal. Em algum lugar da minha mente, eu me convencera de que Julian não poderia ferir Jake. Pelo menos, não à distância.

— Ótimo — disse Julian. — Então você entenderá por que estou fazendo isso. Não quero mantê-la presa, incapaz de ir a qualquer lugar ou de fazer alguma coisa. Esta ilha é seu novo lar e quero que seja feliz aqui...

Feliz ali? Eu estava mais convencida do que nunca de que ele era louco.

— ... mas não posso deixar que tente machucar Beth em tentativas inúteis de fuga. Você precisa aprender que há consequências para seus atos...

A sensação de terror se espalhou pelo meu corpo inteiro. — Desculpe! Não vou mais fazer isso! Não vou, prometo! — Minhas palavras saíram apressadamente. Eu não sabia se poderia impedir o que estava prestes a acontecer, mas precisava tentar. — Não vou machucar Beth e não vou tentar fugir. Por favor, Julian, eu aprendi a lição...

Julian olhou para mim quase com tristeza. — Não, Nora. Não aprendeu. Tive que voltar hoje, interromper minha viagem de negócios por causa do que você fez. Beth não está aqui para ser sua carcereira. Não é a função dela. Ela está aqui para cuidar de você, para garantir que esteja confortável e contente. Não vou aceitar que retribua a bondade dela tentando matá-la...

— Eu não estava querendo matá-la! Eu só queria... — Parei de falar, sem querer revelar meu plano para ele.

— Achou que poderia usá-la como refém? — Julian pareceu divertido. — Para fazer o quê? Com que ela a tirasse da ilha? Que a ajudasse a falar com o mundo exterior?

Olhei para ele, sem negar nem admitir nada.

— Bem, Nora, deixe-me explicar uma coisa a você. Mesmo se seu ataque tivesse dado certo, o que não teria acontecido, pois Beth é mais do que capaz de lidar com uma garota como você, ela não poderia ajudá-la. Quando eu saio daqui, o avião vai comigo. Não há barcos nem nenhum outro jeito de sair da ilha.

As palavras dele confirmaram o que eu já suspeitava depois das explorações que fizera. Mas eu ainda tinha esperança de que...

— E sou o único que tem acesso ao meu escritório. Não existem computadores nem equipamentos de comunicação em outro lugar da casa. A única coisa que Beth pode fazer é me mandar uma mensagem direta em uma linha especial que temos. Portanto, veja bem, meu bichinho, ela teria sido inútil como refém.

Lá se foi minha esperança. Cada frase parecia um prego em meu caixão. Se ele não estava mentindo, minha situação era muito, muito pior do que eu temera.

A não ser que Julian resolvesse me deixar ir embora, eu ficaria presa na ilha dele para sempre.

Eu queria gritar, chorar e jogar coisas, mas não podia desmoronar naquele momento. Em vez disso, assenti e fingi estar calma e racional. — Eu entendo. Desculpe, Julian. Eu não sabia de nada disso antes. Não vou tentar escapar de novo e não vou machucar Beth. Por favor, acredite em mim...

— Eu gostaria de acreditar, Nora. — Ele pareceu quase pesaroso. — Mas não posso. Você ainda não me conhece e não tem certeza se pode acreditar em mim. Preciso mostrar a você que sou um homem de palavra. Quanto mais cedo aceitar o inevitável, mais feliz você será.

Em seguida, ele colocou a mão no bolso e tirou algo parecido com um telefone. Apertando um botão, ele esperou alguns segundos e disse: — Pode prosseguir.

Ele voltou a atenção para a tela.

Fiz o mesmo, com uma sensação de terror.

A TV ainda mostrava o quarto vazio, mas, alguns segundos depois, a porta se abriu e Jake entrou.

Ele parecia aterrorizado. Um dos olhos estava inchado e o nariz estava torto, como se estivesse quebrado. Logo depois dele, entrou um homem grande mascarado segurando uma arma.

Uma exclamação de horror escapou de meus lábios. — Por favor, não... — Nem percebi que me mexi, mas minhas mãos estavam no braço de Julian, puxando-o em desespero.

— Assista, Nora. — Não havia emoção no rosto de

Julian quando ele me puxou para seus braços, segurando-me para que eu ficasse virada para a TV. — Quero que aprenda de uma vez por todas que ações têm consequências.

Na tela, o homem mascarado subitamente estendeu o braço para Jake...

— Não!

... e bateu no rosto dele com força com a coronha da arma. Jake cambaleou para trás, com o sangue escorrendo pelo canto da boca.

— Por favor, não! — Solucei e lutei para sair dos braços de Julian, com os olhos colados na cena violenta que acontecia a milhares de quilômetros de distância.

O atacante de Jake era implacável, batendo nele sem parar. Gritei, sentindo cada golpe no coração. Cada golpe contra o corpo de Jake matava algo dentro de mim, alguma crença em um futuro melhor que me sustentara até então.

Quando Jake caiu de joelhos, o homem chutou-o nas costelas e ouvi seu gemido de dor.

— Por favor, Julian — sussurrei derrotada, desabando nos braços dele. — Por favor, pare... — Eu sabia que estava implorando misericórdia de um homem que não a tinha. Ele estava assassinando Jake na minha frente e não havia nada que eu pudesse fazer.

Meu sequestrador deixou que a surra continuasse por mais um minuto antes de me soltar e pegar o telefone. Eu o encarei, tremendo da cabeça aos pés. Nem ousei ter esperança.

Julian digitou rapidamente uma mensagem de

texto. Na tela, vi o atacante de Jake pausar e colocar a mão no bolso.

Em seguida, ele parou com a surra e saiu do quarto de Jake.

Jake ficou caído no chão, coberto de sangue. Continuei olhando fixamente para a tela, precisando saber se ele ainda estava vivo. Depois de um minuto, ouvi um gemido e vi quando ele se levantou. Ele cambaleou em direção ao telefone, movendo-se como um velho, em vez de um jovem atleta.

E ouvi quando ele telefonou para a emergência.

Caí no chão e enterrei o rosto nas mãos.

Julian vencera.

Eu sabia que minha vida nunca mais seria minha.

11

QUANDO ACORDEI NA MANHÃ SEGUINTE, JULIAN SE FORA
novamente.

Eu não me lembrava muito do que acontecera depois que eu caíra no chão no escritório de Julian no dia anterior. O restante do dia estava nublado na minha lembrança. Foi como se meu cérebro tivesse desligado, incapaz de processar a violência que testemunhara. Eu me lembrava vagamente de Julian pegando-me do chão e levando-me até o chuveiro. Ele devia ter me lavado e feito curativo nos meus pés, pois, quando acordei, eles estavam envoltos em gaze e doendo muito menos.

Eu não sabia se ele fizera sexo comigo na noite anterior. Se fizera, devia ter sido incomumente gentil, pois eu não sentia dor nenhuma naquela manhã. Eu me lembrava de ter dormido com ele na minha cama, com o corpo grande curvado ao longo do meu.

De certa forma, o que acontecera simplificava as

coisas. Quando não havia esperança, quando não havia opção, tudo se tornava notavelmente claro. O fato era que Julian tinha todas as cartas na mão. Eu era dele pelo tempo que quisesse ficar comigo. Não havia escapatória para mim.

Depois que aceitei esse fato, a vida ficou mais fácil. Antes que percebesse, eu já estava na ilha havia nove dias.

Beth me informou durante o café da manhã.

Eu aprendera a tolerar a presença dela. Não tinha opção. Sem Julian lá, ela era a única fonte de interação humana. Ela me alimentava, dava-me roupas e limpava a casa. Era quase uma babá, exceto que era jovem e, algumas vezes, chata. Achei que ela não tinha me perdoado completamente por ter tentado bater nela com o vaso. Provavelmente, ainda estava com o orgulho ferido.

Tentei não incomodá-la demais. Durante o dia, eu saía da casa e passava a maior parte do tempo na praia ou explorando o bosque. Voltava para as refeições e para escolher um novo livro para ler. Beth me disse que Julian levaria mais livros para mim quando eu terminasse de ler os cento e poucos que havia no quarto.

Eu deveria me sentir deprimida. Sabia disso. Deveria estar amarga e furiosa o tempo inteiro, odiando Julian e a ilha. Algumas vezes, eu me sentia assim. Mas constantemente ser vítima gastava energia demais. Quando estava deitada sob o sol quente, distraída com um livro, não odiava nada. Simplesmente deixava-me ser levada pela imaginação de um autor.

Eu tentava não pensar em Jake. A culpa era quase insuportável. Racionalmente, eu sabia que fora Julian quem fizera aquilo, mas não podia evitar me sentir responsável. Se eu não tivesse saído com Jake, aquilo nunca teria acontecido com ele. Se eu não tivesse me aproximado dele naquela festa, ele nunca teria apanhado de forma tão selvagem.

Eu ainda não sabia o que Julian era nem como tinha uma influência tão longínqua. Ele continuava sendo um mistério como fora desde o primeiro dia.

Talvez ele fosse da máfia. Isso explicaria os capangas que tinha sob seu comando. Obviamente, podia ser simplesmente um excêntrico rico com tendências sociopatas. Eu realmente não sabia.

Algumas vezes, eu chorava até pegar no sono. Eu sentia saudades da minha família e dos meus amigos. Sentia falta de sair para dançar em uma boate. Sentia falta de contato humano. Eu não era solitária por natureza. Sempre estava em contato com pessoas, fosse no Facebook, no Twitter ou passeando com amigos. Eu gostava de ler, mas não era suficiente. Eu precisava de mais.

Tentei conversar com Beth sobre o assunto.

— Estou entediada — disse eu durante o jantar. Era peixe novamente. Eu descobrira que a própria Beth os pescava perto da caverna no outro lado da ilha. Desta vez, era com salada de manga. Ainda bem que eu gostava de frutos do mar.

— É mesmo? — Ela pareceu achar graça. — Por quê? Não tem livros suficientes para ler?

Revirei os olhos. — Sim, ainda tem mais uns setenta livros. Mas não há mais nada para fazer...

— Quer me ajudar a pescar amanhã? — perguntou ela, lançando-me um olhar jocoso. Ela sabia que não era minha pessoa favorita e esperava que eu recusasse imediatamente. No entanto, ela não percebia como eu precisava de interação humana.

— Está bem — respondi, obviamente surpreendendo-a. Eu nunca pescara e não conseguia imaginar a pesca como sendo uma atividade particularmente divertida, especialmente se Beth estivesse por perto o tempo inteiro. Ainda assim, faria praticamente qualquer coisa para quebrar a rotina.

— Então está bem — disse ela. — O melhor horário para pescá-los é ao amanhecer. Quer mesmo ir?

— Claro — disse eu. Normalmente, eu detestava acordar cedo. Mas eu dormia tanto na ilha que não seria tão ruim assim. Eu provavelmente dormia cerca de dez horas por noite, além de tirar um cochilo à tarde. Era quase ridículo, na verdade. Meu corpo parecia achar que eu estava de férias em algum lugar relaxante. Pelo jeito, havia algumas vantagens em não ter internet nem outras distrações. Eu nunca me sentira tão descansada.

— Então é melhor você ir dormir, pois baterei no seu quarto bem cedo — avisou ela.

Assenti, terminando o jantar. Em seguida, subi para o quarto e chorei até dormir.

∽

— Quando Julian voltará? — perguntei, observando enquanto Beth arrumava a isca cuidadosamente no anzol. O que ela fazia parecia nojento e fiquei feliz por não me fazer ajudá-la.

— Não sei — disse Beth. — Ele voltará quando terminar os negócios.

— Que tipo de negócio? — Eu já perguntara aquilo antes, mas esperava que um dia Beth me respondesse.

Ela suspirou. — Nora, pare de bisbilhotar.

— Que diferença faz se eu souber? — Olhei para ela com frustração. — Não vou a lugar nenhum. Só quero saber o que ele é, mais nada. Não acha que é normal ter curiosidade na minha situação?

Ela suspirou novamente e lançou o anzol no oceano com um movimento suave. — É claro que sim. Mas Julian lhe contará ele mesmo se quiser que você saiba.

Respirei fundo. Obviamente, eu não chegaria a lugar algum com aquele tipo de pergunta. — Você é realmente leal a ele, hein?

— Sim — disse Beth, sentando-se ao meu lado. — Sou, sim.

Porque ele salvara a vida dela. Eu também estava curiosa sobre aquilo, mas sabia que ela não gostava de tocar no assunto. — Há quanto tempo você o conhece?

— Uns dez anos — disse ela.

— Desde que ele tinha dezenove anos?

— Sim, exatamente.

— Como vocês se conheceram?

O maxilar dela enrijeceu. — Não é da sua conta.

Senti que estava novamente perto de um assunto

difícil, mas decidi continuar mesmo assim. — Foi quando ele salvou sua vida? Foi assim que você o conheceu?

Ela estreitou os olhos. — Nora, o que eu disse sobre bisbilhotar?

— Está bem, está bem... — A falta de resposta dela foi resposta suficiente para mim. Mudei para outro assunto. — E por que Julian me trouxe para cá? Quero dizer, para esta ilha. Ele nem está aqui.

— Ele voltará logo. — Ela me olhou com expressão irônica. — Por quê? Está com saudades dele?

— Não, claro que não! — Olhei para ela ofendida.

Ela ergueu as sobrancelhas. — Não? Nem um pouquinho?

— Por que eu sentiria saudades daquele monstro? — retruquei, com uma raiva incontrolável. — Depois do que ele fez comigo? Do que fez com Jake?

Ela riu baixinho. — Acho que a mocinha está protestando demais...

Levantei com um salto, incapaz de aguentar mais a zombaria na voz dela. Naquele momento, eu a odiei tanto que teria ficado feliz em esfaqueá-la, se tivesse uma faca. Eu nunca fora temperamental, mas algo em Beth trazia à tona o pior em mim.

Consegui recuperar o controle antes de ir embora dali e bancar a tola. Respirando fundo, fingi que era o que pretendia fazer o tempo inteiro. Andando até a água, testei a temperatura com o pé e voltei para onde Beth estava, sentando-me novamente.

— A água é realmente quente neste lado da ilha —

disse eu calmamente, como se não estivesse queimando de raiva por dentro.

— É, os peixes parecem gostar daqui — respondeu ela no mesmo tom. — Sempre pego uns peixes bons nesta área.

Assenti e olhei para a água. O som das águas era reconfortante, ajudando-me a controlar o que me invadira. Eu não entendia por que reagira tão violentamente à implicância dela. Obviamente, deveria ter apenas olhado para ela de forma irritada e descartado friamente a sugestão ridícula que dera. Em vez disso, eu mordera a isca.

Haveria alguma verdade nas palavras dela? Fora por isso que eu me irritara tanto? Eu sentia saudades de Julian?

A ideia era tão medonha que senti vontade de vomitar.

Tentei pensar racionalmente no assunto por um momento, entender a confusão de sentimentos.

Sim, uma pequena parte de mim se ressentia do fato de ele ter me deixado naquela ilha tendo apenas Beth como companhia. Para alguém que supostamente me queria o suficiente para me sequestrar, Julian certamente não estava sendo muito atencioso.

Não que eu quisesse a atenção dele. Queria que ficasse o mais longe possível de mim. Mas, ao mesmo tempo, eu estava estranhamente insultada com a ausência dele. Era como se eu não fosse desejável o suficiente para que ele quisesse estar lá.

Assim que analisei tudo logicamente, vi o absurdo

das minhas emoções contraditórias. Era tudo tão idiota que me xinguei mentalmente.

Eu não seria uma daquelas garotas que se apaixonava pelo sequestrador. Eu me recusava a ser. Eu sabia que estar lá na ilha mexia com a minha cabeça e estava determinada a não deixar que isso acontecesse.

Talvez eu não conseguisse escapar de Julian, mas poderia impedi-lo de me abalar.

～

DOIS DIAS DEPOIS, JULIAN VOLTOU.

Descobri quando ele me acordou de um cochilo na praia.

No início, achei que estava sonhando. No sonho, eu estava aquecida e segura na minha cama. Mãos gentis começaram a acariciar meu corpo. Eu me movi na direção delas, adorando o toque sobre a pele, desfrutando do prazer que elas me davam.

Em seguida, senti lábios quentes no rosto, no pescoço. Gemi baixinho e as mãos ficaram mais exigentes, puxando as tiras da parte de cima do biquíni, puxando a parte de baixo pelas minhas pernas...

A percepção do que estava acontecendo entrou em meu cérebro semiconsciente e acordei com uma exclamação súbita. A adrenalina corria pelas veias.

Julian estava agachado sobre mim, olhando-me com aquele sorriso angelical sombrio. Eu já estava nua, deitada sobre a toalha de praia que Beth me dera naquela manhã. Ele também estava nu... e totalmente excitado.

Eu o encarei, com o coração acelerado por uma mistura de empolgação e medo. — Você voltou — disse eu, constatando o óbvio.

— Voltei — murmurou ele, abaixando-se e beijando meu pescoço novamente. Antes que eu conseguisse organizar os pensamentos, ele já estava deitado sobre mim, com o joelho abrindo minhas pernas e o pênis em minha abertura.

Fechei bem os olhos quando ele começou a me penetrar. Eu estava molhada, mas ainda me senti desconfortável quando ele me penetrou completamente. Ele parou por um segundo, deixando que eu me ajustasse, e começou a se mover cada vez mais depressa.

As investidas me empurraram contra a toalha e senti a areia movendo-se sob minhas costas. Agarrei os ombros dele, precisando de algo em que me apoiar quando a tensão familiar começou a se acumular. A cabeça do pênis encostou naquele ponto sensível dentro de mim e gemi, arqueando o corpo para que ele fosse mais fundo, precisando mais daquela sensação intensa e querendo que ele me fizesse gozar.

— Sentiu saudades de mim? — perguntou ele baixinho, movendo-se um pouco mais devagar para evitar que eu chegasse ao orgasmo.

Eu estava coerente o suficiente para balançar a cabeça negativamente.

— Mentirosa — sussurrou ele. As investidas ficaram

mais fortes, mais punitivas. Implacavelmente, ele me levou cada vez mais alto até que gritei, enterrando as unhas em suas costas em frustração com o orgasmo quase ao alcance.

E finalmente gozei, com o corpo estremecendo quando um orgasmo poderoso me invadiu, deixando-me fraca e sem fôlego.

De forma tão súbita que me assustei, ele se afastou e virou-me, deixando-me de bruços.

Eu gritei, mas ele simplesmente me penetrou novamente e continuou trepando comigo por trás, com o corpo grande e pesado sobre o meu. Eu estava com o rosto pressionado contra a toalha e mal conseguia respirar. Só o que sentia era ele, o movimento ritmado do pênis dentro do meu corpo e o calor que emanava da pele dele. Naquela posição, ele ia mais fundo do que o normal e eu não consegui evitar gemidos de dor que escaparam quando a cabeça do pênis me penetrou a cada movimento dos quadris dele. Ainda assim, o desconforto não impediu que a pressão crescesse novamente dentro de mim e gozei de novo.

Ele soltou um gemido rouco e senti quando gozou, com o pênis pulsando dentro de mim e a pélvis empurrando minhas nádegas com força. Isso intensificou ainda mais o meu orgasmo. Era como se estivéssemos intimamente ligados, pois minhas contrações não terminaram até que as dele desaparecessem.

Logo depois, ele deitou de costas, soltando-me, e respirei fundo. Com as pernas e os braços fracos e pesados, fiquei de quatro para procurar o biquíni. Ele me observou enquanto eu me vestia, com um sorriso preguiçoso nos belos lábios. Ele não parecia estar com pressa para se vestir, mas eu não queria ficar nua perto dele. Isso fazia com que eu me sentisse vulnerável demais.

Não pude deixar de perceber a ironia disso. Obviamente eu era vulnerável. Era tão vulnerável quanto uma mulher poderia ser, completamente à mercê de um homem implacável. Alguns pedaços pequenos de pano não me protegeriam contra ele.

Nada me protegeria, caso ele decidisse realmente me ferir.

Decidi não pensar no assunto e perguntei: — Onde você estava?

O sorriso de Julian se alargou. — Você sentiu saudades de mim, no fim das contas.

Lancei um olhar sardônico a ele, tentando ignorar o fato de que ele estava nu e deitado no chão a menos de um metro de mim. — Sim, senti.

Ele riu, nem um pouco abalado com minha atitude atrevida. — Eu sabia que sentiria — disse ele. Em seguida, ele se levantou e vestiu uma sunga que estava na areia. Virando-se para mim, ele estendeu a mão. — Vamos nadar?

Eu o encarei. Ele estava falando sério? Esperava que eu fosse nadar com ele como se fôssemos amigos ou algo assim?

— Não, obrigada — respondi, recuando um passo.

Ele franziu a testa ligeiramente. — Por que não, Nora? Não sabe nadar?

— É claro que sei nadar — respondi indignada. — Só não quero nadar com você.

Ele ergueu as sobrancelhas. — Por que não?

— Ahm... talvez porque eu odeie você? — Eu não sabia por que me sentia tão corajosa naquele dia, mas parecia que um pouco de tempo longe dele me fazia ter menos medo. Ou talvez porque ele parecesse estar de bom humor e um pouco menos assustador.

Ele sorriu novamente. — Você não sabe o que é ódio, meu bichinho. Talvez não goste das minhas ações, mas não me odeia. Não consegue. Não faz parte da sua natureza.

— O que você sabe sobre a minha natureza? — Por algum motivo, eu fiquei ofendida. Como ele ousava dizer que eu não conseguia odiar meu sequestrador? Quem ele achava que era, dizendo o que eu conseguia e o que não conseguia sentir?

Ele olhou para mim com aquele sorriso no rosto. — Eu sei que você teve o que chamam de criação normal, Nora — disse ele em tom suave. — Sei que você foi criada com muito amor, que tinha bons amigos e namorados decentes. Como pode achar que sabe o que é o ódio de verdade?

Eu o encarei. — E você sabe? Sabe o que é ódio de verdade?

A expressão dele ficou dura. — Infelizmente, sim — respondeu ele. Notei que estava falando a verdade.

Senti um aperto no estômago. — E sou eu quem você odeia? — perguntei baixinho. — É por isso que está fazendo isso comigo?

Para meu grande alívio, ele pareceu surpreso. — Odiar você? Claro que não odeio você, meu bichinho.

— Então por quê? — perguntei novamente, determinada a obter algumas respostas. — Por que você me sequestrou e trouxe-me para cá?

Ele olhou para mim. Os olhos dele pareciam impossivelmente azuis contra a pele bronzeada. — Porque eu queria você, Nora. Já lhe disse isso. E porque não sou um homem muito bacana. Mas você já percebeu isso, não é?

Engoli em seco e olhei para a areia. Ele não sentia um pingo de vergonha das próprias ações. Julian sabia que o que fazia estava errado e simplesmente não se importava.

— Você é um psicopata? — Não sei o que me levou a perguntar aquilo. Não queria deixá-lo bravo, mas queria muito entender. Prendendo a respiração, olhei novamente para ele.

Por sorte, ele não pareceu ofendido pela pergunta. Pareceu pensativo ao se sentar na toalha ao meu lado. — Talvez — disse ele depois de alguns segundos. — Um médico achou que talvez eu fosse um sociopata. Não cumpri todos os requisitos e não há um diagnóstico definitivo.

— Você foi a um médico? — Não sei por que fiquei tão chocada. Talvez porque ele não parecesse ser o tipo de pessoa que consultaria um terapeuta.

Ele sorriu para mim. — Sim, por algum tempo.

— Por quê?

Ele deu de ombros. — Porque achei que poderia ajudar.

— Ajudar ser menos psicopata?

— Não, Nora. — Ele me olhou ironicamente. — Se eu fosse um psicopata de verdade, nada poderia me ajudar.

— Para quê, então? — Eu sabia que estava xeretando em assuntos muito pessoais, mas achava que ele me devia algumas respostas. Além do mais, o homem acabara de trepar comigo na praia e eu poderia muito bem ser pessoal.

— Você é uma gatinha muito curiosa, hein? — disse ele baixinho, colocando a mão na minha coxa. — Tem certeza de que quer mesmo saber, meu bichinho?

Assenti, tentando ignorar o fato de que os dedos dele estavam a poucos centímetros da calcinha do biquíni. O toque dele era excitante e perturbador, acabando com o meu equilíbrio.

— Fui a um terapeuta depois de matar os homens que assassinaram minha família — respondeu ele, olhando para mim. — Achei que me ajudaria a aceitar.

Eu o encarei fixamente. — Aceitar o fato de que você os matou?

— Não — respondeu ele. — Aceitar o fato de que eu queria matar mais.

Senti uma onda de náusea e os dedos de Julian pareciam um bicho rastejando na minha pele. Ele acabara de admitir algo tão horrível que eu nem sabia como reagir.

Ouvi minha voz, como se estivesse longe, perguntando: — E ajudou a aceitar? — Eu soei calma, como se estivéssemos conversando sobre o tempo.

Ele riu. — Não, meu bichinho, não ajudou. Os médicos são inúteis.

— Você matou mais? — A dormência que me envolvia começou a desaparecer e senti o corpo começar a tremer.

— Sim — disse ele, com um sorriso sombrio nos lábios. — Não está feliz por ter perguntado?

Meu sangue virou gelo. Eu sabia que deveria parar de falar, mas não consegui. — Você vai me matar?

— Não, Nora. — Ele pareceu exasperado por um momento. — Eu já lhe disse que não.

Passei a língua pelos lábios secos. — Certo. Só vai me machucar quando tiver vontade.

Ele não negou, apenas se levantou e olhou para mim. — Vou nadar. Pode ir comigo, se quiser.

— Não, obrigada — respondi. — Não estou com vontade de nadar.

— Como quiser — disse ele, afastando-se e entrando na água.

Ainda em estado de choque, observei os ombros largos à medida que ele entrava mais fundo no oceano. Os cabelos escuros brilhavam sob o sol.

O demônio realmente tinha uma bela máscara.

Depois das revelações de Julian na praia, não senti vontade de fazer mais perguntas por algum tempo. Eu já sabia que era mantida cativa por um monstro e o que descobri naquele dia só solidificou esse fato. Eu não sabia por que ele se abrira tanto comigo e isso me deixou assustada.

Durante o jantar, fiquei em silêncio durante a maior parte do tempo, apenas respondendo a perguntas feitas diretamente a mim. Beth jantou conosco e os dois conversavam animadamente, principalmente sobre a ilha e como eu e ela passamos o tempo.

— Então, você está entediada? — perguntou Julian depois que Beth lhe falou sobre a minha falta de interesse em ler o tempo todo.

Dei de ombros, sem querer dar muita importância àquilo. Depois do que descobrira mais cedo, eu preferia o tédio à companhia de Julian.

Ele sorriu. — Está bem, vou ter que dar um jeito

nisso. Trarei uma TV e vários filmes na próxima viagem que fizer.

— Obrigada — respondi automaticamente, olhando para o prato. Eu me sentia tão triste que queria chorar, mas era orgulhosa demais para fazer isso na frente deles.

— Qual é o problema? — perguntou Beth, finalmente notando meu comportamento incomum. — Está se sentindo bem?

— Não muito — disse eu, agarrando-me à desculpa que ela me deu. — Acho que peguei sol demais.

Beth suspirou. — Eu lhe disse para não dormir na praia no meio do dia. Está muito quente lá fora.

Era verdade, ela me avisara. Mas minha tristeza não tinha nada a ver com o calor, e sim com o homem sentado à minha frente, no outro lado da mesa. Eu sabia que, quando o jantar terminasse, ele me levaria para o quarto e treparia comigo novamente. Talvez até me machucasse.

E eu responderia a ele, como sempre.

Aquela última parte era a pior. Ele batera em Jake na minha frente. Ele admitira ser um sociopata assassino. Eu deveria sentir nojo dele. Deveria olhar para ele apenas com medo e desconfiança. O fato de sentir até mesmo um pouco de desejo por ele era doentio.

Era insano.

Portanto, fiquei sentada lá, brincando com a comida, sentindo o estômago pesado. Eu me levantaria e iria para o quarto, mas receei que isso apenas acelerasse o inevitável.

Finalmente, o jantar terminou. Julian segurou minha mão e levou-me para o andar de cima. Eu me senti como se estivesse indo para minha execução, apesar de isso parecer um pouco dramático. Ele disse que não me mataria.

Quando chegamos ao quarto, ele se sentou na cama e puxou-me entre suas pernas. Eu queria resistir, lutar pelo menos um pouco, mas meu cérebro e meu corpo não pareciam estar de acordo naqueles dias. Em vez disso, fiquei parada em silêncio, tremendo da cabeça aos pés, enquanto ele me observava. Seus olhos passaram pelo meu rosto, parando por um momento na boca, desceram para o pescoço e o peito, onde os mamilos estavam visíveis sob o tecido fino do vestido. Eles estavam rígidos como se eu estivesse excitada, mas achei que era porque estava com frio. Beth devia ter ligado o ar-condicionado.

— Muito bonita — disse ele finalmente, erguendo a mão e acariciando meu maxilar com os dedos. — Uma pele dourada tão macia.

Fechei os olhos, sem querer olhar para o monstro à minha frente. *Eu queria matar mais... Eu queria matar mais...* As palavras dele se repetiam na minha mente, como uma música da qual não conseguia me livrar. Eu não sabia como desligá-la, como voltar no tempo e apagar as lembranças daquela tarde. Por que eu insistira em saber mais sobre ele? Por que sondara e insistira até receber aquelas respostas? Agora, não conseguia pensar em nada além do fato de que o homem que me tocava era um assassino implacável.

Ele se aproximou e senti o hálito quente no pescoço. — Você se arrependeu de ter me feito todas aquelas perguntas hoje? — sussurrou no meu ouvido. — Está arrependida, Nora?

Eu me encolhi e abri os olhos. Ele também lia mentes?

Com minha reação, ele recuou e sorriu. Havia algo naquele sorriso que me deixou dez mil vezes mais gelada. Eu não sabia o que estava acontecendo com ele naquela noite, mas estava me deixando mais assustada do que qualquer coisa que tivesse feito antes.

— Você está com medo de mim, não está, meu bichinho? — perguntou ele baixinho, ainda mantendo-me prisioneira entre as pernas. — Você está tremendo como uma folha.

Eu queria negar, ser corajosa, mas não consegui. Eu estava com medo e tremendo. — Por favor — sussurrei, sem nem saber por que estava implorando. Ele ainda não fizera nada comigo.

Ele me empurrou de leve, soltando-me. Dei alguns passos para trás, feliz por colocar um pouco de distância entre nós.

Ele se levantou da cama e saiu do quarto.

Eu fiquei olhando para a porta, sem acreditar que ele acabara de me deixar em paz. Talvez ele não quisesse sexo naquela noite. Já me possuíra na praia mais cedo.

E, quando eu estava prestes a me permitir sentir alívio, Julian voltou com uma mochila preta nas mãos.

O sangue fugiu do meu rosto. Ideias horríveis

passaram pela minha mente. O que ele tinha lá? Facas, armas, instrumentos de tortura?

Quando ele tirou uma venda e um pênis de borracha, quase fiquei grata. Brinquedos sexuais. Ele só tinha alguns brinquedos sexuais na mochila. Eu certamente preferia sexo a tortura.

Obviamente, com Julian, as duas coisas não eram necessariamente separadas, como eu aprenderia naquela noite.

— Tire a roupa, Nora — disse ele, sentando-se novamente na cama. Ele colocou a venda e o pênis de borracha sobre o colchão. — Tire as roupas devagar.

Fiquei imóvel. Ele queria que eu tirasse as roupas enquanto me observava? Por um momento, pensei em recusar, mas logo depois comecei a tirá-las com dedos desajeitados. Ele já me vira nua naquele dia. O que adiantaria ser tímida agora? Além do mais, eu ainda sentia aquela estranha vibração nele. Seus olhos brilhavam com uma excitação que ia além do simples desejo.

Era uma excitação que deixava meu sangue gelado.

Ele observou quando o vestido caiu no chão e tirei os chinelos. Meus movimentos estavam rígidos de medo. Eu duvidava que um homem normal ficasse excitado com aquele *striptease*, mas vi que Julian ficou. Sob o vestido, eu usava apenas uma calcinha de renda cor de creme. O ar frio fez com que meus mamilos ficassem ainda mais rígidos.

— Agora, a calcinha — disse ele.

Engoli em seco e empurrei a calcinha para baixo, dando um passo para o lado para tirá-la.

— Boa garota — disse ele em tom aprovador. — Agora, venha aqui.

Daquela vez, não consegui obedecer. Meu instinto de autopreservação me ordenava a correr, mas não havia para onde fugir. Julian me pegaria se eu tentasse sair pela porta. Além do mais, não havia como sair da ilha.

Portanto, só fiquei parada lá, nua e trêmula, congelada no lugar.

Julian se levantou. Ao contrário do que eu esperava, ele não parecia bravo. Parecia quase... contente. — Eu estava certo em começar a treinar você hoje à noite — disse ele ao se aproximar. — Tenho sido muito brando com você por causa de sua inexperiência. Não queria estragá-la a ponto de não ter conserto...

Estremeci mais ainda quando ele andou à minha volta como um tubarão.

— ...mas preciso começar a moldar você no que quero que seja, Nora. Você já está tão perto da perfeição, mas ainda há esses lapsos eventuais... — Ele correu os dedos pelo meu corpo, ignorando a forma como me encolhi com o toque.

— Por favor — sussurrei. — Por favor, Julian, eu sinto muito. — Eu não sabia pelo que sentia, mas diria qualquer coisa para evitar aquele treinamento que não sabia o que era.

Ele sorriu para mim. — Não é uma punição, meu

bichinho. Só tenho certas necessidades, mais nada. E quero que você possa satisfazê-las.

— Que necessidades? — Minha voz mal pôde ser ouvida. Eu não queria saber, de verdade, mas não consegui evitar perguntar.

— Você verá — disse ele, segurando meu braço e levando-me em direção à cama. Quando chegamos lá, ele pegou a venda e amarrou-a em volta dos meus olhos. Automaticamente, ergui as mãos em direção ao rosto, mas ele as puxou para baixo para que ficassem ao lado do corpo.

Ouvi alguns sons, como se ele estivesse procurando alguma coisa naquela mochila. O terror me invadiu novamente e fiz um movimento convulsivo em direção à venda, mas ele segurou meus pulsos. Em seguida, ele amarrou meus braços nas costas.

Naquele momento, comecei a chorar. Não fiz um som sequer, mas senti a venda ficar molhada com as lágrimas que escaparam dos olhos. Eu sabia que era indefesa antes, mesmo sem estar vendada e amarrada, mas a sensação de vulnerabilidade ficou mil vezes pior. Eu sabia que havia mulheres que gostavam daquilo, que faziam aquele tipo de jogo com os parceiros, mas Julian não era meu parceiro. Eu lera livros suficientes para saber quais eram as regras e que ele não as estava seguindo. Não havia nada de seguro, são ou consensual em relação só que acontecia ali.

Ainda assim, quando Julian colocou a mão entre as minhas pernas e começou a me acariciar, fiquei horrorizada ao perceber que estava molhada.

Aquilo o agradou. Ele não disse nada, mas senti a satisfação emanando dele ao começar a esfregar o clitóris, de vez em quando enterrando um dedo dentro de mim para monitorar minha resposta física ao estímulo. Os movimentos dele eram seguros e nada hesitantes. Ele sabia exatamente o que fazer para me deixar excitada, como me tocar para que eu gozasse.

Detestei a facilidade que ele tinha em me dar prazer. Com quantas mulheres ele fizera aquilo? Era necessária muita prática para conseguir fazer uma mulher gozar apesar do medo e da relutância.

Obviamente, nada daquilo importou para o meu corpo. Com cada movimento dos dedos habilidosos, a tensão dentro de mim aumentava e a pressão começou a se acumular. Eu gemi, involuntariamente movendo os quadris na direção dele. Ele não me tocava em nenhum outro lugar, só lá, mas pareceu ser o suficiente para me deixar louca.

— Isso mesmo — murmurou ele, abaixando-se para beijar meu pescoço. — Goze para mim, meu bichinho.

Como que obedecendo ao comando dele, meus músculos internos se contraíram e o orgasmo me atingiu como um trem desgovernado. Eu me esqueci de ter medo, esqueci de tudo naquele momento, exceto o prazer explodindo por toda parte.

Antes que eu conseguisse me recuperar, ele me empurrou para a cama para que ficasse deitada de bruços. Eu ouvi quando ele se mexeu para fazer alguma coisa. Em seguida, ele me levantou e colocou-me sobre uma pilha de travesseiros, deixando meus quadris elevados. Eu estava deitada de bruços, com o traseiro para cima e as mãos amarradas às costas, sentindo-me ainda mais exposta e vulnerável que antes. Virei a cabeça de lado para que não sufocasse.

Minhas lágrimas, que tinham parado antes, voltaram. Eu tinha uma suspeita terrível de que sabia o que ele faria em seguida.

Quando senti algo frio e molhado entre as nádegas, minha suspeita se confirmou. Ele colocou lubrificante em mim para me preparar para o que viria.

— Por favor, não. — As palavras saíram aos tropeções. Eu sabia que seria inútil implorar. Sabia que ele não tinha misericórdia, que ficava excitado em me ver daquele jeito. Mas não consegui evitar. Não podia aceitar aquela violação adicional. — Por favor.

— Shhh, querida — murmurou ele, acariciando a curva das nádegas. — Vou ensinar você a gostar disto também.

Ouvi mais sons e, em seguida, senti algo forçando a entrada. Fiquei tensa, contraindo os músculos com toda a força, mas a pressão era demais para resistir e a coisa começou a me penetrar.

— Pare — gemi quando comecei a sentir uma dor ardente. Julian me deu ouvidos e parou por um segundo.

— Relaxe, meu bichinho — disse ele baixinho, acariciando minha perna com uma das mãos. — Ficará muito melhor se você relaxar.

— Tire isso — implorei. — Por favor, tire.

— Nora — disse ele com tom subitamente duro. —

Eu lhe disse para relaxar. Não é nada além de um brinquedo pequeno. Se você relaxar, não sentirá dor.

— A ideia toda não é me machucar? — perguntei amargamente. — Não é isso que deixa você excitado?

— Você quer que eu a machuque? — A voz dele era suave, quase hipnótica. — Isso me deixaria excitado, você tem razão... É isso que você quer, meu bichinho? Que eu a machuque?

Não, eu não queria. Certamente não queria aquilo. Balancei a cabeça negativamente quase de forma imperceptível e fiz o possível para relaxar. Não deu muito certo. A sensação de algo me penetrando lá era errada demais.

Mesmo assim, Julian pareceu satisfeito com meu esforço. — Ótimo — murmurou ele. — Boa garota... — Ele aplicou uma pressão constante e a coisa entrou mais fundo em mim, passando pela resistência do esfíncter lentamente. Quando estava totalmente dentro de mim, ele parou, deixando que eu me acostumasse à sensação.

A ardência ainda estava lá, bem como uma sensação quase nauseante de preenchimento. Eu me concentrei em respirar e não me mexer. Depois de cerca de um minuto, a dor começou a desaparecer, deixando apenas a sensação de desorientação de um objeto estranho dentro do corpo.

Julian deixou o brinquedo onde estava e começou a me acariciar com um toque estranhamente gentil. Ele começou pelos pés, esfregando-os, encontrando os pontos de tensão e massageando-os. Em seguida, passou para os tornozelos e as coxas, que quase vibravam de tensão. As mãos dele eram habilidosas e o que fazia era melhor do que qualquer massagem que eu já recebera. Apesar de tudo, senti-me derretendo sob o toque dele e meus músculos relaxando sob seus dedos. Quando ele chegou ao pescoço e aos ombros, eu estava mais relaxada do que me sentira desde que acordara naquela ilha. Se eu não estivesse vendada, amarrada e sendo sodomizada, acharia que estava em um spa.

Cerca de vinte minutos depois, quando ele retirou o brinquedo, a coisa saiu com facilidade e sem desconforto algum. Ele o colocou novamente e, desta vez, a dor foi mínima. Até mesmo pareceu... interessante... particularmente quando os dedos dele começaram a estimular o clitóris novamente.

Não me dei ao trabalho de resistir ao prazer que os dedos dele me davam. Julian faria o que quisesse e não faria mal algum aproveitar algumas partes disso.

Portanto, afastei da mente a ideia de que aquilo era errado e permiti-me simplesmente sentir. Eu não conseguia ver nada com a venda sobre os olhos e não tinha como lutar com as mãos amarradas. Estava totalmente indefesa e havia algo particularmente libertador nisso. Não adiantava me preocupar nem pensar. Eu simplesmente flutuei na escuridão.

Ele me fodeu com o brinquedo, movendo-o para dentro e para fora de mim ao mesmo tempo em que acariciava o clitóris. Os movimentos dele eram rítmicos, coordenados, e gemi quando meu corpo começou a latejar e a pressão interna a crescer com cada investida. Abruptamente, a tensão ficou grande demais e houve uma liberação intensa de prazer, começando no centro do corpo e irradiando-se para fora. Meus músculos se contraíram em volta do brinquedo e a sensação incomum só intensificou o orgasmo. Incapaz de me controlar, gritei, esfregando-me nos dedos de Julian. Eu queria que o êxtase durasse para sempre.

Mas logo terminou e fiquei trêmula e exausta. Julian não terminara, obviamente. Quando comecei a me recuperar, ele tirou o brinquedo e pressionou algo diferente e maior na minha abertura traseira. Percebi que era o pênis e senti-me tensa novamente quando ele começou a fazer pressão.

— Nora... — Havia um tom de advertência na voz dele e eu percebi o que ele queria, mas não sabia se conseguiria. Não sabia se conseguiria relaxar o suficiente para que ele me penetrasse. Ele era grande demais. Eu não conseguia entender como algo tão grande conseguiria entrar em mim sem me rasgar por dentro.

Mas ele foi implacável e senti os músculos lentamente cederem, incapazes de resistir à pressão. A cabeça do pênis passou pelo esfíncter apertado e gritei com a sensação de ardência. — Shhh — disse ele baixinho, acariciando minhas costas ao empurrar mais fundo. — Shhh... está tudo bem...

Quando ele me penetrou completamente, eu estava trêmula e suada. Havia dor, sim, mas também a novidade de ter algo tão grande invadindo meu corpo daquela forma nada natural. Eu sabia que as pessoas faziam isso, e supostamente até mesmo sentiam prazer, mas não conseguia me imaginar fazendo aquilo voluntariamente.

Ele parou, deixando que eu me ajustasse à sensação. Solucei baixinho contra o colchão, querendo que aquilo terminasse logo. Mas ele foi paciente, acariciando-me e fazendo com que eu relaxasse com as mãos grandes até que as lágrimas pararam e não tive mais a sensação de que desmaiaria.

Ele sentiu quando meu desconforto diminuiu e começou a se mover dentro de mim, devagar e com cuidado. Ouvi a respiração pesada dele e percebi que estava controlando-se muito, que provavelmente queria me foder com mais força, mas tentando não "me estragar demais". Mesmo assim, os movimentos fizeram com que minhas entranhas queimassem e gritei com cada investida.

E, quando achei que não aguentaria mais, ele colocou uma das mãos sob meus quadris e acariciou o clitóris novamente. O toque foi leve e gentil, e comecei a sentir um calor familiar na barriga, com meu corpo respondendo ao dele apesar da violação. Aquilo não eliminou a dor, mas distraiu-me dela, permitindo que eu me concentrasse no prazer. Eu não sabia que a dor e o prazer podiam coexistir daquela forma, mas havia algo estranhamente viciante na combinação, algo sombrio e proibido que ressoava em uma parte de mim mesma que não sabia que existia.

Ele aumentou o ritmo e isso deixou as coisas melhores. Talvez algumas terminações nervosas tivessem sido destruídas... ou talvez eu simplesmente tivesse me acomodado a tê-lo dentro de mim. De qualquer forma, a dor quase desapareceu. Só o que sobrou foi uma infinidade de outras sensações, estranhas e diferentes, que eram também intrigantes. Além disso, havia os dedos dele brincando com meu sexo, excitando-me até que gritei por um motivo diferente, até que implorei a Julian para que me fizesse gozar.

E foi o que ele fez. Meu corpo inteiro se contraiu e explodiu, estremecendo com a força do orgasmo. Ele gemeu quando meus músculos o apertaram e senti o líquido quente banhando minhas entranhas, o sal queimando a carne sensível.

— Boa garota — sussurrou ele no meu ouvido. Senti o pênis amolecendo dentro de mim. Ele beijou minha orelha e o gesto foi um contraste tão grande com o que acabara de acontecer que me senti desorientada. Aquele era um comportamento normal de um sequestrador? Quando ele saiu de mim, senti-me vazia e gelada, quase como se sentisse falta do calor do corpo dele sobre o meu.

Mas ele não me deixou sozinha por muito tempo. Primeiro, ele desamarrou minhas mãos, massageando-as de leve. Em seguida, tirou a venda. Pisquei algumas vezes, ajustando os olhos à luz suave do quarto, e movi os braços, abraçando meu corpo.

— Venha — disse ele baixinho, segurando-me pelo braço. — Vamos tomar um banho.

Deixei que ele me levantasse e levasse-me para o banheiro. Minhas pernas estavam trêmulas e fiquei grata por ele estar segurando-me. Eu não sabia se teria conseguido andar por conta própria.

Ele ligou o chuveiro e esperou alguns segundos até que a água estivesse quente. Em seguida, lavou cuidadosamente todas as partes do meu corpo, lavando todos os rastros de lubrificante e sêmen. Em seguida, passou xampu e condicionador nos meus cabelos, massageando o crânio até que eu estivesse novamente relaxada. Quando terminou, senti-me limpa e cuidada.

— Agora é sua vez — disse ele, virando minha palma para cima e derramando um pouco de sabonete líquido nela.

— Você quer que eu o lave? — perguntei incrédula. Ele assentiu com um sorriso leve nos lábios. Com a água correndo pelo corpo musculoso, ele parecia ainda mais bonito que o normal, como um deus do mar.

Um monstro do mar, corrigi. Um belo monstro do mar.

Ele continuou a me olhar, esperando para ver se eu faria o que me pedira. Dei de ombros mentalmente. Por que não? Não me faria mal algum. Além do mais, apesar de odiá-lo, não podia negar que estava curiosa sobre o corpo dele. Tocar nele era algo que eu achava excitante.

Portanto, esfreguei as mãos e corri-as sobre o peito dele, espalhando o sabonete pela pele bronzeada. Ele ergueu os braços e passei sabonete nas axilas e nos lados do corpo. Em seguida, passei para as costas.

A pele dele era muito macia, exceto nos poucos locais onde havia pelos escuros. Senti os músculos poderosos sob os dedos e percebi que gostava da experiência. Naquele momento, eu quase consegui fingir que queria estar lá, que aquela criatura maravilhosa era meu amante, não meu sequestrador.

Eu o lavei com tanto cuidado quanto ele me lavara, deslizando as mãos ensaboadas pelas pernas e pés dele. Quando cheguei ao sexo dele, o pênis começou a endurecer novamente e parei, percebendo que o deixara excitado de forma não intencional.

Ele interpretou minha reação corretamente como medo. — Relaxe, meu bichinho — murmurou ele com voz divertida. — Sou humano, sabia? Apesar de você ser deliciosa, preciso de mais do que apenas alguns minutos para me recuperar totalmente.

Engoli em seco e virei-me, lavando as mãos sob a água do chuveiro. O que diabos eu estava fazendo? Ele não me forçara a tocá-lo. Eu fizera aquilo por conta própria. Ele pedira, mas eu tinha certeza de que poderia ter recusado sem consequências. A vibração sombria que sentira nele mais cedo desaparecera. Na verdade, Julian parecia estar de bom humor.

Eu queria sair do chuveiro naquele momento e movi-me para passar por ele. Julian me parou, bloqueando o caminho com o braço.

— Espere — disse ele baixinho, erguendo meu queixo com os dedos. Em seguida, ele abaixou a cabeça e beijou-me, com os lábios doces e gentis sobre os meus. Uma resposta já familiar aqueceu meu corpo, fazendo com que eu tivesse vontade de me esfregar nele como uma gata no cio. Mas ele não se demorou.

Depois de cerca de um minuto, ele ergueu a cabeça e sorriu para mim, com os olhos azuis brilhando de satisfação. — Agora você pode ir.

Muito confusa, saí do chuveiro, sequei-me e fugi para o quarto o mais depressa possível.

13

Naquela noite, descobri os pesadelos de Julian.

Depois do banho, ele fora para a minha cama, com o corpo musculoso encostado nas minhas costas e um braço pesado sobre meu torso. Fiquei rígida no começo, sem saber o que esperar, mas a única coisa que ele fez foi dormir segurando-me contra seu corpo. Ouvi o ritmo regular da respiração dele enquanto olhava para a escuridão. Gradualmente, também peguei no sono.

Acordei com um barulho estranho. Eu estava dormindo profundamente e acordei assustada, abrindo os olhos e sentindo o coração batendo com força por causa da adrenalina.

O que fora aquilo? Por um momento, nem ousei respirar. Mas, logo depois, percebi que os sons vinham do outro lado da cama, do homem que dormia ao meu lado.

Sentei na cama e olhei para ele, que rolara para

longe de mim durante a noite e puxara a coberta. Eu estava completamente nua e descoberta. Com o ar-condicionado ligado, senti um pouco de frio.

Os sons que escapavam da garganta dele estavam abafados, mas havia algo neles que me deixou arrepiada. Pareciam os sons de um animal que sofria. Ele respirava pesadamente, quase arquejando.

— Julian? — chamei baixinho. Eu não sabia o que fazer naquela situação. Deveria acordá-lo? Claramente ele estava tendo um pesadelo. Lembrei-me de quando ele me contou sobre a família, que todos tinham sido assassinados, e não pude evitar sentir pena daquele homem lindo e perturbado.

Ele gritou e virou o corpo, ficando de costas sobre a cama e batendo com o braço no travesseiro a poucos centímetros de mim.

— Ahm, Julian? — estendi a mão com cuidado e toquei na dele.

Ele resmungou e virou a cabeça, ainda profundamente adormecido. Se estivéssemos em qualquer outro lugar que não naquela ilha, seria o momento perfeito para tentar fugir. Mas não adiantava nada ir a lugar algum. Portanto, só observei Julian, perguntando-me se ele acordaria por conta própria ou se eu deveria tentar acordá-lo.

Por alguns momentos, pareceu que ele se acalmara. Mas, subitamente, gritou novamente.

Desta vez, foi um nome.

— Maria! — disse ele. — Maria...

Por um segundo, senti uma onda de ciúmes. Maria... ele estava sonhando com outra mulher.

Mas meu lado racional logo se manifestou. Maria poderia ser a mãe ou a irmã dele. E, mesmo se não fosse, por que eu deveria me importar se ele sonhava com ela? Ele não era meu namorado nem nada parecido.

Engoli em seco e estendi a mão novamente, suprimindo os resíduos de ciúmes. — Julian?

Assim que encostei no braço dele, ele me agarrou, movendo-se tão depressa que soltei uma exclamação quando fui puxada. Não havia como escapar dos braços dele à minha volta, que quase me sufocaram. Senti-o tremer ao me segurar com força. Meu rosto estava contra o ombro dele. A pele de Julian estava fria e suada e ouvi o coração dele batendo descontroladamente.

— Maria — sussurrou ele contra os meus cabelos. Seus dedos se enterraram nas minhas costas com tanta força que eu tinha certeza de que haveria hematomas no dia seguinte. Mas não me importei, pois sabia que ele não fazia aquilo de propósito. Ele estava preso no pesadelo e buscava conforto. E, naquele momento, eu era a única que poderia lhe dar isso.

Depois de alguns momentos, percebi que a respiração dele se acalmava. Os braços relaxaram um pouco, sem me apertar mais com tanto desespero, e as batidas do coração se acalmaram. — Maria — sussurrou ele novamente, mas havia menos dor na voz, como se estivesse revivendo momentos mais felizes com ela.

Deixei que ele me segurasse, sem me mexer para não acordá-lo do sono agora pacífico. Ele não era o único que recebia conforto. Apesar de tudo o que fizera comigo, eu não podia negar que uma parte de mim queria aquilo, aquela sensação de proximidade, de segurança. Ele era a única coisa que eu tinha a temer. Logicamente, eu sabia disso. Mas não importava, pois, naquele momento, sentia como se ele estivesse afastando a escuridão, mantendo-me segura contra os monstros lá fora.

Assim como eu o mantinha seguro contra os pesadelos.

∼

Quando acordei na manhã seguinte, Julian se fora novamente.

— Onde ele está? — perguntei a Beth durante o café da manhã, observando enquanto ela cortava uma manga. Eu ainda sentia pontadas de desconforto ao me mexer, uma lembrança das tendências mais exóticas de meu sequestrador.

— Uma emergência de trabalho — disse ela. As mãos dela se moviam com uma eficiência graciosa que não pude deixar de admirar. — Estará de volta em alguns dias.

— Que tipo de emergência?

Beth deu de ombros. — Não sei. Você pode perguntar a Julian quando ele voltar.

Eu olhei para ela, tentando entender o que a motivava... e o que motivava Julian. — Você disse que sou a primeira garota que ele traz para cá, para esta ilha — disse eu, mantendo o tom casual. — O que ele fez com as outras?

— Não houve outras. — Ela terminou de cortar a manga e colocou o prato à minha frente. Em seguida, sentou-se para tomar o próprio café da manhã.

— Então, por que ele está fazendo isto comigo? Eu sei que ele tem gostos peculiares, mas certamente há mulheres que gostam disso...

Beth sorriu, mostrando dentes brancos perfeitos. — É claro. Mas ele quer você.

— Por quê? O que tem de tão especial em mim?

— Você terá que perguntar isso a Julian.

Novamente uma resposta inútil. A atitude evasiva dela fez com que eu tivesse vontade de gritar. Espetei o garfo em um pedaço de manga e mastiguei devagar, pensando no assunto.

— É por causa de Maria? — Não sei o que me fez perguntar aquilo, exceto que não conseguia tirar aquele nome da cabeça.

Mas, pelo jeito, foi a pergunta certa, pois Beth ficou imóvel. — Julian contou a você sobre Maria? — Ela pareceu chocada.

— Ele a mencionou. — Não era uma mentira completa. Julian dissera o nome dela, apesar de não saber. — Por que isso a surpreende?

Ela deu de ombros novamente, sem parecer mais tão chocada. — Acho que não, agora que pensei melhor. Se ele fosse contar a alguém, provavelmente seria a você.

Eu? Por quê? Eu estava muito curiosa, mas tentei manter a expressão impassível, como se nada daquilo fosse novidade. — É claro — disse eu calmamente, comendo a manga.

— Então você entende, Nora — disse ela, olhando para mim. — Você tem que entender, pelo menos um pouco. Sua semelhança com ela é impressionante. Eu vi a fotografia e ela poderia ter sido sua irmã mais nova.

— Tão parecida assim? — Eu me esforcei para não deixar o choque transparecer na minha voz. Meu coração batia com força dentro do peito. Aquilo era muito mais do que eu esperara e Beth acabara de me dar aquela informação em uma bandeja de prata.

Ela franziu a testa. — Ele não lhe disse isso?

— Não — respondi. — Não me disse muita coisa, só um pouco. — Só o nome dela, resmungado no meio de um pesadelo.

Beth arregalou os olhos ao perceber que provavelmente revelara mais do que deveria. Ela pareceu infeliz por um momento, mas logo sua expressão se suavizou. — Ah, bom — disse ela. — Acho que agora você sabe. E, claro, terei que contar a Julian.

Engoli em seco e o pedaço de manga desceu pela garganta como uma pedra. Eu não queria que ela contasse nada a Julian. Não sabia o que ele faria comigo quando descobrisse que eu sabia sobre Maria, que o vira no momento mais vulnerável.

Minha curiosidade idiota.

— Por quê? — perguntei, tentando não soar ansiosa. — É com você que ele ficará chateado, não comigo.

— Eu não teria tanta certeza disso, Nora — disse Beth, abrindo um sorriso ligeiramente malicioso. — Além do mais, eu não guardo segredos de Julian. Ele é muito bom em tirá-los das pessoas.

Em seguida, ela se levantou e começou a lavar a louça.

~

Passei os dois dias seguintes alternando entre me preocupar com a volta de Julian e especular sobre Maria.

Quem era ela? Pelo jeito, alguém que se parecia muito comigo. Tão parecida que poderia ser minha irmã mais nova, dissera Beth. Que idade tinha essa garota? Quem era ela para Julian? As perguntas me incomodavam, interferindo com meu sono. Ele me levara para a ilha por causa de minha semelhança com ela, isso era óbvio. Mas por quê? O que acontecera com ela? Por que ela estava nos pesadelos dele?

Eu queria saber, queria entender. Mas tinha medo da reação de Julian quando ele voltasse e descobrisse que eu bisbilhotara. Eu poderia tentar explicar que descobrira aquilo acidentalmente, que não pretendera invadir a privacidade dele, mas tinha fortes suspeitas de que meu sequestrador não era muito compreensivo.

Beth não me disse mais nada sobre Maria. Na verdade, ela quase não falou comigo. Era uma daquelas raras pessoas que parecia feliz consigo mesma. Se eu fosse ela, ficaria louca presa naquela ilha, fazendo nada além de cozinhar, limpar e cuidar do brinquedo sexual de Julian. Mas ela parecia perfeitamente bem com aquilo.

Eu, por outro lado, estava muito longe de estar bem. Pensava constantemente na minha vida anterior, sentia falta da minha família e dos meus amigos. Eles provavelmente achavam que eu estava morta. Imaginei que tivessem me procurado, mas duvidava de que isso tivesse dado algum resultado.

Eu também pensava em Jake, imaginando se ele se recuperara da surra. O que o capanga de Julian fizera com ele parecera muito brutal. Jake sabia que era culpa minha? Que fora atacado por minha causa?

Respirando fundo, eu disse a mim mesma que não importava se ele soubesse. O que Jake e eu poderíamos ter tido, já acabara. Eu pertencia a Julian agora e não adiantava pensar em qualquer outro homem.

De certa forma, eu tinha sorte. Sabia disso. Tinha certeza de que muitas garotas terminavam em circunstâncias muito piores. Uma vez, eu assistira a um documentário sobre escravidão sexual e as imagens daquelas mulheres com olhar vazio me assombraram durante dias. Elas pareciam totalmente destruídas pelo que passaram. E nem mesmo o fato de terem sido resgatadas parecera remover o sofrimento entalhado no rosto delas.

Minha prisão era diferente. Era muito mais bonita, mais confortável. Julian não tentava me dobrar e eu estava grata por isso. Talvez eu fosse a escrava sexual dele, mas, pelo menos, ele era meu único senhor. As coisas certamente poderiam ser muito piores.

Era o que dizia a mim mesma enquanto esperava a volta dele, torcendo desesperadamente para que a reação de Julian não fosse tão ruim quanto eu esperava.

Julian chegou no meio da noite. Meu sono devia estar leve, pois acordei assim que ouvi os murmúrios baixos de conversa no andar debaixo. Os tons profundos do meu sequestrador contrastavam com os mais femininos de Beth e suspeitei que sabia sobre o que conversavam.

Sentei-me na cama, sentindo o coração galopando dentro do peito. Levantando-me, vesti rapidamente as roupas do dia anterior e corri para o banheiro. Não sei por que me preocupei em escovar os dentes, mas escovei mesmo assim. Eu queria estar o mais acordada e preparada possível para o que Julian decidisse fazer comigo.

Em seguida, sentei-me na cama e esperei.

Finalmente, a porta do quarto se abriu e Julian entrou. Ele parecia anormalmente cansado, com olheiras fundas e a barba por fazer no rosto normalmente liso. Aquilo deveria ter diminuído a beleza dele, mas apenas o deixaram mais humano.

— Você está acordada. — Ele pareceu surpreso.

— Ouvi vozes — expliquei, observando-o desconfiada.

— E decidiu me dizer olá. Muito simpático de sua parte, meu bichinho.

Eu sabia que Julian estava zombando de mim e eu não disse nada, apenas continuei olhando para ele. A palma das minhas mãos estava suada, mas fiz o possível para parecer calma.

Ele se sentou na cama ao meu lado e ergueu a mão para tocar nos meus cabelos. — Um bichinho tão doce — murmurou ele, erguendo um cacho grosso e usando-o para fazer cócegas no meu rosto. — Uma gatinha tão curiosa...

Engoli em seco e minha respiração ficou mais rápida. O que ele faria comigo?

Ele se levantou e começou a tirar a roupa. Eu o observei, congelada no lugar por uma mistura de medo e ansiedade estranha. Quando ele tirou todas as roupas, revelando o corpo masculino forte, senti uma onda de desejo invadindo-me e deixando-me quente por dentro.

Eu o queria. Apesar de tudo, eu o queria. E essa era a pior coisa. Ele provavelmente faria algo de horrível comigo, mas eu ainda o queria mais do que jamais imaginara querer alguém.

E quem estava na chuva, era para se molhar. — Você

fez isso com Maria? — perguntei baixinho. — Também a manteve como um bicho de estimação?

Ele olhou para mim, com os olhos azuis e misteriosos como o oceano. — Tem certeza de que quer falar sobre isso, Nora? — A voz dele estava enganadoramente calma.

Eu o encarei, sentindo-me estranhamente descuidada. — Ora, sim, Julian, quero. — Meu tom foi amargamente sarcástico e percebi que parte da ousadia era devido aos ciúmes, que detestava a ideia que de aquela Maria fosse especial para Julian. Mas mesmo perceber isso não foi o suficiente para me deter. — Quem é ela? Outra garota de quem você abusou?

A expressão dele ficou sombria e prendi a respiração, esperando para ver o que ele faria. De certa forma, eu queria provocá-lo. Queria que ele me punisse, que me machucasse. Eu queria isso porque precisava que ele fosse um monstro, porque precisava odiá-lo para continuar sã.

Ele se aproximou e sentou-se na cama ao meu lado. Lutei contra a vontade de me encolher quando ele estendeu a mão e passou os dedos fortes em volta do meu pescoço. Segurando-me firmemente, ele se inclinou e esfregou a bochecha na minha, para a frente e para trás, como se estivesse gostando da textura da minha pele lisa contra o maxilar com a barba por fazer. Os dedos não me apertaram, mas a ameaça estava lá. Eu fiquei trêmula e minha respiração acelerou em uma ansiedade aterrorizada.

Ele riu baixinho e senti o ar quente contra a orelha. Apesar da aparência cansada, o hálito dele estava fresco e doce, como se tivesse acabado de mascar um chiclete. Fechei os olhos, tentando me convencer de que Julian não me mataria, que só estava brincando comigo.

Ele beijou minha orelha, mordendo o lóbulo de leve. O toque dele naquela área sensível causou arrepios na minha espinha e minha respiração mudou de novo, ficando mais lenta e mais profunda à medida que eu ficava mais excitada. Senti o cheiro da pele dele e meus mamilos ficaram rígidos, reagindo à proximidade de Julian. A dor entre as coxas aumentou e eu me contorci de leve, tentando aliviar a tensão que aumentava dentro de mim.

— Você me quer, não é? — sussurrou ele no meu ouvido, deslizando a mão sob a saia do vestido e acariciando-me de leve entre as pernas. Eu sabia que ele conseguia sentir a umidade e suprimi um gemido quando enfiou um dedo em mim. — Não quer, Nora?

— Sim. — Arquejei quando ele tocou em um ponto particularmente sensível.

— Sim o quê? — A voz dele estava rouca e exigente. Ele queria que eu me rendesse completamente.

— Sim, eu quero você — admiti em um sussurro. Não podia mais negar. Eu queria Julian. Queria o homem que me sequestrara, o homem que me machucara. Eu o queria e odiava a mim mesma por isso.

Ele tirou o dedo e largou meu pescoço. Espantada, abri os olhos e encarei-o. Ele ergueu a mão para o meu rosto, pressionando o dedo contra os meus lábios. Era o mesmo dedo que estivera dentro de mim. — Chupe — ordenou ele. Obedientemente, abri a boca e chupei o dedo dele. Senti meu gosto, meu próprio desejo e isso me deixou ainda mais excitada.

Quando o dedo ficou limpo e Julian ficou satisfeito, ele o tirou da minha boca. Em seguida, segurou meu queixo e forçou-me a encará-lo. Eu olhei para ele, hipnotizada pelo azul profundo da íris. Meu corpo latejava de desejo, querendo desesperadamente ser possuído. Eu queria que ele me possuísse, que enchesse o vazio doloroso que sentia.

Mas ele só olhou para mim com um sorriso meio zombeteiro nos belos lábios. — Acha que vou punir você hoje à noite, Nora? — perguntou ele baixinho. — É isso que espera que eu faça?

Pisquei, espantada com a pergunta. Era claro que eu esperava que ele fizesse isso. Eu fizera algo que o chateara e ele não tinha pudor algum em machucar, mesmo quando meu comportamento era exemplar.

Parecendo ler a resposta no meu rosto, ele sorriu ainda mais. — Bem, lamento desapontar você, meu bichinho, mas estou cansado demais para lhe dar sua punição hoje à noite. A única coisa que quero agora é sua boca. — Ele agarrou meus cabelos e empurrou-me para baixo para que eu ficasse ajoelhada entre suas pernas. O pênis ereto estava bem diante dos meus olhos.

— Chupe — disse ele, olhando para mim. — Como acabou de fazer com meu dedo.

Eu chupara meu ex-namorado várias vezes e sabia bem o que fazer. Fechei os lábios em volta do pênis grosso e corri a língua em volta da ponta. Ele tinha um gosto meio salgado. Olhei para cima, observando o rosto dele ao colocar a mão nos testículos e apertá-los de leve. Ele gemeu, fechando os olhos e apertando a mão nos meus cabelos. Continuei, movendo a boca para cima e para baixo, engolindo-o cada vez mais fundo.

Por algum motivo, não me importei em dar prazer a ele daquela forma. Na verdade, achei estranhamente agradável. Apesar de ser uma ilusão, parecia que ele estava à minha mercê naquele momento, que era eu quem tinha o poder. Adorei os gemidos que escaparam da boca dele quando usei as mãos, os lábios e a língua para deixá-lo bem perto do orgasmo. Reduzi a velocidade e adorei a expressão de agonia no rosto dele quando chupei os testículos, sentindo-os enrijecerem dentro da boca. Adorei a forma como ele estremeceu quando passei a ponta das unhas na parte debaixo dos testículos e, quando finalmente explodiu, adorei a forma como agarrou minha cabeça, segurando-me no lugar enquanto gozava e o pênis pulsava dentro da minha boca.

Quando ele me soltou, passei a língua pelos lábios, limpando o sêmen que escorrera. O tempo inteiro, fiquei encarando-o.

Ele olhou para mim, ainda com a respiração pesada. — Isso foi bom, Nora. — A voz dele estava baixa e rouca. — Muito bom. Quem ensinou você a fazer isso?

Dei de ombros. — Eu não era nenhuma freira antes de conhecer você — disse eu sem pensar.

Ele estreitou os olhos e percebi que acabara de cometer um erro. Aquele era um homem que gostava da ideia de ser o meu primeiro, de que eu pertencia a ele e a mais ninguém. Era melhor manter para mim mesma as referências a ex-namorados.

Para meu alívio, ele não pareceu inclinado a me punir por aquilo. Em vez disso, puxou-me para cima, de volta para a cama. Em seguida, tirou minha roupa, desligou a luz e colocou o braço à minha volta, segurando-me bem perto enquanto adormecia.

Minha punição só aconteceu na noite seguinte. Julian passou novamente o dia no escritório e eu não o encontrei até a hora do jantar.

Por algum motivo, eu não estava mais tão assustada. O pequeno interlúdio da noite anterior, além de dormir nos braços de Julian, aquietara minha ansiedade, fazendo com que eu achasse que a punição não seria tão ruim quanto temera inicialmente. Ele não parecia particularmente furioso por eu ter descoberto sobre Maria, o que foi um grande alívio. Eu esperava que ele desistisse totalmente de me punir, especialmente se eu me comportasse bem.

Nós três jantamos juntos de novo e ouvi Julian e Beth discutindo os desenvolvimentos mais recentes no

Oriente Médio. Fiquei surpresa ao ver como os dois pareciam bem informados sobre o assunto. Antes de ser sequestrada, eu acompanhava os eventos, mas nunca ouvira a maioria dos nomes de políticos que eles mencionavam. Por outro lado, se Julian realmente tinha uma empresa de importação e exportação, fazia sentido que soubesse o que acontecia na política mundial.

Minha curiosidade levou a melhor novamente e perguntei se a empresa de Julian fazia muitos negócios no Oriente Médio.

Ele sorriu para mim ao espetar um pedaço de camarão com o garfo. — Sim, meu bichinho, faz.

— Foi para lá que você foi nesta viagem?

— Não — respondeu ele, mordendo o camarão. — Desta vez, fui para Hong Kong.

Fiz uma anotação mental daquilo. Hong Kong devia ser perto o suficiente da ilha para que ele voasse até lá, cuidasse dos negócios e voasse de volta, tudo em dois dias. Imaginei um mapa do Oceano Pacífico. Era um pouco difuso, pois geografia nunca fora meu forte, mas achei que a ilha não deveria ser muito distante das Filipinas.

Beth me ofereceu algumas batatas para acompanhar o camarão e eu as aceitei, agradecendo com um sorriso. Eu notara que tínhamos uma variedade maior de alimentos logo depois que Julian voltava das viagens, o que me levou a pensar que ele levava suprimentos.

Beth sorriu de volta e vi que ela estava de bom

humor. De forma geral, ela parecia mais contente quando Julian estava lá, quase alegre. Eu tinha certeza de que não era nada divertido lidar com a minha atitude o tempo inteiro. Era quase possível sentir pena dela... quase.

— Eu nunca fui à Ásia — disse eu a Julian. — Hong Kong é como mostram nos filmes?

Julian sorriu para mim. — Muito parecida. É incrível. Acho que é uma das minhas cidades favoritas. A arquitetura é fascinante e a comida... — Ele passou a língua lentamente sobre os lábios. — A comida é inacreditável. — Ele passou a mão na barriga e eu ri, sentindo-me encantada, apesar de tudo.

O restante do jantar se passou da mesma forma agradável. Julian me contou histórias divertidas sobre os lugares que conhecera na Ásia e ouvi fascinada, de vez em quando soltando exclamações e rindo de algumas das mais engraçadas. Beth fez alguns comentários, mas, na maior parte do tempo, foi como se estivéssemos apenas eu e Julian divertindo-nos em um encontro.

Como no dia em que jantamos sozinhos, vi-me caindo no charme de Julian. Ele era muito mais que encantador, era hipnotizante. A atração ia além da aparência dele, apesar de eu não conseguir negar a atração física que existia entre nós. Quando Julian ria ou abria um sorriso genuíno, eu sentia um brilho quente, como se ele fosse o sol que me banhava em seus raios. Tudo nele me atraía: a forma como falava, a maneira como gesticulava para enfatizar alguma coisa, as rugas em volta dos olhos quando sorria para mim. Ele também era excelente em contar histórias e três horas se passaram rapidamente enquanto me distraía com histórias sobre as aventuras que tivera no Japão, onde morara por um ano quando era adolescente.

Eu não queria que o jantar terminasse e estendi-o o máximo que pude, servindo quatro porções de frutas que Beth preparara como sobremesa. Eu sabia que Julian estava ciente das minhas táticas de retardo, mas não pareceu se importar.

Finalmente, depois de terminarmos de comer, Beth se levantou para lavar a louça. Julian sorriu para mim e, pela primeira vez naquela noite, senti uma pontada de medo. Notei novamente aquele toque sombrio no sorriso dele e percebi que estivera lá o tempo todo. Estava sempre lá. O homem charmoso com o qual eu passara três horas só era real na minha imaginação.

Ainda sorrindo, ele me ofereceu a mão. Era um gesto cortês, mas não pude evitar o arrepio que correu pela minha espinha quando vi o brilho familiar nos olhos azuis. Ele parecia novamente um anjo sombrio, com a beleza sublime maculada por uma sombra maligna.

Engolindo em seco para me livrar do nó na garganta, coloquei a mão na dele e deixei que ele me levasse para o andar de cima. Era melhor assim, mais civilizado. Permitia que eu fingisse por mais alguns momentos, que me agarrasse à ilusão de ter opção.

Quando entramos no quarto, ele fez com que eu tirasse a roupa e deitasse de bruços na cama. Em seguida, ele novamente amarrou firmemente meus pulsos atrás das costas. Depois, colocou uma venda sobre meus olhos e travesseiros sob meus quadris. Era exatamente a mesma posição da última vez em que ele me possuíra e fiquei tensa ao me lembrar da agonia e do êxtase do ato sexual.

Era isso que ele pretendia fazer? Sexo anal de novo? Se era, não seria tão ruim. Eu sobrevivera na última vez, sobreviveria novamente.

Portanto, quando senti o lubrificante gelado entre as nádegas, tentei relaxar e deixar que ele fizesse o que quisesse. Um brinquedo foi inserido em mim. A invasão me assustou, mas não foi particularmente dolorosa. Como antes, ele deixou o brinquedo dentro de mim ao me massagear, relaxando-me e deixando-me excitada. Ele beijou minha nuca, mordeu o ponto sensível perto do ombro e percorreu minha espinha, beijando cada vértebra. Ao mesmo tempo, penetrou minha vagina com o dedo, aumentando a tensão na minha barriga.

O orgasmo foi tão forte que caí sobre o colchão, com o corpo inteiro estremecendo. Enquanto eu me recuperava, Julian tirou o dedo e senti o ar frio nas costas quando ele se afastou por um segundo.

O fogo nas minhas nádegas foi súbito e ardente. Assustada, gritei, tentando me afastar, mas não fui longe. O segundo golpe foi mais doloroso que o primeiro e acertou minhas coxas. Percebi que ele me chicoteava com alguma coisa. Eu não sabia o que era, mas ouvi o sibilar no ar quando ele me atingiu nas nádegas repetidamente enquanto eu chorava e tentava rolar para longe.

Parecendo cansado de me perseguir sobre a cama, ele desamarrou minhas mãos e prendeu-as acima da cabeça e à cabeceira.

— Julian, por favor, eu sinto muito! — implorei desesperada para fazer com que ele parasse. — Por favor, desculpe por ter bisbilhotado. Por favor, não vou fazer isso de novo, não vou...

— É claro que vai, meu bichinho — sussurrou ele perto do meu ouvido. Senti o hálito quente no pescoço. — Você é curiosa como uma gatinha. Mas, algumas vezes, precisa deixar as coisas para lá. Para o seu próprio bem, entende?

— Sim! Sim, entendo. Por favor, Julian...

— Shhh — disse ele, beijando meu pescoço de novo. — Você precisa aceitar sua punição como uma boa garota. — Ao terminar de falar, ele recuou, deixando minhas costas e nádegas expostas.

Tentei me afastar, mas ele pegou minhas pernas, prendendo os tornozelos com uma mão. Ele era forte, muito mais forte do que eu poderia ter imaginado, pois conseguiu segurar minhas pernas com apenas um braço enquanto me chicoteava com a outra.

Ouvi o barulho do chicote e não consegui conter os gritos que escapavam a cada vez que ele me atingia. Minhas nádegas e coxas pareciam estar em chamas e a venda estava encharcada de lágrimas. Eu queria que ele parasse, implorei para que parasse, mas Julian foi imune aos meus pedidos.

Aquilo pareceu durar para sempre até que eu não conseguia mais gritar nem lutar. Nem mesmo tinha energia para manter os músculos tensos e isso pareceu ajudar a dor. Relaxei ainda mais, deixando o corpo mole, e a dor ficou um pouco melhor. Cada golpe parecia doer menos.

Enquanto a surra continuava, meu mundo pareceu se encolher até que nada mais existisse além daquele momento. Eu não pensava mais, simplesmente sentia, simplesmente existia. Havia algo irreal, mas incrivelmente viciante na experiência. Cada golpe causava uma sensação que me empurrava cada vez mais para aquele estado estranho, fazendo com que eu me sentisse como se estivesse flutuando. A dor não era mais insuportável. Ela era reconfortante, de uma forma perversa. Ela me dava o que eu precisava naquele momento. Um calor se espalhou pelo meu corpo e todas as preocupações, todos os medos desapareceram. Era algo totalmente diferente do que eu já vivera.

Quando Julian finalmente parou e desamarrou-me, eu me agarrei a ele, tremendo da cabeça aos pés. Sem a venda e as amarras, eu me senti perdida. Como se soubesse do que eu precisava, ele me colocou no colo e balançou-me gentilmente nos braços, deixando que eu chorasse contra seu ombro até que não me sentisse mais como se fosse desmoronar.

Depois de algum tempo, percebi a ereção dele pressionando minhas nádegas, que estavam doloridas e latejando. O pequeno brinquedo que ele colocara em meu ânus ainda estava lá, seguro dentro do meu corpo. Notei que o calor dentro de mim mudara e era agora mais sexual.

Parecendo sentir a mudança no meu humor, Julian me ergueu cuidadosamente e posicionou-me para que eu ficasse virada para ele em seu colo. Minhas mãos estavam nos ombros dele e senti os músculos fortes sob a pele. Com as coxas bem abertas, a ponta do pênis pressionou meu sexo. A cabeça lisa deslizou entre minhas dobras e esfregou o clitóris, intensificando minha excitação. Gemi, arqueando a cabeça para trás, e ele me penetrou lentamente, centímetro a centímetro. Com o brinquedo no ânus, ele parecia ainda maior do que o normal e gemi quando me preencheu.

Foi uma sensação tão incrivelmente boa que gemi novamente, apertando os músculos internos em volta dele. Ele gemeu, fechando os olhos, e repeti o gesto, querendo prolongar a sensação.

Ele abriu os olhos e encarou-me, com uma expressão de desejo e os olhos brilhantes. Mantive o olhar dele, fascinada pela ferocidade que vi. Ele me tinha sob seu domínio, mas eu também o mantinha sob o meu. Essa percepção aumentou meu desejo.

Erguendo a mão, ele a colocou em meu rosto, limpando as lágrimas com o polegar. Em seguida, inclinou a cabeça para a frente e beijou-me. Foi o beijo mais terno que eu já recebera. Derreti sob aquele beijo. A afeição dele era como uma droga para mim e eu precisava dela com um desespero que não entendia completamente.

Fechei os olhos e deslizei as mãos sobre os ombros dele até chegar aos cabelos. Eram grossos e macios, como um cetim escuro. Chegando mais perto dele, encostei os seios nus contra o peito musculoso, adorando a sensação dos pelos ásperos contra os mamilos sensíveis. Os lábios dele eram firmes e quentes sobre os meus e o pênis dentro de mim estava incrivelmente duro, estendendo meus músculos e preenchendo-me totalmente.

Ainda me beijando, ele começou a se mexer para a frente e para trás, fazendo com que o pênis se movesse muito devagar dentro de mim, lançando ondas de calor pelo meu corpo. No entanto, cada movimento também serviu como lembrete da surra e soltei um gemido de dor quando as nádegas doloridas esfregaram nas coxas dele. Ele engoliu meu gemido, consumindo-me com uma fome irrestrita.

Ele ergueu a mão até meus cabelos, segurando-os firmemente ao me devorar com o beijo. Os quadris dele se moveram com mais força, aumentando a pressão dentro de mim. A outra mão desceu pelo meu corpo e ele pressionou o brinquedo, empurrando-o mais fundo.

Meu orgasmo foi tão forte que não consegui sequer emitir um som. Por alguns segundos, fui completamente tomada pelo prazer, por um êxtase tão intenso que foi quase agonizante. Meu corpo estremeceu e ondulou sobre o de Julian e meus movimentos causaram o orgasmo dele.

Ele me abraçou, acariciando meus cabelos suados. Senti o pênis amolecendo dentro de mim. Logo depois, ele estendeu a mão e tirou o brinquedo do meu ânus com cuidado.

Em seguida, fez com que eu me levantasse e levou-me para o chuveiro.

15

Ele cuidou de mim novamente no chuveiro, lavando-me e acariciando-me. Ele foi especialmente carinhoso em volta da área das nádegas e das coxas, cuidando para não aumentar o desconforto. Para meu alívio, não parecia que a pele fora rompida. As nádegas estavam vermelhas com algumas partes inchadas e eu tinha certeza de que teria ferimentos, mas não havia rastro de sangue.

Quando eu estava seca, ele me levou de volta para a cama. Nós dois ficamos em silêncio. Eu ainda não saíra totalmente do estado estranho em que estivera mais cedo. Era como se minha mente tivesse se desconectado parcialmente do corpo. A única coisa que me mantinha inteira era Julian e seu toque estranhamente gentil.

Nós nos deitamos juntos e Julian desligou as luzes, mergulhando o quarto na escuridão. Deitei de bruços, pois qualquer posição seria dolorosa. Ele me puxou para perto de si. Deitei a cabeça no peito dele e passei o braço sobre seu peito. Fechei os olhos, querendo apenas dormir.

— Meu pai era um dos traficantes mais poderosos da Colômbia. — Mal consegui ouvir a voz de Julian. O hálito dele soprou os cabelos finos perto da minha testa. Eu já estava começando a adormecer, mas despertei subitamente, sentindo o coração bater com força no peito.

— Ele começou a me preparar para ser seu sucessor quando eu tinha quatro anos. Segurei a primeira arma quando tinha seis anos. — Julian fez uma pausa, acariciando meus cabelos de leve. — Matei o primeiro homem quando tinha oito.

Fiquei tão horrorizada que só fiquei deitada lá, em estado de choque.

— Maria era a filha de um dos homens da organização do meu pai — continuou Julian com voz baixa e sem emoção. — Eu a conheci quando tinha treze anos. Ela tinha doze. Ela era tudo que eu não era. Linda, doce... inocente. Diferentemente do meu pai, os pais dela a protegeram da realidade da vida. Eles queriam que ela fosse uma criança, que não conhecesse nada da feiúra do nosso mundo.

— Mas ela era inteligente, como você. E curiosa, tão curiosa... — A voz dele sumiu por um segundo, como se ele estivesse perdido em alguma lembrança. Em seguida, retomou a história. — Ela seguiu o pai dela um dia para ver o que ele estava fazendo. Escondeu-se na parte de trás do carro dele. Eu a encontrei lá porque ela meu trabalho ser vigia, ficar de guarda no ponto de encontro.

Eu mal conseguia respirar, incapaz de acreditar que Julian estava me contando aquilo. Por que agora? Por que naquela noite?

— Eu poderia ter contado ao pai dela, colocando-a em apuros. Mas ela implorou tanto, olhou para mim de forma tão doce com os olhos castanhos grandes, que não consegui. Em vez disso, pedi a um dos guardas do meu pai que a levasse para casa.

— Depois disso, ela me procurou. Queria me conhecer melhor, disse ela. Queria ser minha amiga. — Havia uma nota de descrença na voz de Julian, como se ninguém em sã consciência pudesse querer algo assim.

Engoli em seco. Meu coração doeu pelo garotinho que ele fora. Ele tivera amigos ou o pai dele lhe roubara isso também, como destruíra a infância de Julian?

— Tentei dizer a ela que não era uma boa ideia, que eu não era alguém com quem devesse se envolver. Mas ela não me deu ouvidos. Maria me encontrava em algum lugar praticamente todas as semanas até que não tive opção além de ceder e começar a passar algum tempo com ela. Íamos pescar juntos e ela me ensinou a desenhar. — Ele fez uma pausa, ainda acariciando meus cabelos. — Ela desenhava muito bem.

— O que aconteceu com ela? — perguntei quando ele passou um minuto sem dizer nada. Minha voz estava estranhamente rouca. Pigarreei e tentei de novo. — O que aconteceu com Maria?

— Um dos rivais do meu pai descobriu que ela

estava se encontrando comigo. Tínhamos acabado de atacar o depósito dele e ele estava furioso. Portanto, decidiu ensinar uma lição ao meu pai... por mim.

Todos os meus pelos estavam arrepiados e senti a pele gelada. Eu já percebera como aquela história terminaria e queria que Julian parasse. Mas não consegui dizer nenhuma palavra, pois estava com a garganta apertada.

— Eles encontraram o corpo dela em um beco perto de um dos prédios do meu pai. — A voz dele estava estável, mas senti a agonia profunda. — Ela foi estuprada e depois mutilada. Era para ser uma mensagem para mim e para o meu pai. Caiam fora, dizia a mensagem.

Fechei os olhos, tentando impedir que as lágrimas que me queimavam os olhos rolassem pelo rosto, mas foi inútil. Eu sabia que Julian provavelmente sentia a umidade no peito. — Uma mensagem? Para um garoto de treze anos?

— Na época, eu já tinha catorze. — Não consegui ver, mas senti o sorriso amargo de Julian. — E a idade não importava. Não para o meu pai... e certamente não para o rival dele.

— Eu lamento muito. — Não sabia mais o que dizer. Eu queria chorar... por ele, por Maria, por aquele garotinho que perdera a amiga de forma tão brutal. E queria chorar por mim mesma, pois agora entendia melhor meu sequestrador. E percebi que a escuridão na alma dele era muito pior do que eu imaginara.

Julian se mexeu e notei que minha mão estava no

ombro dele e minhas unhas enterradas em sua pele. Forcei-me a relaxar os dedos e respirei fundo. Eu precisava me controlar, caso contrário, acabaria chorando abertamente.

— Eu matei aqueles homens. — O tom dele agora estava casual, mas senti a tensão em seu corpo. — Os que a estupraram. Eu os persegui e matei um por um. Eram sete. Depois disso, meu pai me mandou embora, primeiro para os Estados Unidos, depois para a Ásia e para a Europa. Ele teve medo de que aquela matança fosse ruim para os negócios. Eu só voltei anos depois, quando ele e minha mãe foram assassinados por outro rival.

Concentrei-me em controlar a respiração e impedir que o bile subisse à garganta. — É por isso que você não tem sotaque espanhol? — Minha pergunta foi totalmente fora do assunto. Eu nem sei o que me fez perguntar algo tão trivial em um momento como aquele.

Mas, pelo jeito, foi a coisa certa a fazer, pois Julian relaxou ligeiramente. Parte da tensão desapareceu dos músculos dele. — Sim. Parcialmente, é esse o motivo, meu bichinho. Além disso, minha mãe era norte-americana e ensinou-me inglês desde pequeno.

— Norte-americana?

— Sim. Ela foi modelo na juventude. Era uma loira alta linda. Eles se conheceram em Nova Iorque quando meu pai foi lá em uma viagem de negócios. Ela se apaixonou e eles se casaram antes mesmo que ele lhe contasse sobre os negócios.

— O que ela fez quando descobriu? — Eu provavelmente estava concentrando-me nas coisas erradas, mas precisava me distrair das imagens horríveis que me encheram a mente, imagens de uma garota morta que era uma versão mais jovem de mim mesma...

— Não havia nada que ela pudesse fazer — respondeu Julian. — Ela já tinha se casado com ele e estava morando na Colômbia.

Ele não deu mais explicações, mas não foi necessário. Ficou claro para mim que a mãe dele era tão prisioneira quanto eu. A diferença era que, inicialmente, ela optara pelo cativeiro.

Por alguns minutos, ficamos deitados em silêncio. Eu não estava mais com sono. Não sabia se conseguiria dormir naquela noite. A dor no corpo não era nada em comparação ao pesar no coração.

— E o que você faz agora? É traficante? — perguntei, finalmente quebrando o silêncio. Não estava longe da minha suposição inicial ele fazer parte da Máfia ou de alguma outra organização criminosa.

— Não — respondeu ele para minha surpresa. — Aquela parte da minha vida acabou quando meus pais foram assassinados. Levei o negócio da família para outra direção.

— Que direção? — Lembrei que ele mencionara algo sobre uma organização de importação e exportação, mas não conseguia imaginar Julian lidando com algo tão inócuo como componentes eletrônicos. Não depois do que ouvi sobre a criação dele.

Ele riu, como se estivesse divertindo-se com minha

persistência. — Armas — disse ele. — Sou negociante de armas, Nora.

Pisquei surpresa. Eu sabia um pouco, ou achava que sabia, sobre traficantes de drogas, graças a alguns programas populares de televisão. Mas negociantes de armas eram um mistério completo para mim. Eu suspeitava que Julian não estava falando de algumas armas aqui ou ali.

Eu tinha um milhão de perguntas sobre o trabalho dele, mas havia algo que precisava saber antes, enquanto Julian parecia estar disposto a conversar. — Por que você me sequestrou? Porque eu sou parecida com Maria?

— Sim — disse ele baixinho. A voz dele me envolveu como um cachecol macio. — Quando a vi naquela boate, a semelhança foi tão grande que fiquei impressionado. Exceto que você era mais velha e mais bonita. E eu queria você. Precisava de você. Pela primeira vez em anos, senti alguma coisa de verdade. É claro que as emoções que você evocou não tinham nada a ver com o que senti por ela. Ela era minha amiga, mas você... — Ele respirou fundo e o peito dele se mexeu sob minha cabeça. — Eu só precisava que você fosse minha, Nora. Quando toquei em você naquele dia, quando senti a maciez de sua pele, quis muito possuí-la. Quis tirar aquelas roupas apertadas que usava e trepar com você bem ali, no chão da boate. E queria machucar você... da forma como algumas vezes machuco algumas mulheres, da forma como elas me pedem para que as machuque... Eu queria ouvir você gritar, de dor e de prazer.

A mão dele continuou a brincar com meus cabelos e o toque gentil me manteve calma o suficiente para ouvir aquilo. Na escuridão, nada daquilo era real. Havia somente Julian e a voz profunda dizendo-me coisas que uma pessoa normal acharia assustadoras... coisas que, por algum motivo, me deixaram molhada.

— Eu a trouxe para cá, para minha ilha, porque é o lugar mais seguro para você. Meus parceiros de negócio estão sempre procurando sinais de fraqueza e você, meu bichinho, é uma fraqueza minha. Eu nunca me senti assim com nenhuma outra mulher. Nunca estive tão... — ele parou por um momento, como se estivesse buscando a palavra certa — tão obcecado. Só a ideia de outro homem tocando em você, beijando-a, me deixou louco. Tentei me afastar, tirar você da cabeça, mas não resisti à tentação de vê-la mais uma vez na formatura. E, quando eu a vi lá, sei que também sentiu a mesma coisa, essa conexão entre nós. E eu soube que era inevitável, que a tomaria e que você sempre seria minha.

As palavras dele me envolveram como uma onda quente do oceano, causando uma excitação nada saudável. Alguma parte minha deturpada adorou o fato de eu ser especial para Julian. Adorou o fato de estar tão atraído por mim quanto eu por ele.

Por algum motivo estranho, também senti vontade de me abrir com ele. — Eu fiquei com medo de você —

disse eu baixinho. — Na boate, e depois quando o vi na formatura, senti medo.

— Só medo? — Ele soou divertido e ligeiramente incrédulo.

— Com medo e atraída — admiti. Aquela parecia ser a noite das revelações. Além do mais, ele já sabia da verdade. Apesar do medo, eu o desejava. Eu o quisera desde o início e nada que ele fizera desde então mudara isso.

— Ótimo. — Ele correu a mão pelas minhas costas. — Isso é muito bom, meu bichinho. Tornará as coisas mais fáceis para nós dois.

Mais fáceis? Considerei aquela frase. Mais fáceis para ele, certamente. Mas, para mim, eu não tinha tanta certeza.

— Você chegou a falar com minha família? — perguntei, lembrando-me da promessa dele muitos dias antes. — Eles sabem que estou viva?

— Sim. — A mão dele parou no meio das minhas costas. — Eles sabem.

Fiquei imaginando o que ele lhes dissera e como reagiram, se tornara as coisas melhores ou piores.

— Algum dia você me deixará ir embora? — Eu já sabia a resposta, mas precisava ouvir dele mesmo assim.

— Não, Nora — respondeu ele. Senti seu sorriso na escuridão. — Nunca.

E, puxando-me para mais perto, ele me abraçou até que adormecemos.

16

Durante os meses seguintes, minha vida na ilha entrou em uma espécie de rotina. Quando Julian estava lá, meu mundo girava em volta dele. Seu humor, suas necessidades e desejos regiam meus dias e noites.

Ele era um amante imprevisível: gentil em um dia, cruel no próximo. E, algumas vezes, uma mistura dos dois, uma combinação que achei particularmente arrasadora. Eu entendia o que ele fazia comigo, mas isso não tornava as coisas menos efetivas. Ele me treinava para associar dor com prazer, para gostar do que ele quisesse fazer comigo, não importava o quanto fosse chocante e pervertido. E depois, sempre, havia aquela gentileza inquietante. Ele me virava do avesso, desmontava-me e depois consertava-me... tudo em uma noite.

E o treinamento dele estava funcionando. Agora, eu ia para os braços dele por vontade própria, desejando a excitação que frequentemente sentia em uma sessão particularmente brutal. Julian me disse que eu era uma submissa natural com tendências masoquistas latentes. Eu não sabia se acreditava nele. Sabia que não queria acreditar. Mas não podia negar que a forma peculiar de fazer amor de Julian encontrava resposta em mim. Brinquedos, chicotes, ele usava de tudo. E, invariavelmente, eu encontrava prazer em alguma coisa que ele fazia.

Obviamente, ele não era sempre sádico. Algumas vezes, era quase doce, massageando meu corpo todo, beijando-me até que eu derretesse e depois fazendo amor até quase me enlouquecer de desejo. Em dias como aqueles, eu não queria ir embora da ilha. Só queria que Julian continuasse me abraçando, acariciando, amando, da forma que pudesse.

Talvez isso fosse o mais perturbador de tudo, o fato de que agora eu queria o amor do meu sequestrador. Eu não sabia se ele era capaz de sentir amor, mas não conseguia impedir a mim mesma de querer. Ele me queria, eu sabia disso, mas não era o suficiente. Em algum momento, perdi o ódio que sentia por ele. Eu não sabia como nem quando isso acontecera. Eu ainda me ressentia da minha prisão, mas aqueles sentimentos agora eram separados do que sentia por Julian.

Em vez de detestar as visitas dele à ilha, agora eu as aguardava ansiosamente. Os negócios o mantinham longe mais do que eu gostava e comecei a entender como animais de estimação se sentiam, esperando que o dono voltasse do trabalho.

— Por que não pode cuidar mais dos negócios

daqui? — perguntei um dia, depois que acordamos juntos. Ele sempre dormia comigo. Gostava de me abraçar durante a noite, pois ajudava com os pesadelos.

— Eu faço remotamente tudo o que posso. Por que, você me quer aqui, meu bichinho? — O olhar dele estava ligeiramente zombeteiro ao se virar para mim. Ele não gostava quando eu o questionava sobre os negócios. Era uma parte da vida dele que Julian queria manter separada. Em geral, eu achava que ele queria proteger eu e Beth de algumas das partes piores do mundo dele. Beth sabia o que Julian fazia, obviamente, mas eu não sabia se ela conhecia muito sobre tráfico de armas.

— Sim — respondi com sinceridade. — Quero você aqui. — Não adiantava fingir o contrário. Julian sabia exatamente como eu me sentia. Ele era muito bom em me entender... e em me manipular. Eu não tinha dúvidas de que ele gostava do meu crescente apego e provavelmente fazia o possível para incentivá-lo.

E, obviamente, quando admiti aquilo, os lábios dele se curvaram em um sorriso sensual. — Está bem, querida — disse ele baixinho. — Vou tentar ficar mais aqui. — E, estendendo os braços, ele me puxou para um beijo que me fez derreter.

~

A CADA DIA QUE PASSAVA, MINHA VIDA ANTIGA PARECIA cada vez mais distante, desaparecendo naquela época nebulosa conhecida como passado. Quando Julian estava fora, eu me ocupava lendo, nadando, passeando pela ilha e fazendo expedições de pesca com Beth. Julian levou uma TV grande com um aparelho de DVD, além de centenas de filmes, para que Beth e eu tivéssemos algo para fazer também durante o tempo chuvoso.

Beth e eu ainda não éramos exatamente amigas, mas certamente estávamos mais próximas. Em parte, acho que ela gostava do fato de eu não tentar mais fugir. Depois da minha tentativa fracassada de bater na cabeça dela e do incidente horrível com Jake que se seguira, passei a ser uma prisioneira modelo.

Obviamente, teria sido uma tolice fazer qualquer outra coisa. Quando o avião estava na ilha, mesmo durante as visitas de Julian, ele ficava trancado dentro do hangar que eu encontrara no outro lado da ilha. Eu tinha certeza de que Julian guardava a chave do hangar no escritório, onde somente ele tinha acesso. E, mesmo se eu conseguisse pegar a chave, sinceramente duvidava que houvesse um manual de operação convenientemente guardado dentro do avião que pudesse me ensinar a pilotar.

Não, meu sequestrador sabia exatamente o que estava fazendo quando me levou para a ilha. Era a prisão mais segura que eu conseguia imaginar.

À medida que os dias se transformaram em semanas e em meses, tentei encontrar mais atividades para preencher o tempo livre e para evitar sentir falta de Julian quando ele não estava lá.

A primeira coisa que fiz foi começar a correr de novo.

Comecei com distâncias pequenas para não forçar o joelho e lentamente aumentei a velocidade e a distância. Eu corria de manhã ou à noite, quando era mais fresco, e não demorou muito para voltar à forma que tinha na época em que participava da equipe de corrida. Eu consegui correr cinco quilômetros em menos de dezessete minutos, uma conquista que me deixou ridiculamente feliz.

Também comecei a pintar. Não porque eu lembrei que Julian dissera que Maria desenhava muito bem, mas porque achei a atividade relaxante. Eu gostava das aulas de arte na escola, mas estava sempre ocupada com os amigos ou outras coisas para tentar pintar com seriedade. Agora, no entanto, eu tinha tempo suficiente e comecei a aprender a desenhar e pintar. Julian levou uma infinidade de materiais de arte e vários vídeos de instruções para a ilha e logo me vi absorvida em tentar capturar a beleza da ilha nas telas.

— Sabe, você é muito boa nisso — disse Beth pensativa um dia, aproximando-se de mim na varanda quando eu terminava uma pintura do pôr do sol sobre o oceano. — Você conseguiu reproduzir as cores com exatidão, aquele brilho laranja com uma sombra rosa escura.

Eu virei e abri um sorriso largo. — Acha mesmo?

— Acho — respondeu Beth séria. — Você está indo muito bem, Nora.

Eu tive a sensação de que ela estava falando de mais

do que apenas a pintura. — Obrigada — respondi secamente. Eu deveria adicionar aquilo à minha lista de conquistas? O fato de conseguir prosperar em cativeiro?

Ela sorriu em resposta e, pela primeira vez, senti que realmente nos entendíamos. — De nada.

Ela foi até o sofá, sentou-se e pegou um livro. Eu a observei por alguns segundos e voltei a pintar, tentando reproduzir o brilho multidimensional da água... e pensando no quebra-cabeça que era Beth.

Beth ainda não me contara muito sobre seu passado, mas eu tinha a sensação de que, para ela, a ilha era uma espécie de retiro, um santuário. Ela via Julian como seu salvador e o mundo externo como um lugar desagradável e hostil. — Você não sente falta de ir a um *shopping center*? — perguntei a ela uma vez. — De sair para jantar com amigos? De ir dançar? Você não é prisioneira aqui, poderia sair a qualquer momento. Por que não pede a Julian que a leve com ele em uma das viagens? Para fazer algo divertido antes de voltar.

A resposta dela foi uma risada. — Dançar? Algo divertido? Deixar que homens coloquem as mãos no meu corpo, isso é para ser divertido? — A voz dela ficou zombeteira. — Acha que eu deveria também comprar roupas sensuais e maquiagem para ficar bonita para eles? E a poluição, os tiroteios, os assaltos, eu deveria sentir falta deles também? — Rindo novamente, ela balançou a cabeça. — Não, obrigada. Estou perfeitamente feliz aqui.

E foi o máximo que ela disse sobre o assunto.

Eu não sabia o que tinha acontecido para deixá-la tão amarga, mas suspeitava que Beth não tivera uma vida fácil. Quando estávamos assistindo a Uma Linda Mulher, ela fizera vários comentários ácidos sobre como a prostituição de verdade não era nada do conto de fadas retratado no filme. Eu não perguntei nada naquele momento, mas fiquei curiosa desde então. Ela fora prostituta no passado?

Largando o pincel, virei-me e perguntei a Beth: — Posso pintar você?

Ela ergueu o olhar do livro em um sobressalto. — Você quer me pintar?

— Sim, quero. — Seria uma mudança interessante das paisagens em que eu me concentrara recentemente. E talvez me desse uma chance de conhecê-la um pouco melhor.

Ela me encarou por alguns segundos e deu de ombros. — Acho que sim.

Ela não pareceu muito segura e abri um sorriso encorajador. — Você não precisa fazer nada, só ficar sentada desse jeito, com o livro. É uma imagem bonita.

E era verdade. Os raios do sol poente transformaram os cachos ruivos em chamas e, com as pernas sob o corpo, ela parecia jovem e vulnerável. Muito mais agradável do que o normal.

Coloquei de lado a pintura em que trabalhava e peguei uma tela em branco. Em seguida, comecei a esboçar, tentando capturar os ângulos simétricos do rosto dela, as linhas e as curvas elegantes do corpo. Foi uma tarefa que me deixou absorvida e não parei até que estivesse escuro demais.

— Acabou por hoje? — perguntou Beth. Eu me dei conta de que ela ficara na mesma posição por mais de uma hora.

— Sim, claro — respondi. — Obrigada por ser uma excelente modelo.

— Sem problemas. — Ela abriu um sorriso genuíno ao se levantar. — Vamos jantar?

Nos três dias seguintes, trabalhei no retrato de Beth. Ela ficou sentada pacientemente e vi-me tão ocupada que mal pensei em Julian. Eu só tinha a oportunidade de sentir falta dele à noite, de sentir o vazio da cama imensa enquanto ficava deitada querendo seus braços. Ele me deixara tão viciada que uma semana sozinha parecia uma punição cruel, infinitamente pior do que qualquer tortura sexual que meu sequestrador pudesse inventar.

— Julian disse quando voltaria? — perguntei a Beth ao dar os toques finais na pintura. — Ele foi embora já tem sete dias.

Ela balançou a cabeça negativamente. — Não, mas ele voltará assim que puder. Ele não consegue ficar longe de você, Nora, sabe disso.

— É mesmo? Ele disse alguma coisa a você? — Eu ouvi a ansiedade na minha própria voz e xinguei-me mentalmente. Havia como ser mais ridícula que aquilo?

Eu poderia muito bem estampar na testa: mais uma garota burra que se apaixonou pelo sequestrador. Obviamente, eu duvidava que muitos sequestradores tivessem o charme letal de Julian e achei que isso podia ser uma boa desculpa.

Por sorte, Beth não disse nenhuma gracinha sobre minha ansiedade óbvia. — Ele não precisa dizer — respondeu ela. — É perfeitamente óbvio.

Larguei o pincel por um segundo. — Óbvio como? — Aquela conversa preenchia uma necessidade que eu nem sabia que tinha, a de uma sessão de fofoca entre garotas sobre os homens e suas emoções inexplicáveis.

— Ora, por favor. — Beth começou a soar exasperada. — Você sabe que Julian é louco por você. Sempre que falo com ele, é Nora isso, Nora aquilo... Nora precisa de alguma coisa? Nora tem se alimentado bem? — Ela baixou a voz comicamente, imitando os tons mais graves de Julian.

Sorri para ela. — É mesmo? Eu não sabia disso. — E realmente não sabia. Eu sabia que Julian era louco por mim, e ele certamente admitira uma certa obsessão por mim por causa da semelhança com Maria, mas não sabia que ele pensava tanto em mim fora do quarto.

Beth revirou os olhos. — Ah, é. Você não é tão ingênua quanto finge ser. Eu já vi você batendo os cílios para ele no jantar, tentando deixá-lo na palma da sua mão.

Eu olhei para ela com o melhor olhar arregalado e inocente que consegui. — O quê? Não!

— Ahã. — Beth não pareceu nem um pouco convencida.

Ela tinha razão, obviamente. Eu flertava com Julian. Agora que não tinha mais tanto medo, novamente fazia o possível para cair nas boas graças dele. Em algum lugar no fundo da mente, havia uma esperança persistente de que, se ele confiasse em mim e gostasse de mim o suficiente, poderia me tirar da ilha.

Quando aquele plano me ocorrera pela primeira vez, naqueles primeiros dias terríveis de cativeiro, eu estivera fingindo. Assim que estivesse fora da ilha, faria o possível para escapar, independentemente das promessas que tivesse feito. Agora, no entanto, eu não sabia o que faria se Julian me levasse com ele. Tentaria deixá-lo? Queria mesmo deixá-lo? Sinceramente, eu não fazia ideia.

— Você já se apaixonou? — perguntei a Beth, pegando o pincel novamente.

Para minha surpresa, uma expressão sombria passou pelo rosto dela. — Não — disse ela em tom seco. — Nunca.

— Mas você amou... alguém, certo? — Não sei o que me fez perguntar aquilo, mas pareceu que atingi um ponto sensível, pois o corpo inteiro de Beth ficou rígido, como se eu tivesse batido nela.

Mas, para minha surpresa, em vez de me dar uma resposta ríspida, ela simplesmente assentiu. — Sim — respondeu ela baixinho. — Sim, Nora, eu amei. — Os olhos dela ficaram brilhantes, como se estivessem segurando lágrimas.

Naquele momento, percebi que ela sofria... que o que acontecera deixara cicatrizes profundas. O exterior cheio de espinhos era apenas uma máscara, uma forma de se proteger de ser magoada ainda mais. E, naquele instante, por algum motivo, a máscara escorregara, expondo a mulher que havia por baixo.

— O que aconteceu com essa pessoa? — perguntei com voz gentil. — O que aconteceu com a pessoa que você amou?

— Ela morreu. — O tom de Beth não tinha expressão, mas percebi o poço sem fundo de agonia naquela resposta simples. — Minha irmã morreu quando tinha dois anos.

Prendi a respiração. — Sinto muito, Beth. Ai, meu Deus, eu sinto muito... — Largando novamente o pincel, fui até o sofá e sentei-me, passando os braços em volta de Beth.

No começo, ela ficou rígida, como se não estivesse acostumada com contato humano, mas não me afastou. Ela precisava daquele abraço. Eu sabia, melhor do que ninguém, como um abraço podia ser reconfortante quando as emoções estavam descontroladas. Julian adorava me fazer desmoronar para que fosse a pessoa a me recompor.

— Lamento muito — repeti baixinho, esfregando de leve as costas dela. — Eu sinto muito.

Gradualmente, parte da tensão no corpo de Beth desapareceu. Ela se deixou reconfortar com meu toque. Depois de algum tempo, ela pareceu recuperar o equilíbrio e eu a soltei, sem querer que se sentisse desconfortável com o abraço.

Recuando um pouco, ela me deu um sorriso constrangido. — Desculpe, Nora, eu não queria...

— Não, está tudo bem — interrompi. — Desculpe ter me intrometido. Eu não sabia...

Nós nos encaramos, percebendo que poderíamos nos desculpar até o fim da vida que nada mudaria.

Beth fechou os olhos por um segundo e, quando os abriu novamente, a máscara estava firmemente no lugar de novo. Ela voltara a ser minha carcereira, tão independente e contida como sempre.

— Jantar? — perguntou ela, levantando-se.

— Um pouco daquele peixe que pegamos hoje cedo seria ótimo — disse eu casualmente, começando a guardar o material de arte.

E fomos em frente, como se nada tivesse acontecido.

17

Depois daquele dia, meu relacionamento com Beth passou por uma mudança sutil, mas notável. Ela não estava mais tão determinada a me manter à distância e lentamente comecei a conhecer a pessoa por trás daqueles muros.

— Eu sei que você acha que se deu mal — disse ela um dia enquanto pescávamos —, mas, acredite, Nora, Julian realmente gosta de você. Você tem muita sorte de ter alguém como ele.

— Sorte? Por quê?

— Porque, não importa o que ele fez, Julian não é um monstro — respondeu Beth séria. — Ele não age sempre de uma forma que a sociedade considera aceitável, mas ele não é mau.

— Não? Então o que é mau? — Eu estava sinceramente curiosa para saber como Beth definia aquela palavra. Para mim, as ações de Julian eram a epítome de algo que um homem mau faria, independentemente dos meus sentimentos idiotas por ele.

— Mau é alguém que mataria uma criança — disse Beth, olhando para a água azul brilhante. — Mau é alguém que venderia a filha de treze anos para um bordel mexicano... — Ela parou por um segundo e acrescentou: — Julian não é mau. Pode acreditar em mim.

Eu não sabia o que dizer e apenas observei as ondas batendo na praia. Senti um aperto no coração. — Julian salvou você disso? — perguntei depois de algum tempo, quando tive certeza de que conseguiria manter a voz razoavelmente estável.

Ela se virou para olhar para mim. — Sim — disse ela baixinho. — Ele me salvou. E destruiu o mal para mim. Ele me deu uma arma e mostrou-me como usá-la naqueles homens, nos que mataram minha irmãzinha. Viu, Nora, ele pegou uma prostituta das ruas e devolveu a vida a ela.

Mantive o olhar de Beth, sentindo-me desmoronar por dentro. Senti uma onda de náusea. Ela tinha razão, eu não sabia o verdadeiro significado de sofrimento. Não conseguia compreender pelo que ela passara.

Ela sorriu para mim, parecendo gostar do meu silêncio chocado. — A vida não passa de uma roleta fodida — disse ela baixinho — em que a roda continua girando e sempre saem os números errados. Você pode chorar o tanto que quiser, mas a verdade é que isso é o mais próximo possível de um bilhete premiado.

Engoli em seco, tentando me livrar do nó na

garganta. — Isso não é verdade — disse eu com a voz um pouco rouca. — Não é sempre assim. Há um mundo inteiramente diferente lá fora, onde pessoas normais vivem, onde ninguém tenta machucar você...

— Não — respondeu Beth em tom ríspido. — Você está sonhando. Esse mundo de que você fala é um conto de fadas. Talvez você tenha vivido como uma princesa, mas não é o que acontece com a maioria das pessoas. As pessoas normais sofrem. Elas sentem dor, morrem e perdem as pessoas amadas. E elas magoam umas às outras. Elas destroem umas às outras como os predadores selvagens que são. Não existe luz sem escuridão, Nora. No fim das contas, a noite sempre nos alcança.

— Não. — Eu não acreditava naquilo, não queria acreditar. Aquela ilha, Beth, Julian... era tudo uma anomalia, não era o jeito como as coisas normais sempre eram. — Não, isso não é...

— É verdade — disse Beth. — Você pode não perceber ainda, mas é verdade. Você precisa de Julian tanto quanto ele precisa de você. Ele pode proteger você, Nora. Pode manter você segura.

Ela parecia totalmente convencida daquilo.

~

— Bom dia, meu bichinho — sussurrou uma voz familiar no meu ouvido, acordando-me. Abri os olhos e vi Julian sentado lá, inclinado sobre mim. Ele devia ter voltado diretamente de alguma reunião formal de negócios, pois usava uma camisa social, em vez das roupas mais casuais normais. Uma onda de felicidade me invadiu. Sorrindo, ergui os braços e passei-os em volta do pescoço dele, puxando-o mais para perto.

Ele beijou meu pescoço, com o corpo pesado e quente pressionando o meu sobre o colchão. Arqueei o corpo contra o dele, sentindo o desejo de sempre. Meus mamilos ficaram rígidos e meu ventre se transformou em uma onda líquida de desejo. O corpo inteiro se derreteu com a proximidade dele.

— Senti saudades de você — disse ele baixinho. Estremeci de prazer, mal suprimindo um gemido quando a boca talentosa desceu pelo meu pescoço, beijando um ponto sensível. — Adoro quando você está assim — murmurou ele, beijando repetidamente meus ombros —, quentinha, macia e com sono... e minha...

Desta vez, eu gemi, quando a boca dele se fechou sobre o mamilo, chupando-o com força, aplicando a quantidade certa de pressão. Ele colocou a mão sob a coberta e entre minhas coxas. Meu gemido se intensificou quando ele começou a me acariciar, passando o dedo em círculos em volta do clitóris.

— Goze para mim, Nora — disse ele baixinho, pressionando meu clitóris. Explodi em um milhão de pedaços e meu corpo ficou tenso, como se estivesse obedecendo ao comando dele. — Boa garota — sussurrou ele, continuando a brincar com meu sexo, explorando meu orgasmo. — Boa garota...

Quando as ondas de êxtase pararam, ele recuou e começou a tirar a roupa. Eu o observei com desejo, incapaz de afastar os olhos daquela visão. Ele era absolutamente maravilhoso e eu o queria muito. Primeiro, foi a camisa, expondo os ombros largos e o abdômen bem definido. Não consegui me conter e sentei na cama, procurando o zíper da calça dele com as mãos trêmulas de impaciência.

Ele prendeu a respiração quando coloquei a mão sobre o pênis ereto. Assim que consegui soltá-lo, passei os dedos à sua volta e aproximei o rosto, colocando-o na boca.

— Caralho, Nora! — gemeu ele, segurando minha cabeça e movendo os quadris na minha direção. — Ai, caralho, querida, isso é tão gostoso... — Os dedos dele se enterraram nos meus cabelos, enroscando-se nos cachos emaranhados, e lentamente eu o coloquei mais fundo na boca até onde consegui.

— Ai, cacete... — O gemido dele me encheu de prazer e apertei de leve os testículos, adorando a sensação deles na minha mão. O pênis enrijeceu ainda mais e percebi que ele estava prestes a gozar. Mas, para minha surpresa, ele se afastou.

A respiração dele estava pesada e os olhos brilhavam como dois diamantes, mas ele conseguiu se controlar o suficiente para tirar o restante da roupa antes de deitar sobre mim. As mãos fortes seguraram meus pulsos, estendendo meus braços acima da cabeça. Ele acomodou os quadris entre minhas pernas abertas, com a ponta do pênis pressionando a entrada vulnerável. Eu o encarei com uma mistura de apreensão e excitação. Ele parecia magnífico e selvagem, com os cabelos escuros desgrenhados e o rosto bonito tenso de desejo. Percebi que ele não seria particularmente gentil naquele dia.

E eu estava certa. Ele me penetrou com uma investida súbita e tão fundo que soltei uma exclamação, quase sentindo como se estivesse sendo rasgada ao meio. Mesmo assim, meu corpo respondeu ao dele, produzindo mais lubrificação e facilitando a penetração. A trepada foi brutal, sem misericórdia, mas meus gritos eram de prazer. A tensão dentro de mim saiu do controle mais uma vez antes que ele finalmente gozasse.

~

No café da manhã, eu estava um pouco dolorida, mas feliz. Julian estava lá e meu mundo estava no lugar novamente. Ele parecia estar de bom humor e brincou sobre o fato de eu ter assistido a uma temporada inteira de Friends em uma semana, além de perguntar sobre os meus tempos de corrida. Minha excelente forma física o agradava... ou melhor, o resultado dela.

Fisicamente, eu nunca estivera em tão boa forma, o que era aparente. Meu corpo estava esguio e bronzeado e eu era prova viva dos benefícios de uma dieta saudável, de muito ar fresco e de exercícios regulares. Meus cabelos cresciam sem sinais de pontas duplas e a pele estava perfeitamente lisa. Eu não me lembrava da última vez em que tivera uma espinha no rosto.

— Minha última corrida de cinco quilômetros foi

em 16:20 — disse eu a Julian sem falsa modéstia. — Aposto como não há muitos homens que conseguem superar esse tempo.

— É verdade — concordou ele com uma risada dançando em seus olhos. — Eu provavelmente não conseguiria.

— É mesmo? — Eu fiquei intrigada com a ideia de superar Julian em alguma coisa. — Quer tentar? Eu gostaria de apostar uma corrida com você.

— Não faça isso, Julian — disse Beth, rindo. — Ela é rápida. Já era rápida antes, mas agora parece um foguete.

— É mesmo? — Ele ergueu a sobrancelha para mim. — Um foguete, é?

— Isso mesmo. — Eu o olhei desafiadoramente. — Quer apostar corrida ou é mole demais para isso?

Beth começou a fazer barulhos de chacota e Julian sorriu, jogando um pedaço de pão nela. — Cale a boca, sua traidora.

Rindo deles, joguei um pedaço de pão em Julian e Beth reclamou. — Sou eu quem vai ter que limpar essa bagunça — resmungou ela. Julian prometeu ajudar a limpar os pedaços de pão, acalmando-a com um sorriso deslumbrante.

Quando ele agia daquele jeito, o charme dele parecia uma coisa viva que me atraía e fazia com que eu esquecesse a verdade sobre minha situação. No fundo da mente, eu sabia que nada daquilo era real, que aquela sensação de conexão e aquela camaradagem nada mais eram do que uma miragem. Mas, a cada dia que passava, isso importava cada vez menos. De uma forma estranha, eu me sentia como duas pessoas: a mulher que se apaixonava pelo assassino implacável e maravilhoso sentado à mesa e aquela que observava tudo com uma sensação de horror e descrença.

Depois do café da manhã, vesti as roupas de corrida, uma bermuda e uma camiseta justa e curta, e fui para a varanda ler um livro e fazer a digestão. Como sempre, Julian foi para o escritório. Os negócios não podiam esperar só porque ele estava na ilha. Um império de armas ilegais precisava de atenção constante.

Apesar de Julian raramente falar sobre trabalho, eu conseguira perceber algumas coisas nos meses anterio- res. Pelo que tinha entendido, meu sequestrador era o cabeça de uma operação internacional especializada na fabricação e na distribuição de armas e certos tipos de componentes eletrônicos de última geração. Os clientes dele eram organizações e indivíduos que não conseguiam obter armas por meios legítimos.

— Ele lida com alguns caras realmente perigosos — dissera Beth uma vez. — Muitos deles psicopatas. Eu não confiaria nem um pouco neles.

— Então, por que ele faz isso? — perguntei. — Ele é tão rico, tenho certeza de que não precisa do dinheiro...

— Não se trata do dinheiro — explicou Beth. — É a emoção, o desafio. Homens como Julian precisam disso.

Algumas vezes, eu me perguntava se era disso que Julian gostava em mim, do desafio de fazer com que me dobrasse à vontade dele, de me moldar para ser o que ele achava que queria. Ele achava empolgante saber que eu era sua prisioneira que podia fazer o que quisesse comigo? O aspecto ilegal da situação o excitava?

— Pronta? — A voz de Julian interrompeu meus pensamentos e ergui o olhar para vê-lo parado lá, vestindo apenas uma bermuda preta e tênis de corrida. O torso nu exibia os músculos perfeitamente definidos e a pele dourada brilhava sob o sol, fazendo com que eu tivesse vontade de tocá-lo.

— Sim, claro. — Eu me levantei, larguei o livro e comecei a fazer alongamento, vendo pelo canto do olho Julian fazer o mesmo. O corpo dele era incrível e eu me perguntei o que ele fazia para se manter em forma. Eu nunca o vira fazer exercícios na ilha.

— Você faz algum exercício quando viaja? — perguntei, observando descaradamente quando ele dobrou o corpo e encostou os dedos nos pés com flexibilidade surpreendente. — Como consegue manter essa forma?

Ele endireitou o corpo e sorriu para mim. — Treino com meus homens quando posso. Acho que se pode dizer que é um exercício.

— Seus homens? — Imediatamente lembrei-me do brutamontes que batera em Jake. A lembrança me deixou enjoada e eu a afastei, sem querer pensar naquele tipo de coisa no momento. Eu precisava fazer isso às vezes, para separar aquela nova vida em pequenas seções organizadas, mantendo os bons momentos afastados dos ruins. Era o mecanismo que eu usava para ir em frente.

— Meus guarda-costas e certos outros funcionários — explicou Julian ao andarmos depressa na direção da praia para aquecer os músculos. — Alguns deles são ex-fuzileiros navais e treinar com eles não é nenhum piquenique, pode acreditar.

— Você treina com fuzileiros navais? — Parei e olhei para ele. — Você só estava brincando mais cedo, não estava? Quando falou que não conseguiria me vencer em uma corrida.

Ele curvou os lábios em um sorriso malicioso e muito sedutor. — Não sei, meu bichinho — respondeu ele em tom suave. — Estava? Por que não apostamos uma corrida para ver?

— Está bem — disse eu, determinada a fazer o melhor possível. — Vamos nessa.

~

Começamos a correr perto de uma árvore que marquei especificamente para aquela finalidade. No outro lado da ilha, havia outra árvore que serviria como linha de chegada. Se corrêssemos pela areia, ao longo da praia, a distância era exatamente de cinco quilômetros.

Julian contou até cinco, liguei o cronômetro e partimos, os dois em um ritmo razoavelmente rápido que não era a velocidade máxima. Ao correr, senti os músculos entrando no ritmo do movimento e gradualmente aumentei a velocidade, forçando o corpo mais do que o normal naquele ponto do trecho. Julian corria ao meu lado, com os passos largos possibilitando que me acompanhasse com facilidade.

Corremos em silêncio, sem conversar, e eu fiquei de olho em Julian pelo canto do olho. Estávamos na metade do caminho e eu suava, respirando pesadamente, mas ele mal parecia fazer qualquer esforço. Ele estava em excelente forma. Seus músculos brilhavam com pequenas gotas de suor. Ele corria com passo fácil, do qual senti inveja, desejando ter pelo menos metade da força e da resistência óbvias de Julian.

Ao entrarmos no último quilômetro, aumentei a velocidade, determinada a tentar derrotá-lo, apesar da inutilidade óbvia do esforço. Eu já estava ofegante e a respiração dele ainda estava totalmente normal. Ele também acelerou e, não importava o quanto eu corria, não conseguia abrir distância entre nós.

Quando chegamos a cem metros da árvore, o suor escorria pelo meu rosto e todos os músculos do corpo gritavam por oxigênio. Eu estava perto de desmoronar e sabia disso, mas fiz uma última tentativa desesperada para correr até a linha de chegada.

E, quando eu estava prestes a encostar na árvore para ser a vencedora, a mão de Julian bateu nela um segundo antes da minha.

Frustrada, virei o corpo e vi-me com as costas contra a árvore e Julian inclinado sobre mim. — Peguei você — disse ele com os olhos brilhando. Percebi que ele respirava quase normalmente.

Arquejando, eu o empurrei, mas ele não recuou. Em vez disso, ele chegou mais perto e colocou o joelho entre minhas coxas. Ao mesmo tempo, suas mãos seguraram a parte de trás dos meus joelhos, erguendo-me contra ele com as pernas bem abertas. A ereção dele pressionou minha pélvis.

Pelo jeito, a corrida o deixara excitado.

Respirando pesadamente, eu o encarei, colocando as mãos em seus ombros. Eu mal conseguia ficar de pé e ele queria trepar?

A resposta era obviamente sim, pois ele me colocou no chão por um segundo, puxou a bermuda e a calcinha para baixo, e fez o mesmo com as próprias roupas. Eu cambaleei, pois as pernas tremiam. Não acreditava que aquilo estava acontecendo. Quem trepava depois de uma corrida? Só o que eu queria fazer era deitar e beber um galão de água.

Mas Julian tinha outras ideias. — Fique de joelhos — ordenou ele com voz rouca, empurrando-me para baixo antes que eu conseguisse obedecer.

Caí pesadamente sobre os joelhos e apoiei-me nas mãos. A posição me ajudou a recuperar um pouco o fôlego e respirei aliviada. Minha cabeça girava por causa do calor e da corrida, e torci para não acabar desmaiando.

Um braço musculoso passou sob meus quadris, segurando-me no lugar. Em seguida, senti o pênis contra as nádegas. Tonta e trêmula, esperei a investida que nos uniria. Meu sexo traidor já estava molhado e latejando de ansiedade. A resposta do meu corpo a Julian era insana e ridícula, considerando meu estado físico geral.

Ele tirou meus cabelos encharcados de suor das costas e inclinou-se para beijar meu pescoço, cobrindo-me com o corpo pesado. — Sabe de uma coisa? — sussurrou ele. — Você é linda quando corre. Estive esperando para fazer isso desde o primeiro quilômetro. — Ao terminar de falar, ele investiu com força, preenchendo-me completamente.

Eu gritei, contraindo as mãos sobre a terra, quando ele começou a investir repetidamente, segurando meus quadris. Meus sentidos se concentraram apenas naquilo, nos movimentos rítmicos dos quadris dele, na combinação de prazer e dor da posse. Eu me senti como se estivesse queimando por dentro, com uma onda violenta de calor e excitação. A pressão dentro de mim era demais, insuportável, e joguei a cabeça para trás com um grito quando o corpo inteiro explodiu. O êxtase me atingiu com tanta força que literalmente desmaiei.

Quando recobrei a consciência, eu estava no colo de Julian. Ele estava sentado com as costas contra a árvore da linha de chegada, dando-me pequenos goles de água para evitar que eu engasgasse. — Você está bem, querida? — perguntou ele, olhando para mim com o que parecia preocupação genuína no rosto bonito.

— Ahm, sim. — Eu ainda sentia a garganta seca, mas estava sentindo-me muito melhor. E um tanto constrangida por ter desmaiada.

— Não me dei conta de que você estava tão desidratada — disse ele com a testa franzida. — Por que se esforçou tanto?

— Porque eu queria ganhar — admiti, fechando os olhos e inalando o cheiro da pele dele, que era uma combinação estranhamente atraente de sexo e suor.

— Tome, beba mais um pouco de água — disse ele. Abri os olhos novamente, bebendo obedientemente quando ele colocou uma garrafa contra meus lábios. Eu deixara aquela garrafa guardada naquele lado da ilha para beber depois das corridas.

Depois de alguns minutos e de uma garrafa inteira de água, eu me senti bem o suficiente para começar a caminhar de volta. Mas Julian não me deixou andar. Em vez disso, assim que fiquei de pé, ele me ergueu nos braços com tanta facilidade como se eu fosse uma boneca. — Segure-se no meu pescoço — disse ele. Passei os braços em volta dele, deixando que me carregasse de volta para casa.

1 8

Na manhã seguinte, acordei com a sensação agradável de ter os pés massageados. Foi uma sensação tão incrível que, por alguns segundos, achei que estava sonhando e não queria acordar. Mas os dedos fortes sobre meu pé eram muito reais e gemi feliz ao sentir a pressão certa sobre cada dedo.

Abrindo os olhos, vi Julian sentado na cama, totalmente nu e segurando um frasco de óleo de massagem. Derramando um pouco na palma da mão, ele se inclinou e começou a massagear minhas canelas.

— Bom dia — disse ele, olhando para mim. Eu o encarei de volta, muda de surpresa. Julian me fizera massagens antes, mas normalmente apenas como forma de me fazer relaxar antes de começar algo que me faria gritar. Ele nunca me acordara daquela forma tão agradável.

Havia um meio sorriso nos lábios sensuais e não

pude evitar me sentir nervosa. — Ahm, Julian — disse eu em tom incerto —, o que... o que você está fazendo?

— Uma massagem em você — respondeu ele com um olhar divertido. — Por que não relaxa e aproveita?

Pisquei algumas vezes, observando as mãos dele subirem lentamente pelas minhas pernas. As mãos dele eram grandes, fortes e masculinas. Minhas pernas pareciam muito esbeltas e femininas sob o toque dele, apesar de eu ter músculos bem definidos por causa da corrida. Eu senti os calos dele arranhando minha pele de leve e engoli em seco ao pensar que aquelas mãos pertenciam a um assassino.

— Vire-se — disse ele, empurrando de leve minhas pernas. Fiquei de bruços, ainda sentindo-me nervosa. O que ele pretendia? Eu não gostava de surpresas no que dizia respeito a Julian.

Ele começou a massagear a parte de trás das minhas pernas, encontrando precisamente as áreas mais doloridas por causa da corrida no dia anterior e gemi quando os músculos começaram a se soltar sob os dedos habilidosos. Ainda assim, não consegui relaxar completamente. Julian era imprevisível demais para que eu tivesse paz de espírito.

Parecendo sentir minha inquietação, ele se inclinou e sussurrou em meu ouvido: — É só uma massagem, meu bichinho. Não precisa ficar tão preocupada.

Um tanto reconfortada, deixei o corpo relaxar, afundando no conforto do colchão. As mãos de Julian eram mágicas. Eu passara por massagens profissionais que não tinham sido tão boas. Ele estava completamente sintonizado comigo, prestando atenção na menor alteração na minha respiração, no contrair mais leve dos músculos... Depois de vários minutos, eu não me importei mais com o comportamento estranho dele, estava simplesmente desfrutando da delícia da situação.

Quando o corpo inteiro estava totalmente massageado e eu estava deitada imóvel e contente, Julian parou e levou-me para o chuveiro. Ele se ajoelhou e deu-me prazer com a boca até que explodi em milhões de pedaços.

No café da manhã, eu estava praticamente vibrando de contentamento. Fora a melhor manhã que eu tivera em meses, talvez até mesmo anos. Por uma estranha coincidência, Beth preparou minha comida favorita, ovos *benedict* e bolo de siri. Eu não comera nada tão gostoso desde a chegada à ilha. A comida que ela preparava normalmente era gostosa, mas normalmente mais saudável. Frutas, legumes e peixe eram a maior parte da nossa dieta. Eu não me lembrava da última vez que comera algo tão rico e satisfatório como o molho que ela fez naquele dia.

— Mmmm, como está gostoso — gemi de boca cheia. — Beth, esta comida está incrível. Provavelmente são os melhores ovos que já comi.

Ela sorriu para mim. — Ficaram ótimos, não foi? Eu não tinha certeza se tinha seguido a receita corretamente, mas parece que sim.

— Ah, seguiu — retruquei ántes de servir outra porção. — Estão demais.

Julian sorriu com os olhos brilhando divertidos. — Está com fome, meu bichinho? — Ele mesmo comera uma porção considerável, mas eu estava prestes a passar dele.

— Faminta — disse eu, levando outra garfada à boca. — Acho que queimei muitas calorias ontem.

— Aposto que sim — disse ele, alargando o sorriso. Em seguida, ele contou a Beth como eu quase vencera a corrida, deixando de fora a parte sobre a trepada e o meu desmaio.

Quando o café da manhã acabou, eu estava tão cheia que não conseguiria comer mais nada. Agradecendo a Beth pela refeição, levantei-me, prestes a sair para pegar um livro e sentar para relaxar na varanda. Mas Julian me surpreendeu segurando meu pulso. — Espere, Nora — disse ele em tom suave, puxando-me de volta para a cadeira. — Há mais uma coisa que Beth preparou hoje. — Ele lançou um olhar indecifrável a Beth, que imediatamente se levantou e foi para a cozinha.

— Ahm, está bem. — Eu estava muito confusa. Ela preparara alguma coisa que não fora servida durante a refeição?

Naquele momento, Beth voltou à mesa, carregando uma bandeja com um bolo de chocolate grande, cheio de velas acesas no topo.

— Feliz aniversário, Nora — disse Julian com um sorriso quando Beth colocou o bolo à minha frente. — Agora, faça um desejo e apague as velas.

~

SOPREI AS VELAS NO PILOTO AUTOMÁTICO, MAL registrando o fato de que precisei tentar três vezes. Beth bateu palmas e ouvi os sons como se viessem de uma longa distância. Minha mente girava, mas eu me sentia estranhamente amortecida, como se nada pudesse me tocar naquele momento. Só no que conseguia pensar, só no que conseguia me concentrar era o fato de que era meu aniversário.

Meu aniversário. Era meu aniversário. Naquele dia, eu fazia dezenove anos.

A descoberta me deu vontade de gritar.

Eu conhecera Julian um pouco antes do meu aniversário anterior e, logo depois, ele me levara para a ilha. Se aquele era o dia do meu aniversário, quase um ano se passara desde o meu sequestro, desde que estivera ali, à mercê de Julian e inteiramente isolada do resto do mundo.

Um ano da minha vida se passara em cativeiro.

Eu me senti como se estivesse sufocando, como se todo o ar tivesse sido sugado da sala, mas sabia que era apenas uma ilusão. Havia oxigênio suficiente ali, mas eu não parecia conseguir respirá-lo.

— Nora? — A voz de Beth penetrou a barreira dos meus ouvidos. — Nora, você está bem?

Finalmente consegui respirar um pouco e ergui o olhar do bolo. Beth me encarava com uma expressão confusa e Julian não estava mais sorrindo. Ele parecia novamente um estranho perigoso, com o olhar repleto de algo sombrio e perturbador.

Contendo-me com esforço extremo, abri um sorriso trêmulo. — É claro, obrigada pelo bolo, Beth.

— Queríamos fazer uma surpresa para você — disse ela, com as feições suavizando-se ao ouvir minhas palavras. — Espero que tenha espaço para a sobremesa. Bolo de chocolate é o seu favorito, certo?

O zumbido nos ouvidos se intensificou. — Ahm, sim. — Apesar do esforço, a voz saiu meio estrangulada. — E vocês certamente me surpreenderam.

— Saia, Beth — disse Julian em tom ríspido, olhando para ela. — Nora e eu precisamos ficar sozinhos agora.

Beth piscou algumas vezes, obviamente abalada pelo tom de Julian. Eu nunca o ouvira falar com ela daquele jeito. Mesmo assim, ela obedeceu imediatamente, praticamente correndo escada acima até o quarto.

Fazia algum tempo que eu não via Julian bravo e sabia que devia estar com medo. Mas, naquele momento, não consegui me importar com o que estava por vir. Todos os músculos do meu corpo tremiam com o esforço de conter a tempestade terrível que sentia formando-se dentro de mim e foi um alívio ver Beth sair. Um ano. Fazia um ano. A raiva que se acumulava era diferente de tudo o que eu já sentira. Era como se uma represa tivesse estourado e não podia ser contida. Uma névoa vermelha me envolveu, cobrindo a visão, e o zumbido nos ouvidos ficou ainda mais alto à medida que as emoções saíam do controle.

Assim que Beth desapareceu, eu explodi. Não estava mais racional nem sã. Estava simplesmente enfurecida. Peguei a coisa mais próxima, o bolo de chocolate, e joguei-o do outro lado da sala. A cobertura escura espirrou para todos os lados. O prato e a xícara foram os seguintes, batendo na parede e espatifando-se em um milhão de pedaços. O tempo inteiro, ouvi gritos que saíam de mim, mas muito distantes. Uma parte ainda funcional do cérebro percebia que era eu, que eram meus os gritos e xingamentos que ouvia, mas não consegui me conter, pois parecia um tufão. Toda a raiva, o terror e a frustração do ano anterior chegaram à superfície, explodindo em uma fúria descontrolada.

Não sei por quanto tempo fiquei naquele estado até que senti braços fortes me segurarem por trás, prendendo-me em um abraço familiar. Chutei e gritei até que a voz ficasse rouca, mas meus esforços foram inúteis. Julian era muito mais forte e usou aquela força para me subjugar, para me segurar até que eu estivesse completamente exausta. Eu me encostei nele, sentindo-me derrotada e com lágrimas escorrendo pelo rosto.

— Acabou? — sussurrou ele perto do meu ouvido. Percebi o tom sombrio familiar. Como sempre, eu o achei sinistro e excitante. Meu corpo agora estava condicionado para querer a dor que viria e o êxtase incrível que inevitavelmente a acompanhava.

Balancei a cabeça negativamente em resposta, mas

sabia que acabara, que o que me tomara passara, deixando-me exausta e vazia.

Julian me virou nos braços para que eu ficasse de frente para ele. Eu o encarei, com os olhos nublados pelas lágrimas atraídos para a simetria perfeita das feições dele. As bochechas altas tinham um toque de cor e havia algo inquietante na forma como ele me olhava, como se quisesse me devorar, como se quisesse arrancar minha alma e engoli-la inteira. Nossos olhos se encontraram e eu soube que estava parada na beira de um precipício, que um buraco se abria sob meus pés.

Naquele momento, vi tudo claramente.

Eu não estava com raiva porque ficara prisioneira na ilha por um ano inteiro. Não, minha fúria era muito mais profunda. O que me queimava por dentro não era o fato de ter sido prisioneira durante aquele tempo todo... era o fato de ter passado a gostar de estar presa lá.

Nos meses anteriores, eu conseguira aceitar minha nova vida. Passara a gostar dos ritmos calmos e relaxantes da ilha. O oceano, a areia, o sol... eram o mais próximo de paraíso do que qualquer outra coisa que eu pudesse imaginar. A liberdade e tudo o que ela implicava eram agora um sonho vago e impossível. Eu mal conseguia me lembrar do rosto daqueles que deixara para trás, eram apenas imagens borradas na minha mente. A única coisa que importava para mim agora era o homem que me segurava em um abraço duro.

Julian... meu sequestrador, meu amante.

— Por quê, Nora? — perguntou ele de forma quase

inaudível. Ele apertou os braços em volta de mim, enterrando os dedos na pele macia das minhas costas. Quando não respondi, a expressão dele ficou ainda mais sombria. — Por quê?

Permaneci em silêncio, sem querer dar aquele último passo irrevogável. Não podia me expor a Julian daquele jeito. Simplesmente não podia. Ele já tirara demais de mim, não podia deixar que também tivesse aquilo.

— Diga-me — ordenou ele, erguendo uma mão para agarrar os meus cabelos e forçar a cabeça para trás. — Diga-me agora.

— Eu odeio você — disse eu, reunindo os últimos vestígios de desafio. Minha voz estava rouca depois de gritar tanto. — Eu odeio você...

Os olhos dele brilharam com um fogo azul. — É mesmo? — sussurrou ele, inclinando-se para frente e ainda segurando-me com força. — Você me odeia, meu bichinho?

Sustentei o olhar dele, recusando-me a piscar. Quem estava na chuva, era para se molhar. — Sim — sibilei —, eu odeio você! — Eu precisava convencê-lo do meu ódio porque a alternativa era impensável. Ele não podia saber da verdade. Não podia.

O rosto de Julian endureceu, transformando-se em gelo. Em um movimento rápido, ele empurrou as louças restantes da mesa para o chão. Em seguida, empurrou-me sobre a mesa, forçando-me a dobrar o corpo. Meu rosto deslizou sobre a superfície lisa da madeira. Tentei chutar para trás, mas foi inútil. Ele agarrou minha nuca com a mão forte e ouvi o som ameaçador de um cinto sendo desafivelado.

Chutei com mais força e consegui bater na perna dele. Obviamente, isso não adiantou de nada. Eu não conseguiria escapar de Julian. Nunca conseguiria escapar dele.

Ele se inclinou sobre mim, pressionando-me contra a mesa e apertando os dedos em minha nuca. — Você é minha, Nora — disse ele com voz rouca. O corpo grande me dominou e deixou-me excitada. — Você pertence a mim, entendeu? Cada parte de você é minha. — A ereção dele pressionou minhas nádegas em uma ameaça e uma promessa.

Ele recuou, ainda segurando-me pelo pescoço, e ouvi o sussurro sibilante do cinto sendo tirado da calça. Um momento depois, ele ergueu meu vestido, expondo a parte inferior do corpo. Fechei bem os olhos, preparando-me para o que viria em seguida.

O cinto desceu sobre minha bunda, repetidamente, cada golpe parecendo fogo lambendo minhas coxas e nádegas. Ouvi meus próprios gritos, senti o corpo ficar tenso com cada golpe. Em seguida, a dor me lançou naquele estranho estado em que tudo estava de cabeça para baixo, em que a dor e o prazer colidiam, ficando indistinguíveis, em que meu carrasco era o único consolo que eu tinha. Meu corpo amoleceu, derreteu, e cada golpe do cinto começou a parecer uma carícia. Eu sabia que precisava daquilo naquele momento. Julian chegara àquela minha parte sombria e secreta que era um reflexo dos desejos deturpados dele. Era uma parte de mim que queria se perder completamente e ser dele.

Quando Julian parou e virou-me sobre a mesa, não sobrara nada do desafio anterior. Minha cabeça estava tonta devido a uma onda de endorfina mais poderosa que jamais sentira. Eu me agarrei a ele, desesperada por conforto, por sexo, por qualquer coisa que se parecesse com amor e afeição. Passei os braços em volta do pescoço dele, puxando-o para baixo. Adorei sentir o gosto dele nos beijos profundos e famintos que consumiram minha boca. Minhas nádegas estavam queimando, mas isso não diminuiu em nada meu desejo. Na verdade, intensificou-o. Julian me treinara muito bem. Meu corpo estava condicionado a querer o prazer que eu sabia que viria em seguida.

Ele abriu o zíper da calça e penetrou-me com uma investida forte. Estremeci de alívio, com um êxtase que beirava a agonia, e passei as pernas em volta da cintura dele para que me penetrasse mais fundo. Eu precisava que ele trepasse comigo, que me reclamasse da forma mais primitiva possível.

— Diga, querida — sussurrou ele, encostando os lábios na minha têmpora. A mão dele se enterrou nos meus cabelos, deixando-me imóvel. — Diga o quanto me odeia. — A outra mão encontrou o lugar onde nossos corpos se uniam, onde ele esfregou os dedos e moveu-os alguns centímetros para encontrar a outra abertura. — Diga...

Soltei uma exclamação quando ele colocou o dedo no meu ânus, com os sentidos tomados pelas sensações conflitantes. Estonteada, abri os olhos e olhei para Julian, vendo meu próprio desejo sombrio refletido em seu rosto. Ele queria me possuir, queria me quebrar para depois me consertar. E eu não podia mais lutar contra aquilo.

— Eu não odeio você. — As palavras saíram baixas e roucas, e engoli saliva para umedecer a garganta seca. — Não odeio você, Julian.

Algo que pareceu triunfo brilhou no rosto dele. Ele empurrou os quadris para a frente, enterrando-se ainda mais em mim, e suprimi um gemido, ainda mantendo seu olhar.

— Diga — ordenou ele com voz profunda. Os olhos dele me queimavam e não resisti mais à exigência que vi neles. Ele me queria inteira e eu não tinha outra opção a não ser me entregar.

— Eu amo você. — Minha voz mal era audível. Pareceu que cada palavra foi arrancada da minha alma. — Não odeio você, Julian... não consigo... não consigo porque eu amo você.

Vi as pupilas dele se dilatarem, deixando os olhos ainda mais escuros. O pênis ficou ainda maior e mais rígido dentro de mim. Ele recuou e penetrou-me novamente, fazendo com que eu gemesse com a selvageria da posse.

— Diga de novo — resmungou ele. Repeti o que eu dissera e, na segunda vez, as palavras saíram com mais facilidade. Não adiantava mais esconder a verdade, não havia mais motivo para mentir. Eu me apaixonara perdidamente pelo meu sequestrador sádico e nada no mundo mudaria esse fato.

— Eu amo você — sussurrei, erguendo a mão para acariciar o rosto dele. — Eu amo você, Julian.

Os olhos dele ficaram ainda mais escuros. Julian abaixou a cabeça, tomando minha boca em um beijo profundo.

Agora, eu era verdadeiramente dele. E ele sabia disso.

OS TRÊS MESES SEGUINTES PASSARAM VOANDO.

Depois daquele dia, o dia que passou a ser para mim o Incidente de Aniversário, meu relacionamento com Julian passou por uma mudança notável, tornando-se mais... romântico, por falta de palavra melhor.

Era um romance deturpado, eu sabia disso. Eu era viciada em Julian, mas não estava tão perdida que não conseguisse perceber como isso não era saudável. Eu estava apaixonada pelo homem que me sequestrara, o homem que ainda me mantinha prisioneira.

O homem que parecia precisar do meu amor tanto quanto precisava do meu corpo.

Eu não sabia se ele também me amava. Nem sabia se ele era capaz de sentir essa emoção. Como alguém podia amar uma pessoa cuja liberdade roubou sem pensar duas vezes? Mesmo assim, eu não podia evitar achar que ele devia gostar de mim, que a obsessão que sentia por mim não era apenas de natureza sexual. Eu percebia isso na forma como me olhava às vezes, como tentava antecipar todas as minhas necessidades.

Ele constantemente levava para a ilha meus livros, músicas e comidas favoritos. Se eu por acaso mencionasse uma loção para as mãos, ele a comprava na viagem seguinte. Eu era tão mimada quanto uma garota podia ser. Ele até mesmo se orgulhava de minhas conquistas, elogiando minhas pinturas e até mesmo levando algumas delas para pendurá-las no escritório em Hong Kong.

Ele também sentia minha falta quando não estávamos juntos. Eu sabia disso porque ele me dizia. E porque, sempre que voltava, caía sobre mim como um homem faminto que acabara de sair da prisão. Isso, mais do que qualquer outra coisa, dava-me esperança de que os sentimentos dele por mim iam além de posse.

— Você encontra outras mulheres? Lá fora, no mundo real? — perguntei a ele durante o café da manhã, depois de uma noite em que fizemos amor três vezes. A pergunta me devorava havia meses e não consegui mais me conter. Meu sequestrador era muito além de lindo, tinha aquele apelo perigoso e magnético que provavelmente atraía mulheres às dezenas. Eu conseguia facilmente imaginá-lo dormindo com uma mulher a cada noite, algo que me dava vontade de esfaquear alguma coisa. Mesmo com as tendências sádicas, eu sabia que ele não teria dificuldades em conseguir parceiras de cama. Provavelmente havia mulheres suficientes que, como eu, sentiam prazer com a dor erótica.

Ele sorriu para mim divertido, nem um pouco abalado com minha exibição óbvia de ciúmes. — Não, meu bichinho — disse ele baixinho. Estendendo a mão, ele pegou a minha, acariciando meu pulso com o polegar. — Por que eu desejaria trepar com outra pessoa quando tenho você? Não estive com outra mulher desde o dia em que nos conhecemos.

— Não? — Não consegui esconder o choque. Julian fora fiel a mim durante todo aquele tempo?

Ele olhou para mim com os lábios curvados em um sorriso deliciosamente pecador. — Não, querida, não estive — disse ele. Naquele momento, eu me senti a mulher mais feliz do mundo.

Eu adorava quando ele me chamava de "querida". Eu sabia que era uma palavra comum, mas, quando Julian a dizia, soava diferente, como se estivesse me acariciando com ela. Eu preferia muito mais "querida" do que "meu bichinho".

Mas, no fim das contas, sabia que era isso que eu era para ele: o bichinho de estimação dele. Ele gostava da ideia de eu pertencer a ele, de ser o único homem que encostava em mim, que me via. Ele gostava de me vestir nas roupas que levava para mim, de me alimentar com as comidas que levava. Eu dependia completamente dele, estava totalmente à sua mercê. Eu achava que isso o atraía, acalmando os demônios que eu frequentemente sentia sob a superfície.

Na verdade, eu não me importava em ser possuída. Era uma percepção perturbadora, mas parte de mim parecia gostar daquela dinâmica. Eu me sentia segura e cuidada, apesar de a lógica me dizer que não estava nada segura com um homem que vivia do tráfico de armas, um homem que admitira matar sem qualquer arrependimento. As mãos que me tocavam à noite eram as mesmas que levavam a morte para outras pessoas. Mas isso era algo um tanto picante, deixava as coisas mais intensas e fazia com que eu me sentisse mais viva.

Além disso, apesar da necessidade de me machucar, Julian nunca me ferira de verdade, pelo menos, não fisicamente. Quando estava com estado de espírito sádico, eu acabava com marcas na pele, mas elas sumiam rapidamente. Ele tomava o cuidado de não deixar cicatrizes no meu corpo, apesar de eu saber que sangue e lágrimas, as minhas lágrimas, o deixavam excitado.

Quando contei algumas dessas coisas a Beth, ela não pareceu nem um pouco surpresa.

— Eu sabia que vocês tinham sido feitos um para o outro no momento em que os vi juntos — disse ela, olhando-me de forma desconfiada. — Quando você e Julian estão no mesmo aposento, o ar fica elétrico. Nunca vi tal química entre duas pessoas. O que vocês têm é raro e especial. Não lute contra isso, Nora. Ele é o seu destino. E você é o dele.

Ela parecia totalmente convencida daquilo.

～

Na noite em que minha vida mudou totalmente, tudo começou normalmente.

Julian estava na ilha e dividimos uma refeição deliciosa. Em seguida, ele me levou para o quarto para uma longa sessão de amor. Foi uma daquelas vezes em que ele foi gentil, adorando-me com o corpo como se eu fosse uma deusa. Adormeci relaxada e satisfeita, firmemente presa no abraço dele.

Quando acordei no meio da noite para usar o banheiro, senti uma dor aguda perto do umbigo. Depois de me aliviar, lavei as mãos e voltei para a cama, deitando ao lado de Julian, que estava profundamente adormecido. Eu senti um pouco de náusea e achei que talvez estivesse com uma indigestão. Ou talvez uma intoxicação alimentar.

Tentei dormir, mas a dor pareceu piorar a cada minuto. Ela desceu para o lado direito do abdômen, tornando-se agonizante. Eu não queria acordar Julian, mas não estava mais aguentando. Precisava de um analgésico.

— Julian — sussurrei, estendendo a mão para ele. — Julian, acho que estou doente.

Ele acordou imediatamente e sentou-se na cama, acendendo o abajur. Não havia rastro de confusão no rosto dele. Estava tão alerta como se fosse meio-dia, e não três horas da manhã. — Qual é o problema?

Eu enrolei o corpo quando a dor aumentou. — Não sei — consegui dizer. — Minha barriga dói.

Ele franziu as sobrancelhas. — Onde é a dor,

querida? — perguntou ele baixinho, deitando-me de costas.

— No... no lado — gemi, com lágrimas de dor começando a descer pelo rosto.

— Aqui? — perguntou ele, apertando em um lado. Balancei a cabeça negativamente.

— Aqui?

— Sim! — De alguma forma, ele conseguira achar o ponto exato que estava em agonia.

Ele se levantou imediatamente, vestindo as roupas. — Beth! — gritou ele. — Beth! Preciso de você aqui agora!

Trinta segundos depois, ela entrou no quarto correndo, ainda vestindo um roupão sobre o pijama. — O que foi?

Ela parecia assustada. Eu também estava aterrorizada. Nunca vira Julian daquele jeito. Ele parecia quase... com medo.

— Apronte-se — disse ele tenso. — Vou levá-la para a clínica e você vem conosco. Pode ser o apêndice.

Apendicite! Quando ele disse aquilo, percebi que era a explicação mais provável, mas era muito assustador. Eu não era médica, mas sabia que, se o apêndice se rompesse antes de ser retirado, seria um problema grave. Já seria aterrorizante mesmo se eu estivesse a uma hora de distância de um médico e eu estava em uma ilha particular no meio do Pacífico. E se não chegasse ao hospital a tempo?

Julian devia estar pensando o mesmo, pois a expressão em seu rosto era sombria. Ele me envolveu em um roupão e pegou-me no colo, carregando-me para fora do quarto.

— Eu consigo andar — protestei fracamente. Meu estômago se revirou quando Julian desceu a escada apressadamente.

— Claro que não. — O tom dele foi desnecessariamente duro, mas não me ofendi. Eu sabia que ele estava preocupado comigo e, mesmo com as entranhas em agonia, senti-me aquecida com aquilo.

Quando chegamos ao hangar, Beth já abrira as portas e estava esperando na parte de trás do avião. Julian me colocou no banco do passageiro, afivelou o cinto de segurança e percebi que meu maior desejo estava prestes a se realizar.

Eu estava saindo da ilha.

Senti uma onda de náusea e peguei o saco de papel pardo que estava convenientemente à minha frente. Vomitei dentro do saco, com o corpo inteiro suando e tremendo.

Ouvi Julian xingar quando o avião decolou e senti uma vergonha tão grande que quis morrer. — Desculpe — sussurrei, sentindo os olhos queimando. Eu nunca me sentira tão mal na vida inteira.

— Está tudo bem — disse Julian em tom ríspido. — Não se preocupe com isso.

— Tome. — Beth me entregou um lenço umedecido. — Vai ajudar você a se sentir um pouco melhor.

Mas não ajudou. Quando o avião subiu mais um pouco, senti náusea novamente. Gemendo, apertei a barriga e senti a dor aumentar.

— Caralho — resmungou Julian. — Caralho, caralho, caralho. — As juntas dos dedos dele estavam brancas devido à força com que ele segurava os controles.

Vomitei novamente.

— Quanto tempo levaremos até chegar lá? — A voz de Beth estava incomumente aguda.

— Duas horas — disse Julian em tom sombrio. — Se o vento cooperar.

Aquelas foram as duas horas mais longas da minha vida. Quando o avião começou a descer, eu já tinha vomitado cinco vezes e já passara do ponto de sentir vergonha. A dor na barriga se transformara em agonia e eu não estava ciente de nada além do sofrimento.

Mãos fortes me agarraram, tirando-me do avião, e percebi vagamente que Julian me carregava para algum lugar, segurando-me firmemente contra o peito largo. Ouvi uma confusão de vozes falando em uma mistura de inglês e um idioma estranho. Logo depois, fui colocada em uma maca e levada por um longo corredor até uma sala branca de aparência estéril.

Várias pessoas vestidas de branco andavam à minha volta. Um homem gritava ordens na mesma linguagem estranhamente misturada. Senti uma pontada no braço quando colocaram uma agulha intravenosa. Tonta, olhei para cima e vi Julian parado em um canto, com o rosto estranhamente pálido e os olhos brilhando... Em seguida, a escuridão me envolveu.

Quando recuperei a consciência, estava sentindo-me ligeiramente melhor. Minha cabeça parecia cheia de lã e a dor na barriga continuava, apesar de parecer diferente, menos aguda. Por um segundo, achei que dormira e sonhara com tudo aquilo, mas o cheiro me convenceu do contrário. Era o cheiro inconfundível de antisséptico que só existia em hospitais e consultórios médicos.

Aquele cheiro significava que eu estava viva... e fora da ilha.

Meu coração bateu mais depressa quando pensei nisso.

— Ela está acordada — disse uma voz feminina desconhecida em inglês com sotaque, falando com outra pessoa no quarto.

Ouvi passos e senti alguém sentando-se no lado da cama. Dedos quentes acariciaram meu rosto. — Como está se sentindo, querida?

Abrindo os olhos com um certo esforço, olhei para as feições belas de Julian. — Como se tivessem me cortado e costurado de novo — consegui dizer. Minha garganta estava tão seca e dolorida que foi um esforço enorme falar. Senti uma dor latejante no lado direito do corpo.

— Tome. — Julian estava segurando um copo com um canudo. — Você deve estar com sede.

Ele aproximou o copo do meu rosto e obedientemente coloquei os lábios em volta do canudo, tomando um pouco de água. Minha mente ainda estava estonteada e, por um momento, o muro entre as lembranças boas e ruins caiu. Lembrei-me daquele primeiro dia na ilha, quando Julian me oferecera uma garrafa de água, e um arrepio involuntário desceu pela minha espinha. Naquele momento, Julian não era o homem que eu amava. Era novamente o inimigo, aquele que me roubou, que me tornou sua contra minha vontade.

— Frio? — perguntou ele, afastando o copo e puxando o cobertor para que cobrisse meus ombros.

— Sim, um pouco. — Eu estava fora da ilha. Ai, meu Deus, eu estava fora da ilha. Minha mente girava. Eu me senti dividida, duas pessoas diferentes: a garota aterrorizada que insistia que aquela era a chance de escapar e a mulher que desesperadamente queria sentir o toque de Julian.

— Eles tiraram o seu apêndice — disse Julian, afastando um cacho de cabelos que estava fazendo cócegas na minha testa. — A operação transcorreu bem e não deve haver complicação nenhuma. Não é, Angela? — Ele olhou para a esquerda.

— Sim, sr. Esguerra.

Esguerra? Aquele era o sobrenome de Julian? Reconhecendo a mesma voz de antes, virei a cabeça para ver uma mulher bonita vestida de branco. A pele lisa tinha um belo tom dourado, e os cabelos e os olhos eram escuros, quase pretos. Para mim, ela pareceu filipina ou tailandesa, mas eu não era especialista naquelas nacionalidades.

O que sabia era que ela era a primeira pessoa que eu via em quinze meses além de Beth e Julian.

Eu estava fora da ilha. Ai, meu Deus, eu estava fora da ilha. Pela primeira vez desde o sequestro, havia uma possibilidade real de escapar.

— Onde estou? — perguntei, olhando para a jovem enfermeira. Eu não conseguia acreditar que Julian deixara mais alguém me ver... eu, a garota que ele sequestrara.

— Você está em uma clínica particular nas Filipinas — respondeu Julian quando a mulher simplesmente sorriu para mim. — Angela é a enfermeira que cuidará de você.

Naquele momento, a porta se abriu e Beth entrou. — Ah, olhe só quem está acordada — exclamou ela, aproximando-se da cama. — Como está se sentindo?

— Bem, acho — disse eu com cautela. Puta merda, eu estava fora da ilha.

— Eles disseram que Julian conseguiu trazer você até aqui bem a tempo — disse Beth, puxando uma cadeira e sentando-se ao lado da cama. — O seu apêndice estava nas últimas. Eles abriram e fecharam você imediatamente. Estará nova em folha em breve.

Soltei uma risada nervosa... e imediatamente gemi, pois o movimento repuxou os pontos.

— Está sentindo dor? — Julian me lançou um olhar preocupado. Virando-se para Angela, ele ordenou: — Dê um analgésico a ela.

— Estou bem, só com um pouco de dor — tentei dizer a ele. — De verdade, não preciso de remédios. — A última coisa que eu queria naquele momento era algo que me alterasse a mente. Eu estava fora da ilha e precisava pensar no que fazer. Fiz o possível para me manter calma, mas foi necessária toda a força de vontade que tinha para não gritar nem fazer algo idiota. A liberdade estava tão próxima que quase sentia seu gosto.

— Claro, sr. Esguerra. — Angela ignorou completamente meu protesto e aproximou-se da cama, mexendo no saco plástico que alimentava o tubo intravenoso.

Julian se inclinou sobre a cama e beijou-me de leve nos lábios. — Você precisa descansar — disse ele baixinho. — Quero você saudável. Entendeu?

Assenti, sentindo as pálpebras pesadas quando o remédio começou a fazer efeito. Por um momento, pareceu que eu estava flutuando. A dor desapareceu e, em seguida, a escuridão me envolveu.

～

Quando acordei novamente, eu estava sozinha no quarto. O sol forte passava pelas janelas grandes, onde havia várias plantas. Era um lugar bem aconchegante. Se não fosse pelo cheiro de hospital e os vários monitores e máquinas, eu acharia que estava no quarto de alguém. Aquela clínica particular era um tanto luxuosa, algo que eu não tivera a oportunidade de apreciar antes.

A porta se abriu e Angela entrou no quarto. Abrindo um sorriso largo, ela disse em tom alegre: — Como está se sentindo, Nora?

— Bem — disse eu um pouco desconfiada. — Onde está Julian? — Alguma coisa naquela mulher não me agradava, mas eu não sabia o que era. Eu sabia que ela provavelmente era minha melhor chance de escapar, mas não sabia se podia confiar nela. Para começo de conversa, ela podia facilmente ser funcionária de Julian, como Beth.

— O sr. Esguerra teve que sair por algumas horas — disse ela, ainda sorrindo. — Mas Beth está aqui. Ela só foi ao banheiro.

— Ah, ótimo. — Eu a encarei, tentando reunir coragem. Eu tinha que dizer a ela que fora sequestrada. Simplesmente tinha que fazer isso. Era minha única oportunidade de escapar. Talvez ela fosse leal a Julian, mas eu ainda tinha que tentar, pois talvez nunca mais tivesse a chance de ser livre.

Angela se aproximou da cama e entregou-me o copo com o canudo. — Tome — disse ela no mesmo tom alegre. — Vou trazer comida daqui a pouco.

Ergui o braço e peguei o copo da mão dela, encolhendo-me ligeiramente quando o movimento repuxou os pontos. — Obrigada — disse eu, bebendo avidamente a água. Eu realmente precisava dizer a ela para chamar a polícia, mas, por algum motivo, não disse nada. Em vez disso, bebi a água e observei quando ela saiu do quarto, deixando-me sozinha de novo.

Resmunguei mentalmente. Qual era o meu problema? A liberdade era uma possibilidade real pela primeira vez em mais de um ano e lá estava eu, enrolando. Eu disse a mim mesma que era por cautela, pois não queria arriscar que alguém se ferisse, nem Angela nem ninguém da ilha. Mas, bem no fundo, eu sabia a verdade.

Apesar de a liberdade ser tentadora, também era assustadora. Eu fora prisioneira por tanto tempo que, na verdade, sentia falta do conforto da prisão. Estar ali naquele quarto desconhecido me deixava estressada, ansiosa. Havia uma parte de mim que só queria voltar para a ilha, para minha rotina. Mas o mais importante era que a liberdade significava deixar Julian. E foi algo que não consegui fazer.

Eu não queria deixar o homem que me sequestrara.

Eu devia estar feliz com a ideia de ver a polícia chegar para prendê-lo, mas senti horror com a ideia. Eu não queria que Julian fosse preso. Não queria ficar separada dele, nem por um minuto.

Fechando os olhos, eu disse a mim mesma que era uma tola, uma idiota que passara por uma lavagem cerebral, mas não fez a menor diferença.

Deitada naquela cama de hospital, finalmente aceitei o fato de que não era mais uma prisioneira. Era simplesmente uma mulher que pertencia a Julian, como ele agora pertencia a mim.

~

Eu fiquei em recuperação na clínica durante a semana seguinte. Julian me visitava todos os dias, passando várias horas ao meu lado. Beth fazia o mesmo. Angela cuidou de mim durante a maior parte do tempo, mas alguns médicos apareceram para olhar meu prontuário e fazer ajustes na dosagem dos remédios.

Eu ainda não contara a ninguém que era uma vítima de sequestro nem pretendia mais fazer isso. Para começo de conversa, eu imaginei que a equipe da clínica era paga para ser discreta. Ninguém parecia curioso para saber o que uma garota norte-americana estava fazendo nas Filipinas nem parecia inclinado a me questionar de alguma forma. A única coisa que Angela queria saber era se eu estava com dor, se sentia sede ou fome, ou se precisava usar o banheiro. Eu tinha quase certeza de que, se pedisse a ela que chamasse a polícia para mim, Angela sorriria e aplicaria mais analgésicos.

Eu também vira alguns guardas parados no corredor, do lado de fora da porta. Eu os via quando a porta se abria. Estavam armados até os dentes e pareciam filhos da puta assustadores, lembrando-me do capanga que batera em Jake.

Quando perguntei a Julian sobre os guardas, ele admitiu que eram seus funcionários. — Eles estão aqui para proteger você — explicou ele, sentando-se ao lado da cama. — Eu disse a você que tenho inimigos, certo?

Ele me contara, mas eu não entendera a extensão total do perigo antes. De acordo com Beth, havia um pequeno exército de guarda-costas dentro e em volta da clínica, protegendo-nos da ameaça que preocupava Julian.

— Que inimigos? — perguntei curiosa, encarando-o. — Quem está atrás de você?

Ele sorriu para mim. — Não é problema seu, meu bichinho — disse ele gentilmente, mas havia algo frio e mortal sob o calor do sorriso. — Vou lidar com eles em breve.

Eu estremeci e torci para que Julian não tivesse notado. Algumas vezes, meu amante podia ser muito, muito assustador.

— Vamos para casa amanhã — disse ele, mudando de assunto. — Os médicos disseram que você tem que repousar bastante nas próximas semanas, mas que não é preciso ficar aqui. Poderá se recuperar em casa.

Eu assenti, sentindo o estômago se apertar com uma mistura de medo e ansiedade. Casa... em casa, na ilha. Aquele estranho interlúdio na clínica, tão perto da liberdade, estava quase no fim.

No dia seguinte, minha vida real começaria novamente.

Pop! Pop! O som explosivo de um carro me acordou. Com o coração batendo forte, eu me sentei subitamente, colocando a mão sobre os pontos com uma exclamação de dor.

Pop! Pop! Pop! O som continuou e congelei. Nenhum carro fazia aquele tipo de barulho de explosão.

Eu estava ouvindo tiros. Tiros e alguns gritos.

Estava escuro e a única luz era proveniente dos monitores ligados a mim. Eu estava na cama, que ficava no meio do quarto, a primeira coisa que alguém veria ao abrir a porta. Ocorreu-me que era o mesmo que ficar sentada com um alvo pintado na testa.

Tentando controlar a respiração irregular, arranquei a agulha do braço e desci da cama. Eu senti dor ao caminhar, mas ignorei-a. Eu tinha certeza de que balas doeriam muito mais.

Cambaleando descalça até a porta, abri-a ligeiramente e espiei o corredor. Senti uma onda de medo. Não havia um único guarda-costas à vista. O corredor estava completamente vazio.

Merda. Merda, merda, merda.

Olhando em volta freneticamente, procurei um lugar para me esconder, mas o único armário no quarto era pequeno demais. Não havia outro lugar. Ficar ali seria suicídio. Eu precisava sair o mais depressa possível.

Apertando a roupa do hospital um pouco mais em volta do corpo, saí cuidadosamente para o corredor. O chão estava frio sob os pés descalços, aumentando o frio que eu sentia por dentro. Ali, eu me senti ainda mais exposta e vulnerável. A urgência de me esconder ficou mais forte. Vendo algumas portas na outra extremidade do corredor, escolhi uma delas aleatoriamente, abrindo-a com cuidado. Para meu alívio, não havia ninguém no interior. Entrei e fechei a porta silenciosamente atrás de mim.

O som de tiros continuou em intervalos irregulares, chegando cada vez mais perto. Fiquei parada atrás da porta, contra a parede, tentando controlar o pânico cada vez maior. Eu não sabia quem eram os atiradores, mas as possibilidades que me ocorreram não foram agradáveis.

Julian tinha inimigos. E se fossem eles lá fora? E se ele estivesse lutando contra eles naquele momento, ao lado dos guarda-costas? Eu o imaginei ferido, morto. O frio interno se espalhou, penetrando profundamente nos meus ossos. Por favor, meu Deus, não. Por favor, qualquer coisa menos isso. Eu preferia morrer a perdê-lo.

Meu corpo inteiro tremia e senti um suor frio descendo pelas costas. Os disparos pararam e o silêncio era ainda mais assustador do que o barulho ensurdecedor de antes. Senti o gosto metálico do medo na boca e percebi que mordera o interior da bochecha com força suficiente para que sangrasse.

O tempo passou dolorosamente devagar. Cada minuto parecia uma hora, cada segundo parecia uma eternidade. Finalmente, ouvi vozes e passos pesados no corredor. Parecia ser de vários homens, que falavam em um idioma que eu não entendia, que parecia duro e gutural.

Ouvi portas sendo abertas e percebi que estavam procurando alguma coisa... ou alguém. Mal ousando respirar, tentei derreter contra a parede, ficar tão pequena que seria invisível aos atiradores que estavam no corredor.

— Onde ela está? — perguntou uma voz masculina dura em inglês com sotaque forte. — Ela deveria estar aqui, neste andar.

— Não, não está. — A voz que respondeu era de Beth e reprimi uma exclamação de terror, percebendo que os homens a tinham capturado. Ela soou desafiadora, mas notei um toque de medo em sua voz. — Eu lhe disse, Julian já a levou embora...

— Não minta para mim — rugiu o homem, com sotaque ainda mais forte. Ao som de um tapa, seguiu-se o grito de dor de Beth. — Onde diabos ela está?

— Eu não sei — disse Beth entre soluços histéricos. — Ela foi embora, eu já disse, foi embora...

O homem gritou algo no próprio idioma e ouvi mais portas sendo abertas. Eles estavam chegando perto do quarto onde eu estava escondida. Eu sabia que era apenas uma questão de tempo até que me encontrassem. Eu não sabia por que estavam me procurando, mas sabia que era a "ela" de que falavam. Eles queriam me encontrar e estavam dispostos a machucar Beth por isso.

Hesitei apenas um momento antes de sair do quarto. No outro lado do corredor, vi Beth encolhida no chão, com o braço firmemente na mão de um homem vestido de preto. Havia uma dezena de outros homens em volta deles, segurando espingardas e metralhadoras... que apontaram para mim assim que saí.

— Estão me procurando? — perguntei calmamente. Eu nunca me sentira tão aterrorizada na vida, mas minha voz saiu firme, quase divertida. Eu não sabia que era possível ficar amortecida de medo, mas era como me sentia naquele momento. Tão aterrorizada que, na verdade, não sentia mais medo.

Minha mente estava estranhamente clara e registrei várias coisas. Os homens pareciam ser do Oriente Médio, com a pele tom de oliva e os cabelos escuros.

Apesar de dois deles estarem bem barbeados, a maioria tinha barba preta densa. Pelo menos dois deles estavam feridos e sangrando. E, apesar de todas as armas, pareciam ansiosos, como se estivessem esperando ser atacados a qualquer minuto.

O homem que segurava Beth gritou outra ordem em um idioma que percebi ser árabe. Reconheci a voz dele como sendo a do homem que falara em inglês. Ele parecia ser o líder. Ao comando dele, dois homens se aproximaram e agarraram meus braços, arrastando-me em sua direção. Tentei não tropeçar, apesar de sentir os pontos doerem com ferocidade renovada.

— É ela? — perguntou ele a Beth, sacudindo-a com força. — Esta é a putinha de Julian?

— Sou eu mesma — disse eu antes que Beth conseguisse responder. Minha voz ainda estava calma de forma nada natural. O perigo em que eu estava não tinha me atingido completamente. Só o que eu queria naquele momento era impedi-lo de machucar Beth. Ao mesmo tempo, no fundo da mente, eu processava o fato de que me queriam por ser a amante de Julian. Aquilo só podia significar uma coisa: Julian estava vivo e pretendiam me usar contra ele. Suprimi um tremor de alívio ao pensar nisso.

O líder me encarou, parecendo surpreso pela minha coragem. Largando Beth, ele se aproximou e agarrou meu queixo com dedos duros e cruéis. Abaixando-se ligeiramente, ele me estudou com olhos frios. Ele não era muito alto e seu hálito me envolveu, expondo um odor fétido de alho e tabaco. Lutei contra a vontade de vomitar, sustentando o olhar dele desafiadoramente.

Depois de alguns segundos, ele me largou e disse algo em árabe para os soldados. Dois dos homens agarraram Beth novamente. Ela gritou e começou a lutar contra eles, mas um deles dobrou o braço dela para trás, deixando-a em silêncio. Ao mesmo tempo, o líder agarrou meu braço, apertando-o dolorosamente. — Vamos — disse ele abruptamente. Deixei que me conduzissem em direção à porta na extremidade do corredor.

A porta dava para uma escada e notei que estávamos no segundo andar. Os atiradores formaram um círculo em volta de mim. Com o líder e Beth, descemos a escada e saímos por uma porta que levava a uma área não pavimentada no exterior. Tínhamos passado por um homem morto na escada e havia vários outros no lado de fora. Desviei os olhos, engolindo convulsivamente para evitar que a bile subisse até a garganta. O sol brilhava intensamente e o ar estava quente e úmido, mas mal senti o calor na pele fria. Comecei a perceber a realidade da situação e a tremer.

Havia vários carros pretos aguardando e os homens levaram eu e Beth para um deles, forçando-nos a sentar nos bancos traseiros. Dois deles também entraram no carro, espremendo-nos. Senti Beth tremendo e estendi a mão para apertar a dela, buscando conforto no toque humano. Ela olhou para mim e o terror em seus olhos deixou meu sangue gelado. O rosto dela estava pálido e o lado direito estava inchado e roxo. O lábio inferior dela estava cortado e havia uma mancha de sangue em seu queixo. Eu não sabia quem eram aqueles homens, mas certamente não tinham problema algum em machucar mulheres.

Eu queria desesperadamente perguntar o que ela sabia, mas fiquei em silêncio. Não queria atrair mais atenção para nós do que o necessário. Minha mente voltou aos cadáveres pelos quais tínhamos acabado de passar, e lutei contra a vontade de vomitar. Eu não sabia quais eram as intenções daquelas pessoas, mas suspeitei que nossa chance de sairmos com vida era mínima. Cada minuto que sobrevivíamos, cada minuto em que nos deixavam em paz, era precioso. Precisávamos fazer o possível para estender ao máximo aqueles minutos.

O carro foi ligado e começou a andar. Ainda segurando a mão de Beth, olhei pela janela, vendo o prédio branco da clínica desaparecer atrás de nós. A estrada em que estávamos era irregular e a atmosfera dentro do carro estava tensa. Os dois homens no banco traseiro conosco seguravam firmemente as armas e novamente tive a sensação de que estavam com medo de alguma coisa... ou de alguém.

Eu me perguntei se seria de Julian. Ele sabia do que acontecera? Estava naquele momento a caminho da clínica? Olhei pela janela novamente, com os olhos secos e ardendo. Não era para ser assim. Eu deveria voltar à ilha naquele dia, voltar à vida plácida que tivera no ano anterior. Era uma vida que eu queria com uma intensidade desesperadora. Eu queria estar nos braços de Julian, queria sentir o toque dele, o perfume quente de sua pele. Eu queria que me tivesse, que me protegesse, que me mantivesse segura de tudo e de todos, exceto dele mesmo.

Mas ele não estava lá. O carro percorria a estrada, levando-nos cada vez mais longe da segurança. Estava quente e senti o odor de corpos masculinos sujos e suados. Aquele cheiro enchia o carro, fazendo com que eu tivesse a sensação de estar sufocando. Beth parecia estar em choque, com o rosto sem emoção alguma. Eu queria abraçá-la, mas estávamos apertadas demais entre os homens. Em vez disso, apertei a mão dela gentilmente. Os dedos dela estavam moles na minha mão.

O percurso pareceu demorar uma eternidade, mas devia ter levado apenas uma hora, pois o sol ainda não estava a pino quando chegamos ao nosso destino. Era uma pista de pouso no meio do nada e havia um avião de tamanho considerável parado nela, que pareceu vagamente militar. Os homens nos tiraram do carro e arrastaram-nos na direção do avião. Fiz o possível para caminhar, sem querer que os pontos se abrissem. Beth também não lutou, apesar de parecer chocada demais para caminhar em linha reta, forçando-os praticamente a carregá-la.

O interior do avião estava longe de ser luxuoso. Como eu suspeitara, o avião tinha estilo militar, com bancos ao longo das paredes, em vez de em fileiras. Era o tipo de avião que eu vira em filmes, normalmente com fuzileiros navais saltando para fora dele com paraquedas. Os homens prenderam eu e Beth em dois dos bancos e algemaram-nos antes de se sentarem.

Os motores foram ligados, o avião começou a se mover e, logo em seguida, decolou. O sol brilhou nos meus olhos.

2 2

Quando pousamos, algumas horas mais tarde, eu estava morrendo de sede e precisava desesperadamente urinar. Olhando de relance para Beth, vi que ela sentia um desconforto ainda maior. Os olhos dela pareciam febris. O inchaço em seu rosto se transformara em um ferimento feio e os lábios estavam cobertos de sangue seco. Com as mãos algemadas, eu não podia nem mesmo encostar nela de forma reconfortante.

Assim que o avião parou, os homens nos soltaram dos bancos e arrastaram-nos para fora, ainda algemadas. O líder se aproximou, estudando-nos rapidamente. Em seguida, ele apontou para um carro preto parado a alguns metros de distância. Ele gritou algumas ordens para seus homens e entendi que isso significava que nossa viagem estava prestes a continuar. Mas, antes que nos forçassem a entrar no carro, eu falei: — Ei — disse baixinho, — preciso usar o banheiro.

Beth me olhou em pânico, mas eu a ignorei,

concentrando a atenção no líder. Eu preferia morrer a urinar nas calças... ou na roupa do hospital, na verdade. Ele hesitou por um segundo, encarando-me. Em seguida, apontou para os arbustos. — Pode ir, sua puta — disse ele em tom duro. — Você tem um minuto.

Cambaleei na direção dos arbustos, ignorando o homem com uma metralhadora que me seguiu. Por sorte, ele virou o rosto quando levantei a roupa e abaixei-me para me aliviar, sentindo o rosto quente por causa do constrangimento. Com o canto do olho, vi Beth seguindo meu exemplo a alguns metros de distância.

Quando terminamos, entramos em outro carro quente. Desta vez, o percurso foi ainda mais demorado. A estrada serpenteava pelo que parecia ser uma floresta. Quando chegamos a um prédio que parecia um depósito, nosso destino final, eu estava encharcada de suor e muito desidratada. Também estava com fome, mas era uma necessidade menor em comparação à sede que me consumia.

Quando entramos no prédio, fomos levadas até duas cadeiras de metal em um canto. Minhas algemas foram retiradas, mas, antes que eu tivesse a oportunidade de me sentir feliz, o mesmo homem que me acompanhara até os arbustos amarrou meus pulsos atrás das costas. Em seguida, ele amarrou meus tornozelos às pernas da cadeira e passou uma corda em volta do meu corpo, prendendo-me completamente. O toque dele na minha pele era indiferente e impessoal. Eu era apenas uma coisa para ele, não uma mulher. Olhando para o lado, vi que a mesma coisa era feita com Beth, exceto que o outro homem parecia gostar de causar dor a ela, abrindo-lhe as pernas rudemente para amarrá-las à cadeira. Ela não emitiu um som sequer, mas seu rosto ficou ainda mais pálido e seus lábios rachados tremeram ligeiramente.

Eu assisti a tudo com uma raiva impotente. Quando o homem a deixou em paz, virei o rosto, concentrando a atenção nos arredores.

Parecia que minha impressão inicial estava correta. Estávamos dentro de um depósito, com caixas altas e prateleiras de metal formando um labirinto no centro. Agora que estávamos seguramente amarradas às cadeiras, os homens nos deixaram em paz, reunindo-se em volta de uma mesa longa no outro canto.

Finalmente, Beth e eu tínhamos uma certa privacidade para conversar.

— Você está bem? — perguntei a ela, tomando cuidado para manter a voz baixa. — Eles machucaram você? Quer dizer, antes de eu sair...

Ela balançou a cabeça negativamente, enrijecendo os lábios. — Só me bateram um pouco — disse ela baixinho. — Não foi nada. Você não deveria ter saído, Nora. Aquilo foi idiota.

— Eles teriam me encontrado de qualquer jeito. Era apenas uma questão de tempo. — Eu estava convencida disso. — Sabem quem eles são ou o que querem de nós?

— Não tenho certeza, mas imagino — disse ela, com as mãos firmemente presas sobre o colo. — Acho que são parte do grupo terrorista Jihad sobre o qual Julian me falou há uns dois meses. Pelo jeito, estão irritados porque ele não vendeu a eles uma arma que a empresa dele desenvolveu recentemente.

— Por que não? — perguntei curiosa. — Por que ele não a vendeu a eles?

Ela deu de ombros. — Não sei. Julian é muito seletivo em relação aos parceiros comerciais. Talvez simplesmente não confiasse neles o suficiente.

— Então, eles nos trouxeram para cá como reféns?

— Acho que sim — disse ela baixinho. — Pelo menos, é por isso que você está aqui. Alguém na clínica devia estar na folha de pagamento deles, pois eles sabiam quem você era e o que significa para Julian. Eu estava dormindo em um dos quartos no térreo quando me encontraram e imediatamente foram para o segundo andar para o quarto onde você estava. Acho que querem usar você para forçar Julian a dar a arma a eles.

Respirei fundo. — Entendo. — Eu mal conseguia imaginar como homens psicóticos o suficiente para matar civis inocentes "forçariam" Julian. Imagens horríveis de pedaços do corpo cortados passaram pela minha mente e eu as afastei com esforço. Não queria ceder ao pânico que ameaçava me invadir.

— Por sorte, Julian não estava na clínica quando eles chegaram — disse Beth, interrompendo meus pensamentos sombrios. — Eles mataram todos os dezesseis homens de Julian que estavam lá para nos proteger.

Engoli em seco. — Dezesseis homens?

Beth assentiu. — Eles tinham um poder de fogo inacreditável e era um grupo de trinta ou quarenta homens. Você não viu o pior, pois eles entraram por trás. Havia corpos empilhados na outra escada, com muitos dos mortos sendo do lado deles.

Eu a encarei, tentando controlar a respiração. Merda. Merda, merda, merda. Para que sacrificassem tantos camaradas, o que queriam de Julian devia ser uma arma extremamente importante. Ele a daria a eles para nos salvar? Ele se importava o suficiente comigo e com Beth? Eu sabia que ele me queria e que se preocupava com o meu bem-estar em um certo nível, mas não sabia se me colocaria acima dos interesses comerciais.

Obviamente, se ele desse a eles o que queriam, não havia garantia alguma de que nos deixariam vivas. Eu me lembrei do que Julian contou sobre a morte de Maria... como ela fora assassinada para puni-lo por um ataque a um depósito. No mundo de Julian, ações tinham consequências. Muito brutais.

— Acha que ele virá atrás de nós? — perguntei baixinho a Beth. Era uma ironia muito grande. Eu agora considerava Julian como meu possível salvador, meu príncipe encantado. Não era dele que eu precisava ser resgatada.

Ela olhou para mim. Os olhos pareciam muito escuros contra o rosto pálido. — Ele virá — respondeu ela. — Ele virá atrás de nós. Só não sei se, quando ele vier, fará alguma diferença para nós.

～

As duas horas seguintes se arrastaram. Os homens nos ignoraram, apesar de eu ter visto alguns deles olhando para minhas pernas nuas quando o líder não estava prestando atenção. Por sorte, a roupa do hospital não tinha formato definido e era feita de material grosso, o traje menos *sexy* que eu conseguia imaginar. A ideia de um ou vários deles tocando em mim me deu arrepios.

Eles também não nos deram nada para comer nem beber. Não era um bom sinal, pois significava que não se importavam se estávamos vivas ou mortas. Minha sede estava tão intensa que eu só conseguia pensar em água e parecia haver um buraco no meu estômago. Mas o pior de tudo era o medo gelado que me invadia em ondas e as imagens sombrias que passavam pela mente como um filme de horror de última categoria.

Tentei conversar com Beth para evitar entrar em pânico, mas, depois da conversa inicial, ela ficou quieta, respondendo apenas com monossílabos. Era como se, mentalmente, ela nem estivesse lá. Eu fiquei com inveja. Queria poder escapar daquele jeito, mas não conseguia. Para que minha mente se soltasse, eu precisava de Julian e da tortura erótica dele.

Quando eu estava prestes a gritar de frustração, dois outros homens entraram no depósito. Para minha surpresa, um deles parecia um homem de negócios. O terno era bem feito e uma mochila elegante estava pendurada em frente ao corpo. Ele era relativamente jovem, tinha provavelmente pouco mais de trinta anos, e parecia estar em boa forma. Bem barbeado, com pele cor de oliva e cabelos escuros brilhantes, ele poderia ter sido capa da QG... se não fosse pelo fato de que provavelmente era um terrorista.

Ele trocou algumas palavras com os homens no outro lado do depósito e foi em direção a Beth e eu. Ao se aproximar, notei o brilho gelado nos olhos dele e o jeito como as narinas se contraíam ligeiramente. Havia algo que lembrava vagamente um réptil no olhar dele e suprimi um estremecimento quando ele parou a alguns passos, estudando-me com a cabeça inclinada para o lado.

Eu o encarei de volta, com o coração batendo forte no peito. Objetivamente, ele poderia ser considerado bonito, mas eu não senti a menor atração. A única coisa que senti foi medo. O que foi um alívio, pois uma parte de mim sempre se perguntara se eu era simplesmente errada, se estava destinada a sentir desejo por homens que me assustavam. Agora eu percebi que era um fenômeno específico com Julian. Eu estava assustada e sentia repulsa pelo criminoso parado à minha frente, uma reação perfeitamente normal.

— Há quanto tempo você conhece Esguerra? — perguntou o homem para mim. Ele tinha sotaque britânico misturado com algo estranho e exótico. Ao ouvir a voz dele, Beth olhou para cima sobressaltada. Vi que ela voltara para o mundo no momento.

Hesitei por um segundo antes de responder. — Cerca de quinze meses — respondi finalmente. Não vi mal nenhum em revelar aquilo.

Ele ergueu as sobrancelhas. — E ele manteve você escondida esse tempo todo? Impressionante...

Suprimi a vontade súbita de sorrir. Julian literalmente me mantivera escondida na ilha e aquele homem estava mais certo do que percebia. Meus lábios se contraíram involuntariamente e vi um brilho de surpresa cruzar o rosto dele.

— Ora, ora, você é uma putinha corajosa, não é? — disse ele lentamente, observando-me com o olhar sombrio. — Ou acha que isto tudo é uma brincadeira?

Eu não disse nada. O que poderia dizer? Não, não achava que era uma brincadeira. Eu sabia que eles me torturariam e provavelmente me matariam para atingir Julian.

Ele estreitou os olhos e notei que eu o deixara zangado. Ele parecia uma cobra prestes a dar o bote. Meu coração deu um salto e fiquei tensa, preparando-me para um golpe. Mas ele simplesmente abriu a mochila e tirou um iPad. Olhando para baixo, ele rapidamente digitou alguma coisa e olhou para mim. — Vejamos se Esguerra acha que é uma brincadeira — disse ele baixinho, fechando a mochila. — Para o seu bem, garota, espero que não.

Em seguida, ele se virou e afastou-se, voltando para onde os outros homens estavam.

~

APESAR DO TERROR E DO DESCONFORTO, CONSEGUI pegar no sono na cadeira. Meu corpo ainda se recuperava da cirurgia e eu estava física e emocionalmente exausta por causa dos eventos do dia anterior.

Acordei ao ouvir vozes. O homem de terno e o baixinho que eu percebera ser o líder estavam parados à minha frente, preparando o que parecia ser uma câmera grande em um tripé alto.

Eu engoli em seco, olhando para eles. Minha boca estava tão seca como o deserto do Saara e, apesar de todo o tempo que se passara, eu não sentia a menor vontade de urinar. Imaginei que isto significava que eu estava muito desidratada.

Vendo que eu estava acordada, Terno, como decidi chamá-lo mentalmente, me deu um sorriso. — É hora do show. Vejamos o quanto Esguerra quer a putinha dele de volta.

Senti uma onda de náusea no estômago vazio e virei a cabeça para olhar para Beth. Ela olhava fixamente à frente, com o rosto pálido e o olhar vazio. Eu não sabia se ela tinha dormido, mas parecia mais distante do que antes.

Eles apontaram a câmera na nossa direção, verificando o ângulo algumas vezes. Em seguida, Terno parou ao meu lado. Assim que a luz da câmera foi ligada, ele colocou a mão na minha cabeça, acariciando rudemente meus cabelos emaranhados. — Você sabe o que eu quero, Esguerra — disse ele, olhando para a câmera. — Você tem até meia-noite de amanhã para me entregar. Faça isso e sua putinha não será machucada. Vou até mesmo devolvê-la. Se não, bem... você a receberá de volta mesmo assim. — Ele fez uma pausa, sorrindo cruelmente. — De pedacinho em pedacinho.

Olhei para a câmera, sentindo a bile subir à garganta. Eu não fora machucada... ainda... mas conseguia sentir a violência naqueles homens. Era a mesma escuridão que manchava a alma de Julian. Homens como aqueles eram diferentes. Não ligavam para o trato social. Não seguiam as mesmas regras que todo o resto.

A mão de Terno saiu dos meus cabelos e ele deu um passo em direção a Beth. — Você pode estar duvidando, Esguerra — disse ele, ainda falando para a câmera. — Talvez ache que eu não tenha determinação suficiente. Bem, deixe-me fazer uma pequena demonstração do que acontecerá à sua putinha se eu não conseguir o que eu quero. Começaremos com a ruiva e passaremos para aquela ali... — ele acenou com a cabeça na minha direção — amanhã depois da meia-noite.

— Não! — gritei, percebendo o que ele pretendia fazer. — Não toque nela! — Eu tentei me soltar, mas as cordas que me prendiam estavam apertadas demais. Não havia nada que eu pudesse fazer além de assistir impotente quando ele colocou as mãos em volta do pescoço de Beth e começou a apertar. — Não toque nela! Julian vai matar você por isso! Ele vai matar você...

Ignorando meus gritos, Terno gritou uma ordem em árabe. Um homem se aproximou e cortou as cordas de Beth com uma faca afiada. Vi o olhar aterrorizado dela. Eles a jogaram de bruços no chão. Terno colocou o joelho sobre as costas dela e puxou-a pelos cabelos, forçando-lhe a cabeça para trás. Vi as pernas dela batendo inutilmente no chão e meus gritos ficaram mais altos quando Terno pegou uma faca curta e começou a cortar a bochecha de Beth.

Ela gritou, contorcendo-se, e vi sangue espirrando para todo lado quando ele cortou o rosto dela, deixando uma ferida profunda. Eu engasguei, sentindo o estômago se contrair, mas ele estava longe de terminar. A outra bochecha de Beth foi a próxima e, em seguida, ele cortou uma tira de carne do braço dela. Os gritos de agonia dela ecoaram pelo depósito, junto com meus gritos histéricos. Eu senti a dor dela como se fosse em mim mesma e não consegui aguentar. — Deixe-a em paz! — gritei. — Seu filho da puta! Deixe-a em paz!

Obviamente, ele não deixou. Continuou cortando-a, com os olhos escuros brilhando de empolgação. Ele estava gostando daquilo, percebi com um horror doentio. Não estava fazendo aquilo só para a câmera. Os esforços de Beth para lutar ficaram mais fracos e os gritos se transformaram em gemidos soluçantes. Havia sangue por toda parte. Beth estava praticamente afogando-se nele. Eu não sabia se ela conseguiria permanecer consciente. Surgiram pontos pretos na minha visão e senti como se as paredes estivessem fechando-se sobre mim. As costelas pareceram espremer os pulmões e mal consegui respirar.

Subitamente, o corpo de Beth se contraiu e ela

emitiu um ruído estranho, ficando em silêncio logo depois. Só o que eu ouvia era o som dos meus próprios soluços. Beth estava deitada imóvel, com uma poça de sangue espalhando-se da área do pescoço. Terno se levantou, limpando a faca na calça, e olhou para a câmera. — Este foi um show rápido para você, Esguerra — disse ele com um sorriso largo. — Eu não quis me demorar muito, pois sei que você precisará de tempo para me conseguir o que quero. Obviamente, se eu não receber, o próximo show será muito, muito mais longo. — Aproximando-se de mim, ele correu o dedo ensanguentado pelo meu rosto. — A sua putinha é tão bonita... Talvez eu deixe meus homens brincarem um pouco com ela antes do show...

Desta vez, não consegui me controlar. Um jato de vômito quente subiu pela minha garganta e mal consegui virar a cabeça para o lado antes de esvaziar o que tinha no estômago no chão.

Depois que a câmera foi desligada, eles me deixaram sozinha novamente. O corpo de Beth foi arrastado para longe e limparam o chão de forma descuidada, deixando várias manchas vermelhas. Eu olhei para eles, com a mente lenta e amortecida, como se estivesse em um estupor. Eu não estava mais tremendo, apesar de um estremecimento ocasional sacudir o corpo. Os pontos doíam bastante e fiquei imaginando se teria aberto um deles durante os esforços anteriores, mas não vi sangue na camisola do hospital.

Um pouco depois, eles me deram um pouco de água. Bebi avidamente o copo inteiro, fazendo com que alguns homens rissem e dissessem algo em árabe, enquanto esfregavam a virilha sugestivamente. Quase achei que torciam para que Julian não conseguisse entregar a arma para que pudessem "brincar" comigo antes de Terno começar a trabalhar em mim.

Mas, por enquanto, eles me deixaram em paz. Até mesmo deixaram que eu fosse para o lado de fora por um minuto para usar o banheiro e o mesmo homem de antes, aquele impassível, ficou de guarda. Imaginei que ele agora era minha companhia oficial para o banheiro e comecei a chamá-lo mentalmente de Mictório.

Eu também dei nome a alguns dos outros. O que tinha a barba preta até o meio do peito, chamei de Barbanegra. O que tinha a linha dos cabelos recuada, Careca. O baixinho que liderara o ataque à clínica passou a ser Bafo de Alho.

Fiz aquilo para me distrair de pensar em Beth. Eu não podia me permitir pensar nela ainda, não se quisesse permanecer sã. Se eu conseguisse sair dali viva, ficaria de luto pela mulher que se tornara minha amiga. Se sobrevivesse, eu me permitiria chorar e sentir pesar, ficar enfurecida com a violência sem sentido da morte dela. Mas, agora, só conseguia existir de um momento para o outro, concentrando-me nas coisas mais inconsequentes e ridículas para evitar ser esmagada pelo peso da realidade brutal.

O tempo passou lentamente. Quando a noite chegou, olhei para o chão, as paredes, o teto. Acho que até mesmo cochilei algumas vezes, mas acordei sobressaltada ao menor indício de som com o coração acelerado. Eles não tinham me alimentado e a fome causava uma dor intensa no estômago. Mas isso não importava. Eu estava grata por ainda estar viva, uma situação que sabia que não continuaria por muito tempo, a não ser que Julian entregasse a arma.

Fechando os olhos, tentei fingir que estava em casa, na ilha, lendo um livro na praia. Tentei imaginar que, a qualquer momento, poderia voltar para a casa e encontrar Beth lá, preparando o jantar. Tentei me convencer que Julian estava longe por causa de uma das viagens de negócios e que eu o veria de novo em breve. Imaginei o sorriso dele, o jeito como os cabelos escuros rodeavam o rosto, envolvendo a perfeição masculina de suas feições. Senti muita falta dele, do calor e da segurança do abraço forte. Minha mente gradualmente mergulhou em um sono inquieto.

Uma mão grande cobriu minha boca, fazendo com que eu acordasse de súbito. Abri os olhos depressa, sentindo a adrenalina invadir as veias. Aterrorizada, comecei a lutar... e ouvi uma voz familiar sussurrando em meu ouvido: — Shh, Nora. Sou eu. Você precisa ficar bem quietinha agora, ok?

Assenti de leve, sentindo o corpo estremecer de alívio. A mão saiu de minha boca. Virando a cabeça, olhei para Julian incrédula.

Abaixado ao meu lado, ele estava todo de preto. Um colete à prova de balas cobria o peito e os ombros. O rosto estava pintado com faixas pretas na diagonal. Ele tinha uma metralhadora pendurada no ombro e uma variedade de armas presas ao cinto. Parecia um estranho mortal. Somente os olhos eram familiares, brilhando no rosto pintado.

Por um segundo, fiquei convencida de que estava sonhando. Ele não podia estar ali, naquele depósito no meio do nada, falando comigo. Não quando seus inimigos estavam a menos de trinta metros. Com o coração acelerado, lancei um olhar frenético pelo lugar.

Os homens no outro canto pareciam estar dormindo, deitados sobre cobertores no chão. Contei oito deles, o que significava que vários deles provavelmente estavam do lado de fora, guardando o prédio. Não vi Terno, que também deveria estar do lado de fora.

Voltando a atenção para Julian, eu o vi cortar as cordas dos meus tornozelos com uma faca de aparência perigosa. — Como chegou aqui? — sussurrei, olhando para ele maravilhada.

Ele fez uma pausa e olhou para mim. — Fique quieta — disse ele em tom quase inaudível. — Preciso tirar você daqui antes que eles acordem.

Assenti, ficando em silêncio enquanto ele terminava de cortar as cordas. Apesar do perigo da situação, eu estava quase estonteada de felicidade. Julian estava lá comigo. Ele fora me buscar. A onda de amor e gratidão foi tão grande que mal consegui me conter. Eu queria saltar e abraçá-lo, mas permaneci imóvel enquanto ele terminava o trabalho de tirar as cordas remanescentes.

Assim que fiquei livre, ele me levantou e passou os braços à minha volta, apertando-me firmemente. Senti o corpo forte dele estremecer de leve. Em seguida, ele me soltou, dando um passo atrás. Segurando meu rosto nas mãos, ele olhou para mim com o olhar azul duro e possessivo. Um momento de comunicação silenciosa se passou entre nós e eu soube o que ele não podia dizer naquele momento.

Eu sabia que ele sempre viria atrás de mim.

Sabia que ele mataria por mim.

Sabia que ele morreria por mim.

Abaixando os braços, ele pegou minha mão. — Vamos — disse ele baixinho, ainda olhando para mim. — Não temos muito tempo.

Segurei a mão dele com força, deixando que me levasse para a área escura perto da parede, no lado oposto de onde os homens dormiam. O labirinto de prateleiras e caixas no meio do depósito rapidamente nos escondeu. Julian parou, abaixando-se novamente e soltando minha mão. Ouvi um barulho como se a mão dele estivesse procurando alguma coisa no chão. Em seguida, ouvi um rangido baixinho quando ele levantou uma tábua do chão e colocou-a de lado.

No chão, à nossa frente, havia uma abertura quadrada grande.

Eu me ajoelhei ao lado dela, espiando para a escuridão abaixo.

— Desça — sussurrou Julian no meu ouvido, colocando a mão no meu joelho e apertando-o de leve. O toque familiar me acalmou um pouco. — Tem uma escada.

Engoli em seco, estendendo a mão para procurar a escada. Como ele sabia disso?

— Invadi o computador deles e encontrei a planta deste prédio — explicou ele baixinho, como se estivesse lendo a minha mente. — Há uma área de armazenagem abaixo com uma tubulação que leva para fora. Encontre-a e rasteje por ela. — A mão dele saiu do meu joelho e senti-me abandonada sem aquele toque. O perigo da situação me atingiu novamente.

Meus dedos encontraram a escada de metal e eu a segurei, manobrando o corpo na direção dela. Julian segurou meu braço enquanto eu me equilibrava e começava a descer com cuidado. Estava muito escuro e, em circunstâncias normais, eu hesitaria em entrar em um porão desconhecido. Mas não havia nada mais assustador para mim no momento do que os homens do qual fugíamos.

Desci alguns degraus e olhei para cima, vendo Julian ainda parado lá. A expressão no rosto dele era tensa e alerta, como se estivesse escutando alguma coisa.

Naquele momento, eu ouvi um murmúrio de vozes, seguidos de gritos em árabe.

Minha ausência fora descoberta.

Julian se levantou em um movimento suave e olhou para mim ao agarrar a metralhadora: — Vá — ordenou ele em voz baixa e dura — Agora, Nora. Entre no cano e saia. Vou segurá-los.

— O quê? Não! — Olhei para ele com choque e horror. — Venha comigo...

Ele me olhou com expressão furiosa. — Vá — disse ele. — Agora. Ou vamos morrer os dois. Não posso me preocupar com você enquanto luto contra eles.

Hesitei por um segundo, sentindo-me dividida. Eu

não queria deixá-lo para trás, mas também não queria atrapalhar. — Eu amo você — disse eu baixinho, olhando para ele. Vi o brilho rápido dos dentes brancos em resposta.

— Vá, querida — disse ele em tom muito mais suave. — Encontrarei você em breve.

Com o coração apertado, fiz o que ele mandou, descendo a escada o mais depressa possível. Os gritos ficaram mais altos e percebi que os homens vasculhavam o depósito, começando com o labirinto no meio. Era apenas uma questão de tempo até que chegassem à área escura ao longo da parede. Meu corpo inteiro tremia com uma combinação de nervosismo e adrenalina. Concentrei-me em não cair ao descer ainda mais na escuridão.

O barulho dos disparos acima me assustou e desci mais depressa, com a respiração irregular e pesada. Assim que meus pés encostaram no chão, estendi as mãos para a frente e comecei a tatear no escuro, procurando a parede com o cano.

Mais disparos. Gritos. Meu coração batia com tanta força que parecia um tambor nos ouvidos.

Ouvi um barulho sob os pés e patas minúsculas passaram sobre os dedos nus. Eu as ignorei, procurando o cano freneticamente. Os ratos não eram nada naquele momento. Em algum lugar lá em cima, Julian estava correndo risco. Eu não sabia se ele estava sozinho ou se levara reforços, mas a ideia de que fosse ferido ou morto era tão agonizante que não consegui me concentrar nela. Não podia, não se quisesse sobreviver.

Minhas mãos tocaram na parede, nas não encontrei nenhuma abertura. Estava escuro demais. Ofegando, acompanhei a parede, passando as mãos em cima e embaixo na superfície lisa. Meus pontos doíam, mas eu mal registrei a dor. Precisava encontrar a saída. Se me pegassem novamente, eu não sobreviveria por muito tempo.

Outra sequência de disparos, seguida de mais gritos.

Continuei procurando, com o terror e a frustração crescendo a cada segundo. Julian. Julian estava lá em cima. Tentei não pensar nisso, mas não consegui. Não havia nada que pudesse fazer para ajudá-lo. Logicamente, eu sabia disso. Estava descalça e usando uma camisola de hospital, sem ter absolutamente nada com que pudesse me defender. Ele, ao contrário, estava armado até os dentes e tinha um colete à prova de balas.

Obviamente, a lógica não tinha nada a ver com o medo agonizante que senti ao pensar em perdê-lo.

*Ele vai sobreviver*, disse a mim mesma enquanto continuava procurando o cano. Julian sabia o que estava fazendo. Aquele era o mundo dele, a especialidade dele. Era daquela parte da vida dele que ele me protegera na ilha.

Minhas mão encostaram em algo duro na parede perto dos joelhos e mergulharam na abertura.

O cano. Eu o encontrara.

Ouvi o barulho agudo de outro rato e alguma coisa

rastejou pelo cano na minha direção. Dei um salto para trás, assustada, mas logo depois fiquei de quatro e rastejei para dentro do cano, preparando-me para outros encontros com roedores.

O cano era grande o suficiente para que eu ficasse sobre as mãos e os joelhos, e rastejei o mais depressa possível, ignorando o fedor de esgoto e ferrugem. Por sorte, só havia um pouco de umidade lá e tentei não imaginar de onde ela viria.

Finalmente, cheguei ao outro lado do cano. Encolhendo o corpo, consegui me virar e colocar primeiro os pés para fora.

Afastando-me do cano, olhei em volta. O céu estava coberto de estrelas e o ar era denso com o cheiro da terra quente e da vegetação da selva. Vi o prédio do depósito na colina logo acima, a menos de cinquenta metros.

Olhei para o prédio, morrendo de medo por Julian. Ouvi outra sequência de disparos, acompanhada de brilhos intensos. O tiroteio ainda continuava, o que era um bom sinal, disse a mim mesma. Se Julian estivesse morto, se os terroristas tivessem vencido, não haveria mais tiros. No fim das contas, ele provavelmente levara reforços.

Colocando os braços em volta do corpo, encostei em uma árvore. Minhas pernas tremiam do terror e da adrenalina.

Naquele momento, o céu ficou iluminado quando o prédio explodiu... e uma onda de ar quente me jogou sobre alguns arbustos vários metros atrás.

24

As vinte e quatro horas seguintes viraram um borrão na minha mente.

Depois de me levantar, senti-me tonta e desorientada. A cabeça latejava e o corpo parecia uma ferida imensa. Havia um zumbido nos ouvidos e tudo parecia estar muito longe.

Achei que tinha desmaiado com a explosão, mas não tinha certeza. Quando me recuperei o suficiente para andar, o fogo que consumia o prédio estava quase no fim.

Estonteada, subi a colina cambaleando e comecei a vasculhar as ruínas ardentes do depósito. Encontrei algo que parecia um braço queimado e, algumas vezes, vi um corpo que parecia quase inteiro, com a cabeça ou a perna faltando. Registrei aquelas coisas em algum nível, mas não as processei totalmente. Eu me sentia estranhamente afastada, como se não estivesse realmente ali. Nada me tocava. Nada me incomodava. Até mesmo as sensações físicas estavam amortecidas pelo choque.

Eu o procurei durante horas. Quando parei, o sol estava alto e eu estava encharcada de suor.

Não tinha outra opção além de encarar a verdade.

Não havia sobreviventes. Simples assim.

Eu deveria chorar. Deveria gritar. Deveria sentir alguma coisa.

Mas não.

Eu só me sentia anestesiada.

Deixando o depósito para trás, comecei a andar. Eu não sabia para onde estava indo e não me importava. Só o que conseguia fazer era colocar um pé na frente do outro.

Quando começou a escurecer, cheguei a um grupo de casinhas feitas de postes de madeira e papelão. Havia um riacho raso que passava no meio da vila e vi algumas mulheres lavando roupas.

O rosto chocado delas foi a última coisa de que lembrei antes de desabar a poucos metros de distância.

~

— Srta. Leston, pode responder a algumas perguntas? Sou o agente Wilson, do FBI. Este é o agente Bosovsky.

Olhei para o homem de meia idade parado ao lado da cama. Ele não era nada parecido com o que eu imaginava que agentes do FBI fossem. O rosto era redondo, com bochechas rosadas e olhos azuis. Se o agente Wilson usasse um chapéu vermelho e tivesse uma barba branca, daria um excelente Papai Noel. Em contraste, o parceiro dele, o agente Bosovsky, era dolorosamente magro e tinha marcas profundas no rosto fino.

Nos dois dias anteriores, eu estivera em recuperação em um hospital em Bangkok. Ao que tudo indicava, uma das mulheres no riacho notificara as autoridades locais sobre a garota que chegara à vila. Eu me lembrava vagamente de ter sido interrogada, mas duvidava que tivesse feito muito sentido quando falei com eles. No entanto, eles entenderam o suficiente para entrar em contato com a embaixada norte-americana em meu nome. Os agentes dos EUA assumiram o caso dali em diante.

— Seus pais estão a caminho — disse o agente Bosovsky quando continuei a olhar para eles sem dizer nada. — O voo deles chega daqui a algumas horas.

Pisquei algumas vezes. De alguma forma, as palavras dele penetraram a camada de gelo que me mantivera isolada de tudo e de todos desde a explosão. — Meus pais? — disse eu com dificuldade, sentindo a garganta estranhamente inchada.

O agente magro assentiu. — Sim, srta. Leston. Eles foram notificados ontem e nós os colocamos no primeiro voo para Bangkok. Eles queriam falar com você, mas estava sedada.

Processei aquelas informações. Os médicos já tinham me informado que eu sofrera uma concussão leve, além de queimaduras de primeiro grau e lacerações nos pés. Exceto por isso, estavam impressionados com o estado geral da minha saúde, considerando a desidratação, a cirurgia recente e vários ferimentos. Ainda assim, deviam ter me sedado para que eu conseguisse descansar.

— Acha que pode responder a algumas perguntas antes que seus pais cheguem? — perguntou o agente Wilson gentilmente quando continuei em silêncio.

Assenti de forma quase imperceptível e ele puxou uma cadeira. O agente Bosovsky fez o mesmo.

— Srta. Leston, você foi sequestrada em junho do ano passado — disse o agente Wilson. A expressão no rosto dele era suave e compreensiva. — Pode nos dizer alguma coisa sobre o sequestro?

Eu hesitei por um momento. Queria contar a eles alguma coisa sobre Julian? Em seguida, lembrei-me de que ele estava morto e nada daquilo importava. Por um segundo, a agonia foi tão grande que não consegui respirar. Mas, logo em seguida, a muralha de gelo me envolveu novamente. — Claro — respondi. — O que quer saber?

— Você sabe o nome dele?

— Julian Esguerra. Ele é... — engoli em seco — era traficante de armas.

O agente do FBI arregalou os olhos. — Traficante de armas?

Assenti e contei a eles o que sabia sobre a organização de Julian. O agente Bosovsky tomou notas o mais depressa possível enquanto o agente Wilson continuava a fazer perguntas sobre as atividades de Julian e os terroristas que me roubaram dele. Pareceram desapontados ao saber que ele estava morto e por eu saber tão pouco. Expliquei que não saíra da ilha desde o sequestro.

— Ele a manteve lá durante todos os quinze meses? — perguntou o agente Bosovsky. As linhas no rosto dele ficaram mais profundas. — Só você e essa mulher, Beth?

— Sim.

Os agentes se entreolharam e eu os encarei, sabendo o que estavam pensando. Coitada da garota, mantida como um animal em uma gaiola para a diversão de um criminoso. Eu também me sentira assim no começo, mas isso mudara. Agora, eu faria qualquer coisa para voltar no tempo e ser de novo prisioneira de Julian.

O agente Wilson se virou para mim e pigarreou. — Srta. Leston, mandaremos uma especialista em abusos sexuais para falar com você mais tarde. Ela é muito boa...

— Não é preciso — interrompi. — Estou bem.

E eu estava. Não me sentia vitimizada nem abusada. Apenas anestesiada.

Depois de mais algumas perguntas, eles me deixaram sozinha. Não contei detalhes do meu relacionamento com Julian, mas achei que tinham entendido.

O desenhista do FBI veio logo depois e descrevi Julian para ele. O homem me lançou vários olhares esquisitos quando corrigi sua interpretação de minhas descrições. — Não, as sobrancelhas são um pouco mais grossas, mais retas... Os cabelo são um pouco mais ondulados, sim, desse jeito...

Ele teve problemas com a boca de Julian. Era difícil descrever a beleza daquele sorriso sombrio e angelical.

— Deixe o lábio superior um pouco mais cheio... Não, assim é cheio demais. É mais sensual, quase bonito...

Finalmente, terminamos. O rosto de Julian na folha de papel me encarou. Uma onda de agonia me invadiu novamente, mas o amortecimento me salvou de imediato, como acontecera antes.

— É um cara bonito — comentou o artista, examinando o trabalho. — Não se vê homens assim todo dia.

Apertei as mãos, enterrando as unhas na pele. — Não.

A próxima pessoa a visitar meu quarto foi a especialista em abusos sexuais que tinham mencionado antes. Era uma morena ligeiramente acima do peso que parecia ter quase cinquenta anos. Mas algo no olhar direto dela me lembrou de Beth.

— Sou Diane — disse ela, apresentando-se ao puxar uma cadeira. — Posso chamar você de Nora?

— Tudo bem — disse eu cautelosa. Não queria conversar com aquela mulher, mas o olhar determinado em seu rosto deixou claro que ela não tinha a menor intenção de sair até que isso acontecesse.

— Nora, pode me contar sobre o tempo que passou na ilha? — perguntou ela, encarando-me.

— O que você quer saber?

— O que se sentir confortável em me contar.

Pensei no assunto por um momento. A verdade era

que eu não me sentia confortável em contar nada a ela. Como poderia descrever o que Julian me fazia sentir? Como poderia explicar os altos e baixos de nosso relacionamento incomum? Sabia o que ela pensaria: que eu era louca por amá-lo. Que meus sentimentos não eram reais, apenas um subproduto de ter sido prisioneira.

E ela provavelmente teria razão, mas isso não importava mais. Havia o certo e o errado, e havia o que Julian e eu tivemos juntos. Nada nem ninguém conseguiria encher o vazio dentro de mim. Nenhum tratamento psicológico apagaria a dor de perdê-lo.

Dei a Diane um sorriso polido. — Desculpe — disse eu baixinho. — Prefiro não falar com você no momento.

Ela assentiu, não parecendo nem um pouco surpresa. — Eu entendo. Com frequência, como vítimas, nós nos culpamos pelo que aconteceu. Achamos que fizemos algo que resultou no que aconteceu a nós.

— Eu não acho isso — disse eu, franzindo a testa. Ok, talvez a ideia tivesse passado brevemente pela minha cabeça quando fui sequestrada, mas, ao conhecer Julian melhor, eu rapidamente a deixara de lado. Ele era um homem que simplesmente pegava o que queria... e ele me quisera.

— Entendo — disse ela, parecendo um pouco confusa. Mas, pela expressão no rosto dela, pareceu solucionar o meu mistério logo depois. — Ele era um homem muito bonito, não era? — perguntou ela, encarando-me.

Eu mantive o olhar dela em silêncio, sem querer

admitir nada. Não conseguiria falar sobre os meus sentimentos naquele momento. Não se quisesse manter aquela distância gelada que me deixava sã.

Ela me encarou por alguns segundos, levantou-se e entregou-me um cartão. — Quando estiver pronta para falar, Nora, telefone para mim — disse ela baixinho. — Você não pode guardar tudo isso aí dentro. Isso vai acabar consumindo você...

— Está bem, eu telefono — interrompei, pegando o cartão e colocando-o sobre a mesinha de cabeceira. Menti descaradamente e tinha certeza de que ela sabia disso.

Os cantos da boca dela se ergueram em um sorriso meio amarelo e ela saiu do quarto, finalmente deixando-me sozinha com meus pensamentos.

~

PARA A CHEGADA DOS MEUS PAIS, INSISTI EM ME levantar e vestir roupas normais. Não queria que eles me vissem deitada em uma cama de hospital. Eu sabia que eles já tinham passado tempo demais preocupando-se comigo e a última coisa que queria era aumentar a ansiedade deles.

Uma das enfermeiras me entregou uma calça *jeans* e uma camiseta, que vesti contente. As roupas eram do tamanho certo. A enfermeira era uma tailandesa pequena e tínhamos mais ou menos o mesmo tamanho. Era estranho usar aquele tipo de roupa novamente. Eu me acostumara tanto com os vestidos leves de verão que o *jeans* pareceu duro e pesado contra a pele. Mas continuei descalça, pois meus pés ainda tinham queimaduras depois de eu ter andado sobre os restos do depósito.

Quando meus pais finalmente entraram no quarto, eu estava sentado em uma cadeira esperando-os. Minha mão entrou primeiro. O rosto dela desmoronou assim que ela me viu. Ela atravessou o quarto depressa, com lágrimas escorrendo pelo rosto. Meu pai estava atrás dela e logo os dois me abraçavam, falando sem parar e chorando de alegria.

Abri um sorriso largo, abracei-os de volta e fiz o possível para garantir que estava bem, que todos os ferimentos eram leves e que não havia nada com que se preocupar. Mas não chorei. Não consegui. Tudo parecia distante e até mesmo meus pais pareciam mais como lembranças queridas do que pessoas reais. Mesmo assim, fiz um esforço para agir normalmente. Eu já causara dor demais a eles.

Depois de algum tempo, eles se acalmaram o suficiente para sentar e conversar.

— Ele entrou em contato com vocês, certo? – perguntei, lembrando-me da promessa de Julian. — Ele disse a vocês que eu estava viva?

Meu pai assentiu com o rosto tenso. — Umas duas semanas depois que você desapareceu, foi feito um depósito em nossa conta bancária — disse ele baixinho. — Um depósito no valor de um milhão de dólares de uma conta no exterior. Supostamente, ganhamos em uma loteria.

Fiquei de boca aberta. — O quê? — Julian dera dinheiro aos meus pais?

— Ao mesmo tempo, recebemos um e-mail — continuou meu pai com a voz trêmula. — O assunto era: "De sua filha, com amor". Tinha a sua fotografia. Você estava deitada na praia, lendo um livro. Parecia tão linda, tão em paz... — Ele engoliu em seco. — O e-mail dizia que estava bem e que estava com alguém que cuidaria bem de você. E que devíamos usar o dinheiro para pagar a hipoteca. Também dizia que colocaríamos você em perigo se levássemos essas informações à polícia.

Eu o encarei, tentando imaginar o que deviam ter pensado. Um milhão de dólares...

— Não sabíamos o que fazer — disse minha mãe, torcendo as mãos nervosamente. — Achamos que poderia ser uma pista útil para a investigação. Mas, ao mesmo tempo, não queríamos fazer nada que pudesse colocar você em risco, estivesse onde estivesse...

— E o que vocês fizeram? — perguntei fascinada. O FBI não dissera nada sobre um milhão de dólares, portanto, meus pais não deviam ter falado com eles sobre o assunto. Ao mesmo tempo, não consegui imaginar meus pais simplesmente aceitando o dinheiro sem continuar a perseguir a questão.

— Usamos o dinheiro para contratar uma equipe de investigadores particulares — explicou meu pai. — Os melhores que conseguimos encontrar. Eles rastrearam o depósito até uma empresa fantasma nas Ilhas Caimã, mas o rastro morreu ali. — Ele fez uma pausa, olhando para mim. — Continuamos a usar o dinheiro para procurar você desde então.

— O que aconteceu, querida? — perguntou minha mãe, inclinando-se para a frente. — Quem levou você? De onde veio esse dinheiro? Onde você esteve esse tempo todo?

Eu sorri e comecei a responder às perguntas deles. Ao mesmo tempo, eu os observei, absorvendo as feições familiares. Meus pais eram um casal bonito, ambos saudáveis e em boa forma. Eu nascera quando eles tinham vinte e poucos anos e ainda eram relativamente jovens. Meu pai tinha apenas traços de cabelos grisalhos, apesar de haver mais agora do que eu me lembrava.

— Então, você estava mesmo nadando no oceano e lendo livros na praia? — Minha mãe me encarou incrédula quando descrevi um dia típico na ilha.

— Sim. — Abri um sorriso largo. — De certa forma, foi como férias muito longas. E ele cuidou de mim, como disse a vocês que faria.

— Mas por que ele levou você? — perguntou meu pai em tom frustrado. — Por que ele sequestrou você?

Dei de ombros, sem querer entrar em explicações detalhadas sobre Maria e a possessividade extrema de Julian. — Porque ele era assim, acho — disse eu casualmente. — Porque ele não poderia namorar comigo normalmente, considerando a profissão dele.

— Ele machucou você, querida? — perguntou minha mãe com os olhos cheios de compaixão. — Ele foi cruel?

— Não — respondi em tom suave. — Ele não foi nada cruel comigo.

Eu não conseguiria explicar aos meus pais a complexidade do meu relacionamento com Julian, portanto, nem tentei. Em vez disso, contei os diversos aspectos do meu cativeiro, concentrando-me apenas no que era positivo. Contei a eles sobre as expedições de pesca com Beth e meu novo *hobby*, a pintura. Descrevi a beleza da ilha e disse que voltara a correr. Quando parei para recuperar o fôlego, os dois me encaravam com uma expressão estranha.

— Nora, querida — perguntou minha mãe —, você... você está apaixonada por esse Julian?

Eu ri, mas o som foi vazio. — Amor? Não, claro que não! — Eu não sabia de onde ela tirara aquela ideia, pois eu evitara falar sobre Julian. Quanto mais eu pensava nele, mais sentia o muro de gelo à minha volta rachar, deixando a dor me invadir.

— É claro que não — disse meu pai, observando-me cuidadosamente. Notei que ele não acreditara em mim.

De alguma forma, meus pais perceberam a verdade: que eu estava muito mais traumatizada pelo resgate do que pelo sequestro.

25

Nos quatro meses seguintes, tentei recuperar os pedaços da minha vida.

Depois de mais um dia no hospital de Bangkok, fui considerada bem o suficiente para viajar e voltei para casa, para Illinois, com meus pais. Fomos acompanhados por dois agentes do FBI, Wilson e Bosovsky, que usaram o voo de vinte e quatro horas para me fazer mais perguntas. Os dois pareciam frustrados porque, de acordo com os bancos de dados deles, Julian Esguerra simplesmente não existia.

— Você não o ouviu usando nenhum outro nome? — perguntou o agente Bosovsky pela terceira vez, depois que a consulta à Interpol não retornou resultados.

— Não — respondi pacientemente. — Eu só o conhecia como Julian. Os terroristas o chamaram de Esguerra.

O palpite de Beth sobre a identidade dos homens

que nos levaram da clínica de Julian estivera correto. Eles eram parte de uma organização particularmente perigosa chamada Al-Quadar... isso o FBI conseguira descobrir.

— Isso não faz sentido — disse o agente Wilson, com as bochechas rosadas estremecendo de frustração. — Qualquer pessoa com esse tipo de atividade deveria estar no nosso radar. Se ele era chefe de uma organização ilegal que fabricava e distribuía armas de última geração, como é possível que nenhum governo tenha ciência da existência dele?

Eu não sabia o que dizer e simplesmente dei de ombros em resposta. Os investigadores particulares que meus pais tinham contratado também não conseguiram descobrir nada sobre ele.

Meus pais e eu discutimos contar ao FBI sobre o dinheiro de Julian, mas acabamos decidindo contra. Revelar aquilo tanto tempo depois só deixaria meus pais encrencados e poderia fazer com que o FBI achasse que eu fora cúmplice de Julian. Afinal de contas, que sequestrador manda dinheiro para a família da vítima?

Quando chegamos em casa, eu estava exausta. Estava cansada de meus pais ficarem à minha volta o tempo inteiro e do FBI fazendo um milhão de perguntas para as quais eu não tinha resposta. E, principalmente, estava cansada de estar perto de tantas pessoas. Depois de mais de um ano com contato humano mínimo, eu me senti sufocada pelas multidões do aeroporto.

Meu antigo quarto na casa dos meus pais estava praticamente intocado. — Sempre esperamos que voltasse — explicou minha mãe com o rosto feliz. Eu sorri, abracei-a e apressei-a para que saísse do quarto. Mais do que qualquer outra coisa, eu precisava ficar sozinha... por não saber por quanto tempo conseguiria manter a fachada "normal".

Naquela noite, ao tomar um banho no banheiro da minha infância, finalmente cedi ao sofrimento e ao choro.

Duas semanas depois que cheguei em casa, mudei da casa dos meus pais. Eles tentaram me convencer do contrário, mas eu os convenci de que precisava fazer aquilo, que precisava ficar sozinha e ser independente. A verdade era que, por mais que amasse meus pais, não conseguia ficar o tempo todo perto deles. Eu não era mais a garota despreocupada de que eles se lembravam e era muito exaustivo fingir que era.

Era muito mais fácil ser eu mesma no minúsculo apartamento que aluguei ali perto.

Meus pais tentaram me dar o que sobrara do presente de Julian para eles, pouco mais de meio milhão, mas recusei. Aquele dinheiro fora para pagar a hipoteca deles e eu queria que o usassem para isso. Depois de inúmeras discussões, chegamos a um acordo: eles pagariam a maior parte da hipoteca, refinanciariam o resto e o que sobrasse do dinheiro iria para o fundo da minha faculdade.

Apesar de tecnicamente eu não precisar trabalhar por algum tempo, resolvi trabalhar como garçonete. O emprego me tirava de casa, mas não era particularmente exigente, e era exatamente isso de que eu precisava no momento. Havia noites em que eu não dormia e dias em que sair da cama era uma tortura. O vazio dentro de mim era imenso, o pesar era quase sufocante e eu precisava de todas as forças para ser seminormal.

Quando dormia, eu tinha pesadelos. Minha mente revivia repetidamente a morte de Beth e a explosão do depósito até eu acordar encharcada de suor. Depois daqueles sonhos, eu ficava deitada acordada, sentindo uma falta imensa de Julian, do calor e da segurança do abraço dele. Eu me sentia perdida sem ele, como um navio à deriva no mar. A ausência dele era uma ferida que se recusava a sarar.

Eu também sentia falta de Beth. Sentia falta da atitude sem noção dela, da abordagem fatalista. Se ela estivesse ali, seria a primeira a me dizer que merdas acontecem e que eu deveria simplesmente lidar com isso. Ela me diria para seguir em frente.

E eu tentei... mas a violência sem sentido da morte dela me devorava. Julian tinha razão, eu não soubera o que era o ódio de verdade. Eu não sabia como era querer machucar alguém, desejar a morte. Agora eu sabia. Se pudesse voltar no tempo e matar o terrorista que assassinou Beth tão brutalmente, faria isso sem pensar duas vezes. Não era suficiente para mim que ele tivesse morrido naquela explosão. Eu queria ter sido a pessoa que acabou com a vida dele.

Meus pais insistiram para que eu frequentasse um terapeuta. Para acalmá-los, fui algumas vezes. Não ajudou. Eu não estava pronta para expor meu coração e minha alma a um estranho e as sessões acabaram sendo uma perda de tempo e de dinheiro. Eu não estava no estado de espírito certo para receber terapia. Minha perda era muito recente e minhas emoções estavam muito vivas.

Comecei a pintar novamente, mas não consegui pintar as mesmas paisagens ensolaradas de antes. Minha arte ficou mais sombria e caótica. Pintei a explosão repetidamente, tentando tirá-la da mente. A cada vez, ela era um pouco diferente, um pouco mais abstrata. Pintei também o rosto de Julian. Eu o pintei de memória e perturbou-me o fato de não conseguir capturar exatamente a perfeição das feições dele. Não importava o quanto tentasse, não conseguia reproduzir a beleza dele.

Todas as minhas amigas estavam na faculdade, fora da cidade. Nas primeiras semanas, só falei com elas pelo telefone e via Skype. Elas não sabiam bem como agir comigo e eu não as culpei. Tentei manter conversas leves, concentrando-me principalmente no que acontecera na vida delas desde a formatura. Mas eu sabia que achavam estranho conversar sobre problemas com namorados e exames com alguém que viam como vítima de um crime horrível. Elas me olhavam com pena e uma curiosidade perturbadora nos olhos, mas não consegui conversar com elas sobre minha experiência na ilha.

Mesmo assim, quando Leah voltou da Universidade de Michigan para casa, saímos juntas. Depois de alguns abraços, a maior parte do desconforto inicial desapareceu. Ela voltou a ser a garota que fora minha melhor amiga durante toda a época do colégio.

— Gostei do seu apartamento — disse ela, andando em volta e examinando as pinturas penduradas nas paredes. — Esses quadros são muito bonitos. De onde você os conseguiu?

— Eu os pintei — respondi, calçando as botas. Íamos jantar em restaurante italiano local. Eu vestia calças *jeans* justas e uma camisa preta. Pareceu como nos velhos tempos.

— Você? — Leah me olhou atônita. — Desde quando você pinta?

— Desenvolvi essa habilidade recentemente — disse eu, pegando o casaco. Era outono e o ar começava a ficar frio. Eu me acostumara ao clima tropical da ilha e sentia mais frio do que normal.

— Porra, Nora, é muito bonito — disse ela, aproximando-se de uma das pinturas da explosão para olhar mais de perto. Eram as únicas que eu pendurara nas paredes. Os retratos de Julian eram privados. — Eu não sabia que você sabia pintar.

— Obrigada. — Sorri para ela. — Vamos?

∼

O jantar foi excelente. Leah me contou sobre a universidade no Michigan e sobre Jason, seu novo namorado. Escutei com atenção e brincamos sobre garotos e a necessidade inexplicável que tinham de se exibir.

— Quando você vai entrar para a faculdade? — perguntou ela quando estávamos comendo a sobremesa. — Você ia para uma faculdade local. Ainda pretende fazer isso?

Assenti. — Sim, acho que vou tentar o semestre na primavera. — Apesar de agora ter dinheiro para ir a qualquer universidade que quisesse, não queria mudar meus planos. O dinheiro na minha conta bancária não parecia real e eu me sentia estranhamente relutante em gastá-lo.

— Ótimo — disse Leah, sorrindo. Ela parecia estranha, animada demais com alguma coisa.

Logo descobri o que era.

— Ei, Nora — disse uma voz familiar atrás de mim quando estávamos preparando-nos para pagar a conta.

Dei um salto. Virando-me, olhei para Jake, o rapaz com quem saíra na noite em que Julian me levara.

O rapaz que Julian machucara para me manter na linha.

Ele parecia quase o mesmo: cabelos castanhos claros, olhos castanhos suaves, excelente forma. Somente a expressão em seu rosto era diferente. Estava tensa e a desconfiança em seu olhar foi como um chute na barriga.

— Jake... — Eu parecia estar de frente para um

fantasma. — Eu não sabia que você estava na cidade. Achei que estava em Michigan...

Foi quando me dei conta do que acontecera. Virando-me, olhei acusadoramente para Leah, que abriu um sorriso largo em resposta. — Espero que não se importe, Nora — disse ela animada. — Eu disse a Jake que veria você este fim de semana e ele perguntou se poderia vir também. Eu não sabia como você se sentiria a respeito, dado o que aconteceu... — o rosto dela ficou ligeiramente corado — e só disse a ele que estaríamos aqui hoje.

Pisquei algumas vezes, com a palma das mãos começando a suar. Leah não sabia da surra que Jake recebera por minha causa. Aquele detalhe só fora contado ao FBI. Ela provavelmente tinha receio de que ver Jake pudesse trazer lembranças dolorosas do sequestro, mas certamente não conseguiria imaginar a onda nauseante de culpa e ansiedade que eu sentia naquele momento.

Mas Jake sabia que eu era responsável pelo ataque. Percebi isso pela forma como ele olhou para mim.

Eu me forcei a sorrir. — É claro que não me importo — menti. — Por favor, sente-se. Vamos tomar um café. — Acenei na direção da cadeira no outro lado da mesa e sentei-me. — Como você está?

Ele sorriu de volta para mim. Surgiram pequenas rugas nos cantos dos olhos dele, algo que eu achara charmoso no passado. Jake ainda era um dos garotos mais bonitos que eu já vira, mas não sentia mais nenhuma atração por ele. A atração que eu sentira por ele desaparecia em comparação à minha obsessão por Julian, ao desejo sombrio e desesperado que me fazia rolar na cama todas as noites.

Quando eu não conseguia dormir, frequentemente pensava nas coisas que eu e Julian fazíamos juntos, as coisas que ele me induzira a fazer... as coisas que ele me treinara para querer. Na escuridão da noite, eu me masturbava com fantasias proibidas. Fantasias de dor exótica e prazer forçado, de violência e desejo. Eu sofria com a necessidade de ser tomada e usada, machucada e possuída. Eu queria Julian, o homem que despertara este lado em mim.

O homem que agora estava morto.

Botando aquele pensamento excruciante de lado, concentrei-me no que Jake dizia.

— ... não consegui voltar naquele parque durante meses — disse ele, falando sobre a experiência depois do meu sequestro. — Sempre que ia lá, pensava em você e onde estaria... A polícia disse que foi como se você tivesse desaparecido do planeta...

Eu escutei, sentindo a culpa e a raiva por mim mesma dentro do peito. Como eu conseguia me sentir assim por um homem que fizera uma coisa tão terrível e machucara tantas pessoas por causa disso? Eu era doente por amar alguém capaz de tanto mal? Julian não era um herói torturado e incompreendido forçado a fazer coisas ruins por circunstâncias além do seu controle. Ele era um monstro, pura e simplesmente.

Um monstro de quem eu sentia saudades com todas as fibras do meu ser.

— Eu lamento tanto, Nora — disse Jake, distraindo-me do meu autoflagelo. — Lamento não ter conseguido proteger você naquela noite...

— Espere... o quê? — Eu o encarei com incredulidade. — Você está maluco? Sabe o que estava enfrentando? Você nunca teria conseguido fazer nada...

— Ainda assim, deveria ter tentado. — A voz de Jake estava densa com culpa. — Eu deveria ter feito alguma coisa, qualquer coisa...

Estendi a mão sobre a mesa, cobrindo impulsivamente a dele. — Não — disse eu firmemente. — Você não tem culpa alguma nisso. — Eu conseguia ver Leah pelo canto do olho. Ela mexia no celular, fingindo que não estava lá. Eu a ignorei. Precisava convencer Jake de que ele não fizera nada de errado, ajudá-lo a deixar aquilo no passado.

A pele dele estava quente sob meus dedos e senti a tensão nele. — Jake — disse eu em tom suave, mantendo o olhar dele —, ninguém poderia ter evitado isso. Ninguém. Julian tem... tinha... os recursos que deixariam uma equipe da SWAT com inveja. Se é culpa de alguém, é minha. Você foi arrastado para essa história por minha causa e eu sinto muito, de verdade. — Eu pedi desculpas por mais do que a noite no parque e ele sabia disso.

— Não, Nora — disse ele baixinho, com os olhos castanhos sombrios. — Você tem razão. A culpa é dele, não nossa. — Percebi que ele também me dava absolvição, que também queria que eu me livrasse da minha culpa.

Sorri e apertei a mão dele, aceitando seu perdão silenciosamente.

Eu desejei poder me perdoar com tanta facilidade, mas não podia.

Porque, mesmo naquele momento, enquanto segurava a mão de Jake, não conseguia deixar de amar Julian.

Não importava o que ele tinha feito.

— Sabe, acho que ele ainda sente alguma coisa por você — disse Leah ao me levar para casa. — Fico surpresa por ele não ter chamado você para sair.

— Jake? Me chamar para sair? — Eu a olhei incrédula. — Sou a última garota com ele desejaria sair.

— Ah, eu não teria tanta certeza disso — comentou ela pensativa. — Vocês podem ter saído juntos apenas uma vez, mas ele ficou muito deprimido quando você desapareceu. E o jeito como ele olhava para você hoje...

Soltei uma risada nervosa. — Leah, por favor, isso é loucura. Jake e eu temos uma história complexa. Ele só queria encerrá-la hoje, mais nada. — A ideia de sair com Jake, de sair com qualquer pessoa, era estranha. Na minha mente, eu ainda pertencia a Julian e a ideia de deixar que outro homem me tocasse me deixava inexplicavelmente ansiosa.

— É, encerrar, certo. — A voz de Leah estava cheia de sarcasmo. — Durante a noite toda, ele a encarou como se você fosse a coisa mais linda que já vira. Não era encerramento que ele queria com você, garanto.

— Ora, vamos...

— Não, sério — disse Leah, olhando para mim ao parar em um sinal de trânsito. — Você deveria sair com ele. É um cara ótimo e eu sei que você gostava dele antes...

Olhei para ela e a vontade de fazer com que entendesse entrou em guerra com a minha necessidade de me proteger. — Leah, isso foi antes — disse eu lentamente, decidindo contar pelo menos uma pontinha da verdade. — Não sou a mesma pessoa agora. Não posso sair com um cara como Jake... não depois de Julian.

Ela ficou em silêncio, voltando a atenção para a rua quando o sinal ficou verde.

Quando parou em frente ao meu prédio, ela se virou para mim. — Desculpe — disse ela baixinho. — Aquilo foi idiota e sem consideração da minha parte. Você parece tão bem que esqueci por um momento... — Ela engoliu em seco, com os olhos brilhando com as lágrimas. — Se um dia quiser conversar sobre isso, estou aqui. Você sabe disso, certo?

Assenti, sorrindo para ela. Eu tinha sorte de ter uma amiga como ela e, algum dia, talvez aceitasse a oferta. Mas ainda não, não enquanto eu estivesse tão despedaçada por dentro.

～

As semanas se arrastaram a passo de lesma. Eu

existia para o momento, vivendo um dia de cada vez. Todas as manhãs, eu escrevia uma lista de tarefas que queria realizar durante o dia e seguia-a fielmente, não importava o quanto quisesse deitar sob as cobertas e não sair nunca mais.

Na maior parte do tempo, a lista incluía atividades mundanas, como comer, correr, ir para o trabalho, comprar mantimentos e telefonar para os meus pais. De vez em quando, eu tinha projetos mais ambiciosos, como fazer a matrícula da faculdade para o semestre do verão, o que fiz, como tinha dito a Leah que faria.

Também me inscrevi para aulas de tiro. Para minha surpresa, eu me saí muito bem lidando com uma arma. O instrutor disse que era algo natural e comecei a pesquisar o que era necessário para obter porte de arma em Illinois. Também fiz aulas de autodefesa e comecei a aprender alguns movimentos básicos para me proteger. Eu nunca conseguiria vencer contra alguém como Julian e os homens que levaram eu e Beth, mas saber atirar e lutar fez com que eu me sentisse melhor, com minha vida mais sob controle.

Entre todas aquelas atividades novas, o trabalho e a arte, eu estava ocupada demais para socializar, o que era ótimo. Eu não queria fazer novos amigos e todos os antigos estavam longe.

Jake e Leah voltaram para Michigan. Ele me mandou algumas mensagens no Facebook e conversamos algumas vezes. Mas ele não me chamou para sair.

Fiquei feliz com isso. Mesmo se ele não estivesse

em uma universidade que ficava a três horas e meia de viagem, nunca daria certo entre nós. Jake era inteligente o suficiente para perceber que não seria nada bom se envolver com alguém como eu. Alguém que, para todas as finalidades, ainda era prisioneira de Julian.

Eu sonhava com ele quase todas as noites. Como um íncubo, meu sequestrador vinha a mim no escuro, quando eu estava mais vulnerável. Invadia minha mente tão implacavelmente como tomara meu corpo no passado. Quando eu não estava revivendo a morte dele, meus sonhos eram perturbadoramente sexuais. Eu sonhava com a boca, o pênis, as mãos dele. Estavam por toda parte, em cima de mim, dentro de mim. Eu sonhava com o sorriso aterrorizantemente belo, com a forma como ele me segurava e acariciava-me.

Com a forma como ele me torturava até que eu me esquecesse de tudo e ficasse perdida nele.

Eu sonhava com ele... e acordava molhada e latejando, com o corpo vazio e sofrendo para ser possuído. Como uma viciada sem drogas, eu estava desesperada para conseguir algo que suprisse aquela necessidade.

Eu não estava pronta para sair com ninguém, mas meu corpo não se importava com isso. Finalmente, decidi ceder.

Arrumando-me, peguei minha antiga identidade falsa e fui para um bar local.

~

Os homens enxameavam à minha volta como moscas. Era fácil, tão fácil. Uma garota sozinha em um bar... era todo o encorajamento de que precisavam. Como lobos sentindo o cheiro da presa, eles sentiram meu desespero, meu desejo de algo mais do que uma cama fria e sozinha.

Deixei que um deles me pagasse bebidas. Uma dose de vodca, depois uma de tequila... Quando ele perguntou se eu queria ir embora, tudo estava meio nublado. Assentindo, deixei que me levasse até o carro dele.

Ele era um homem bonito, com cerca de trinta anos, cabelos loiros e olhos azuis. Não era particularmente alto, mas estava em boa forma. Era advogado, contou ele ao dirigir para um motel próximo.

Fechei os olhos enquanto ele continuava a falar. Eu não me importava com quem ele era nem com o que fazia. Só queria que me fodesse, que preenchesse o vazio que eu sentia. Que afastasse aquele frio que eu sentia nos ossos.

Ele pagou um quarto na recepção e subimos a escada. Quando entramos no quarto, ele tirou meu casaco e começou a me beijar. Senti gosto de cerveja e tacos na língua dele. Ele apertou meu corpo contra o seu e começou a explorar meu corpo com mãos quentes e ansiosas. Subitamente, não aguentei mais.

— Pare. — Eu o empurrei com força. Surpreso, ele cambaleou alguns passos atrás.

— Mas que porra... — Ele me encarou, com a boca aberta em descrença.

— Desculpe — disse eu rapidamente, pegando o casaco. — Não é você, juro.

E, antes que ele conseguisse dizer alguma coisa, corri para fora do quarto.

Chamando um táxi, fui para casa, sentindo-me mal por causa do álcool e sofrendo muito. Não havia como saciar minha sede, como satisfazer meu vício.

Mesmo bêbada, eu não conseguia aguentar o toque de outro homem.

COMEÇOU COMO MAIS UM SONHO ERÓTICO.

Mãos fortes e ásperas deslizaram pelo meu corpo nu. Palmas cheias de calos arranharam minha pele quando ele apertou meus seios. Os polegares esfregaram meus mamilos sensíveis. Arqueei o corpo na direção dele, sentindo o calor de sua pele, o peso do corpo forte pressionando-me contra o colchão. As pernas musculosas forçaram minhas coxas para os lados e a ereção sondou meu sexo. A cabeça grande deslizou por entre as dobras macias e exerceu uma pressão leve sobre o clitóris.

Gemi, esfregando-me contra ele. Meus músculos internos se contraíram com a necessidade de senti-lo dentro de mim. Eu estava molhada e ofegante. Minhas mãos seguraram o traseiro firme e musculoso dele, tentando forçá-lo a me penetrar, a trepar comigo.

Ele riu. O som causou um tremor baixo e sedutor em seu peito. As mãos dele seguraram meus pulsos, prendendo-os acima da minha cabeça. — Sentiu saudades de mim, meu bichinho? — murmurou ele no meu ouvido. O hálito quente lançou arrepios eróticos pelo meu corpo.

Meu bichinho? Julian nunca falava nos meus sonhos...

Soltei uma exclamação e abri os olhos... e, na luz fraca da manhã, eu o vi.

Julian.

Nu e excitado, ele estava deitado sobre mim, prendendo-me na minha cama. Os cabelos escuros estavam mais curtos e o rosto magnífico cheio de desejo. Os olhos brilhavam como joias azuis.

Eu congelei, encarando-o. Meu coração batia com força no peito. Por um momento, achei que ainda estava sonhando, que minha mente me pregava uma peça cruel. Minha visão ficou turva e percebi que parara de respirar por um momento, que o choque tirara todo o ar dos meus pulmões.

Respirei fundo, ainda imóvel. Ele baixou a cabeça, descendo a boca sobre a minha. A língua dele entrou pelos meus lábios abertos, invadindo-me. O gosto familiar fez com que minha cabeça girasse.

Não havia mais dúvida alguma na minha mente.

Era realmente Julian. Ele estava tão vivo como sempre.

Uma fúria súbita me invadiu. Ele estava vivo, estivera vivo o tempo todo! O tempo todo enquanto eu estava de luto por ele, enquanto tentava consertar minha alma despedaçada, ele estivera vivo e bem, sem dúvida rindo das minhas tentativas ridículas de continuar com a vida.

Mordi o lábio dele com força, com uma necessidade selvagem de machucá-lo, de arrancar a carne dele como ele arrancara meu coração. O gosto de sangue encheu minha boca e ele se afastou xingando, com os olhos cheios de raiva.

Mas eu não senti medo. Não mais. — Solte-me — disse eu enfurecida, lutando contra as mãos que me seguravam. — Seu idiota maldito! Seu filho da puta! Você não estava morto! Você não morreu... — Para minha completa humilhação, a última frase escapou como um soluço e minha voz desapareceu.

O maxilar dele enrijeceu quando ele olhou para mim. A perfeição sensual dos lábios dele estava marcada pelos meus dentes. Ele me segurou sem esforço, com o pênis enrijecido parado na entrada macia do meu corpo. Furiosa, virei o corpo para o lado, tentando mordê-lo novamente. Ele transferiu meus pulsos para a mão esquerda, segurando-me com uma mão e agarrando meus cabelos com a outra. Agora, eu não conseguia me mexer. A única coisa que conseguia fazer era olhar para ele, com lágrimas de raiva e frustração amarga queimando-me os olhos.

Inesperadamente, a expressão dele se suavizou. — Parece que a minha gatinha agora tem garras — murmurou ele com voz divertida. — Acho que gosto disso.

Eu literalmente enxerguei tudo vermelho. — Fodase você! — gritei, contorcendo-me, sem perceber os corpos nus esfregando um no outro. — Foda-se você e do que gosta...

A boca dele desceu sobre a minha, engolindo as palavras furiosas, e fechei os dentes tentando mordê-lo de novo. Ele se afastou no último segundo, rindo baixinho. Ao mesmo tempo, a cabeça do pênis começou a me penetrar. Completamente enfurecida, gritei. A mão direita dele soltou meus cabelos e ele a colocou sobre a minha boca. — Shhh — sussurrou ele no meu ouvido, ignorando meus gritos abafados. — Não queremos que os vizinhos ouçam, não é?

Naquele momento, eu não me importava se o mundo inteiro nos ouviria. Eu tinha a necessidade primitiva de machucá-lo como ele me machucara. Se eu tivesse uma arma, teria dado um tiro nele com prazer pela agonia que me fizera sentir.

Mas eu não tinha uma arma. Não tinha nada. E ele lentamente me penetrou mais fundo com a ereção quente. Eu ainda estava molhada por causa do "sonho" anterior, mas também estava tensa por causa da raiva. Meu corpo protestou contra a intrusão, contraindo todos os músculos para mantê-lo fora de mim. Foi como a primeira vez novamente, exceto que o furacão de emoções no meu peito era muito mais complexo do que o medo que eu sentira antes. Gradualmente, parei de lutar, encarando-o em silêncio, ainda em choque com a volta dele.

Quando estava totalmente dentro de mim, ele parou, lentamente tirando a mão da minha boca.

Fiquei em silêncio, com lágrimas escorrendo pelo canto dos olhos.

Abaixando a cabeça, ele me beijou gentilmente, como se estivesse pedindo desculpas por me possuir de forma tão rude. Meus pulmões pararam de funcionar. Como sempre, aquela mistura peculiar de crueldade e gentileza me viraram do avesso, criando um caos na minha mente já cheia de conflitos.

— Desculpe, querida — murmurou ele, passando os lábios sobre o meu rosto molhado. — Não era para ser assim. Eu tinha que proteger você e estraguei tudo. Estraguei tudo... — Ele soltou a respiração lentamente. — Eu não queria deixar você, não queria que fosse embora...

— Mas deixou. — Minha voz estava magoada, como a de uma criança ferida. — Você me deixou pensar que estava morto...

— Não. — Ele soltou meus pulsos e apoiou-se nos cotovelos, colocando as mãos grandes em volta do meu rosto. Os olhos dele me queimaram com tanta intensidade que eu me senti consumida. — Não foi assim. Não foi nada disso.

Abaixei as mãos devagar para os ombros dele. — Como foi então? — perguntei em tom amargo. Como ele pudera fazer aquilo comigo? Como pudera me sequestrar, tirar tudo de mim, somente para me abandonar de forma tão cruel?

— Vou explicar tudo — prometeu ele, com a voz baixa e rouca cheia de desejo. O suor escorria na testa dele e senti o pênis latejando dentro de mim. Ele lutava para manter o controle. — Mas, agora, preciso de você, Nora. Preciso disto... — Ele moveu os quadris para a frente e gemi quando atingiu meu ponto G, ativando todas as minhas terminações nervosas.

— Isso mesmo — sussurrou ele, repetindo o movimento. — Preciso disto. Quero sentir sua boceta em volta de mim como uma luva. Quero foder você e quero devorar você. Cada centímetro do seu corpo é meu, Nora, só meu... — Ele baixou a cabeça novamente, tomando minha boca em um beijo profundo, enquanto continuava a investir em ritmo lento e implacável.

Minha respiração acelerou e uma onda de calor invadiu meu corpo. Apertei os dedos nos ombros dele e passei as pernas em volta das coxas musculosas, deixando que ele me penetrasse mais fundo. Depois de meses de abstinência, era quase demais, mas adorei a ardência, a mistura de dor e prazer da posse dele. Senti a tensão aumentando, a sensação deliciosa anterior ao orgasmo, e explodi com um grito estrangulado. Meus músculos internos se apertaram em volta dele.

— Sim, querida, isso mesmo — gemeu ele, aumentando o ritmo. Com uma última investida forte, ele encontrou o próprio prazer, pulsando dentro de mim. Senti o calor do sêmen sendo derramado nas minhas entranhas e eu o abracei com força quando ele caiu sobre mim, com o corpo pesado coberto de suor.

— Você quer café ou chá? — perguntei, olhando

para Julian enquanto andava na cozinha minúscula no canto do apartamento. Ele estava sentado à mesa perto da parede, vestindo uma calça *jeans*, a única coisa que vestira depois do banho. O torso bronzeado atraía o meu olhar e minha mão tremeu ligeiramente quando peguei uma xícara. Com os cabelos curtos, as maçãs do rosto dele pareciam mais acentuadas. Franzindo a testa, olhei com mais atenção. Ele parecia mais magro.

Ignorando meu olhar, Julian se recostou na cadeira que eu comprara na IKEA, estendendo as pernas longas. Os pés dele, muito masculinos, estavam descalços. — Café seria ótimo — disse ele preguiçosamente, observando-me com as pálpebras pesadas.

Ele me lembrou uma pantera observando pacientemente a presa.

Engoli em seco, colocando a xícara sobre o balcão e pegando a cafeteira. Diferentemente dele, eu vestia uma calça *jeans*, meias grossas e um suéter de lã. Estar totalmente vestida fazia com que eu me sentisse menos vulnerável, mais controlada.

Aquilo tudo era surreal. Se não fosse pela leve dor entre as pernas, eu estaria convencida de que estava alucinando. Mas não, meu sequestrador, o homem que fora o centro da minha existência por tanto tempo, estava ali, no meu apartamento minúsculo, dominando-o com sua presença poderosa.

Quando o café ficou pronto, servi duas xícaras e sentei-me à mesa. Eu me sentia desequilibrada, como se estivesse andando em uma corda bamba. Em um segundo, queria gritar de alegria por ele estar vivo. No seguinte, queria matá-lo por me fazer passar por aquela tortura. E, durante o tempo inteiro, no fundo da mente, eu sabia que nenhuma das duas coisas era uma resposta adequada à situação. Eu deveria tentar fugir e telefonar para a polícia.

Julian não parecia nem um pouco preocupado com aquela possibilidade. Estava tão confortável e seguro de si no meu apartamento como estivera na ilha. Pegando a xícara, ele tomou um gole de café e olhou para mim, com um meio sorriso hipnotizador brincando nos belos lábios.

Coloquei as mãos em volta da minha xícara, gostando do calor. — Como você sobreviveu à explosão? — perguntei baixinho, mantendo o olhar dele.

A boca dele se contorceu de leve. — Escapei por muito pouco. Quando viram que estavam perdendo, um daqueles idiotas suicidas ativou uma bomba. Eu e dois dos meus homens estávamos perto da escada para o porão e mergulhamos no último minuto. Uma parte do chão caiu sobre mim, deixando-me desacordado e matando um dos homens que estava comigo. Por sorte, o outro, Lucas, sobreviveu e ficou consciente. Ele conseguiu carregar nós dois pelo cano e havia ar fresco suficiente entrando pelo outro lado para que não morrêssemos por causa da fumaça.

Prendi a respiração. O cano... fora o único lugar que eu não olhara naquele dia horrível em que passara horas vasculhando as ruínas ardentes do prédio. Eu estivera tão estonteada e em choque que não me ocorrera ver se tinha algum sobrevivente lá.

— Quando Lucas conseguiu nos levar a um hospital, eu estava muito mal — continuou Julian, olhando para mim. — Eu estava com traumatismo craniano e vários ossos fraturados. Os médicos me colocaram em coma induzido para lidar com o inchaço do cérebro. Só recuperei a consciência há algumas semanas. — Erguendo a mão, ele tocou nos cabelos curtos e percebi o motivo para o novo corte. Deviam ter raspado a cabeça dele no hospital.

Minha mão tremeu quando levei a xícara aos lábios. Afinal de contas, ele quase morrera. Não que isso deixasse a ausência dele nas semanas anteriores mais perdoável. — Por que não entrou em contato comigo na época? Por que não me avisou que estava vivo? — Como ele pudera deixar minha tortura continuar um dia além do necessário?

Ele inclinou a cabeça para o lado. — E daí? — perguntou ele com a voz perigosamente sedosa. — O que você teria feito, meu bichinho? Corrido para ficar comigo na Tailândia? Ou teria contado aos seus amigos do FBI onde me encontrar, para que me pegassem enquanto eu estava fraco e impotente?

Prendi a respiração. — Eu não teria contado a eles...

— Não? — Ele me olhou com expressão sardônica. — Acha que não sei que você falou com eles? Que agora eles têm o meu nome e o meu retrato?

— Só falei com eles porque achei que você estava morto! — Fiquei de pé subitamente, quase derramando o café. Toda a minha raiva subiu à superfície. Furiosa, agarrei a beirada da mesa e olhei para ele friamente. — Eu nunca o traí. Mas deveria ter feito isso...

Ele se levantou, movendo o corpo alto e musculoso com uma graça atlética. — Sim, provavelmente deveria — concordou ele em tom suave. O olhar dele escureceu ao nos encararmos sobre a mesa. — Você deveria ter me entregado naquela clínica nas Filipinas e fugido o mais depressa possível, meu bichinho.

Passei a língua sobre os lábios secos. — Isso teria ajudado?

— Não. Eu teria encontrado você em qualquer lugar.

Minhas entranhas se contorceram com excitação e uma ponta de medo. Ele não estava brincando. Vi isso no rosto dele. Ele teria ido atrás de mim e ninguém teria conseguido impedir isso.

— Quem é você? — perguntei, encarando-o com incredulidade. — Por que não havia nenhum registro de você nos bancos de dados de nenhum governo? Se é um traficante de armas importante, por que o FBI nunca ouviu falar de você?

Ele manteve meu olhar, com os olhos incrivelmente azuis no rosto bronzeado. — Porque tenho uma rede enorme de conexões, Nora — disse ele baixinho. — E porque, como parte das interações com meus clientes, de vez em quando encontro informações que o governo dos Estados Unidos acha valiosas, informações relacionadas à segurança do povo norte-americano.

Fiquei de boca aberta. — Você é um espião?

Ele riu. — Não. Não no sentido tradicional da palavra. Não estou na folha de pagamento de ninguém, simplesmente trocamos favores. Eu ajudo o seu governo e, em troca, eles me deixam invisíveis para o mundo. Apenas alguns dos oficiais de mais alto nível da CIA sabem que eu existo. — Ele fez uma pausa e acrescentou: — Pelo menos, era assim até que o FBI colocasse as mãos em você, meu bichinho. Agora é um pouco mais complicado e terei que cobrar alguns daqueles favores para que essas informações sejam apagadas.

— Entendi — disse eu. Minha cabeça girava. O homem que me sequestrara trabalhava com o meu governo. Era quase mais do que eu conseguia processar naquele momento.

Ele sorriu, visivelmente gostando da minha confusão. — Não pense demais nisso, meu bichinho — aconselhou ele com os olhos divertidos. — Só porque ajudo a evitar um ataque terrorista eventual, não quer dizer que sou mocinho.

— Não — concordei. — Não quer. — Eu me virei, fui até a janela pequena e olhei para fora. O sol começava a nascer e havia uma camada fina de neve no chão.

A primeira neve da estação. Ela devia ter caído durante a noite.

Eu não o ouvi movendo-se, mas, subitamente, ele estava atrás de mim. Os braços fortes me envolveram, pressionando-me contra o corpo dele. Senti o aroma da pele dele e parte da tensão residual que eu ainda sentia desapareceu. Julian estava vivo.

— E agora? — perguntei, ainda olhando para a neve. — Vai me levar de volta para a ilha?

Ele ficou em silêncio por um momento. — Não — disse ele finalmente. — Não posso. Não sem Beth lá. — Havia um toque de tensão em sua voz e percebi que ele também sentia falta dela, tanto quanto eu.

Virei-me nos braços dele e olhei para seu rosto, colocando as mãos em seu peito. — Fico feliz por aqueles filhos da puta estarem mortos. — As palavras saíram em tom baixo e ardente. — Fico feliz por você ter matado todos eles.

— Sim — disse ele. Vi um reflexo da minha raiva e da minha dor no brilho duro dos olhos dele. — Os homens que a machucaram estão mortos e estou tomando providências para acabar com a organização deles. Quando eu terminar, a Al-Quadar não será nada além de um arquivo nos arquivos governamentais.

Mantive o olhar dele sem piscar. — Ótimo. — Eu queria todos eles destruídos. Queria que Julian acabasse com eles e fizesse com que sentissem a agonia de Beth.

Naquele momento, nós nos entendemos perfeitamente. Ele era um assassino e era exatamente o que eu queria que fosse. Não queria um homem doce e gentil com consciência. Queria um monstro que vingaria brutalmente a morte de Beth.

Um sorriso leve ergueu os cantos dos lábios dele. Abaixando-se, ele me beijou de leve na testa. Em seguida, soltou-me e foi até a cama, onde estava o restante de suas roupas.

Franzindo a testa, observei enquanto ele vestia a camiseta de mangas longas, meias e botas. — Você vai embora? — perguntei, sentindo um aperto gelado no coração.

— Não — respondeu ele, vestindo o casaco de couro e andando até o meu armário. — Nós vamos embora. — Abrindo o armário, ele tirou meu casaco de inverno e botas quentes, jogando-os para mim.

Peguei o casaco de forma automática e vesti-o. — Você está me sequestrando de novo? — perguntei, calçando as botas.

— Não sei. — Aproximando-se, ele segurou meu rosto com as duas mãos, passando o polegar de leve sobre meu lábio. — Estou?

Eu também não sabia. Pela primeira vez em meses, eu me sentia viva. Tinha emoções novamente. Medo, excitação, empolgação.

Amor.

Não era o tipo de amor doce e gentil com o qual eu sempre sonhara, mas era amor. Sombrio, pervertido e obsessivo, uma compulsão e um vício. Eu sabia que o mundo me condenaria pelas minhas escolhas, mas precisava de Julian tanto quanto ele precisava de mim.

— E se eu não quiser ir com você? — Não sei por que senti a necessidade de perguntar aquilo. Eu já sabia a resposta.

Ele sorriu. Ele colocou a mão no bolso do casaco e tirou uma seringa pequena, mostrando-a para mim.

— Entendi — disse eu calmamente. Ele viera preparado para qualquer eventualidade.

Ele guardou a seringa e ofereceu-me a mão. Hesitei por um momento. Em seguida, coloquei a mão na palma grande dele. Julian entrelaçou os dedos nos meus e seus olhos azuis estavam quase radiantes.

Andamos juntos, de mãos dadas como um casal. Ele me levou até um carro que nos aguardava, um carro preto com vidros incomumente grossos. Provavel-mente à prova de balas.

Ele abriu a porta para mim e entrei.

Quando o carro partiu, ele me puxou para perto e enterrei o rosto em seu pescoço, sentindo o cheiro familiar.

Pela primeira vez em meses, eu me senti em casa.

Obrigada por ler! Eu agradeceria muito se pudesse deixar uma avaliação.

Se deseja receber uma notificação quando o próximo livro for lançado, acesse meu site em www.annazaires.com/book-series/portugues/ e registre-se para receber meu boletim informativo.

Se você gostou de *Perverta-me*, talvez goste dos seguintes livros:

- *A Trilogia de Mia e Korum* – Um romance sombrio de ficção científica

Colaborações com meu marido, Dima Zales:

- *O Código de Feitiçaria* – Fantasia épica

Agora, vire a página para ver uma amostra de *Encontros Íntimos* e alguns dos meus outros trabalhos.

312

**Nota da Autora**: *Encontros Íntimos* é o primeiro livro de minha trilogia de romance erótico de ficção científica, as Crônicas dos Krinars. Apesar de não ser tão sombrio quanto *Perverta-me*, ele tem alguns elementos que leitores de erotismo sombrio poderão gostar.

*Um romance sombrio que atrairá os fãs de relacionamentos eróticos e turbulentos...*

No futuro próximo, os krinars governam a Terra. Uma raça avançada de outra galáxia, eles ainda são um mistério para nós — e estamos completamente à mercê deles.

Tímida e inocente, Mia Stalis é uma universitária na cidade de Nova Iorque que sempre teve uma vida muito comum. Como a maioria das pessoas, ela nunca teve qualquer interação com os invasores. Até que um dia no parque muda tudo. Tendo atraído o olhar de Korum, ela agora deve lidar com um krinar poderoso e perigosamente sedutor que quer possuí-la e nada o impedirá de tê-la para si.

Até onde você iria para recuperar a liberdade? Quando sacrificaria para ajudar seu povo? O que escolheria ao começar a se apaixonar pelo inimigo?

*Respire, Mia, respire.* Em algum lugar na parte de trás da mente, uma voz racional fraca continuava repetindo aquelas palavras. Aquela mesma parte estranhamente objetiva dela notou a estrutura simétrica do rosto dele, com a pele dourada esticada sobre as bochechas altas e o maxilar firme. As fotografias e os vídeos dos Ks que ela vira não lhes faziam justiça. Parado a não mais de dez metros de distância, a criatura era simplesmente deslumbrante.

Enquanto ela continuava a encará-lo, ainda congelada no lugar, ele endireitou o corpo e começou a andar na direção dela. Na verdade, ele lentamente a perseguia, pensou ela tolamente, pois cada movimento dele lembrava o de um felino da selva aproximando-se de uma gazela. Durante o tempo todo, os olhos dele não se afastaram dos dela. Ao se aproximar, ela notou pontos amarelos individuais nos olhos dourados claros dele e os longos cílios grossos que os envolviam.

Ela olhou com descrença horrorizada quando ele se sentou no banco dela, a menos de sessenta centímetros de distância, e sorriu, mostrando dentes brancos perfeitos. Nada de presas, notou ela com uma parte funcional do cérebro. Nem mesmo traços de presas. Aquele era outro mito sobre eles, como a suposta aversão pelo sol.

— Qual é o seu nome? — a criatura praticamente ronronou a pergunta. A voz dele era baixa e suave, completamente sem sotaque. As narinas dele tremeram ligeiramente, como se estivesse inalando o perfume de Mia.

— Ahm... — Mia engoliu nervosamente. — M-Mia.

— Mia — repetiu ele lentamente, parecendo saborear o nome. — Mia de quê?

— Mia Stalis. — Ah, droga, por que ele queria saber o nome dela? Por que estava lá, conversando com ela? De forma geral, o que ele estava fazendo no Central Park, tão longe de todos os centros dos Ks? *Respire, Mia, respire.*

— Relaxe, Mia Stalis. — O sorriso dele aumentou, expondo uma covinha na bochecha esquerda. Uma covinha? Ks tinham covinhas? — Você nunca encontrou um de nós antes?

— Não, nunca. — Mia soltou o ar rapidamente, percebendo que prendera a respiração. Ela ficou orgulhosa pela voz não ter soado tão tremula quanto se sentia. Deveria perguntar? Queria saber?

Ela tomou coragem. — O quê, ahm... — Ela engoliu em seco novamente. — O que quer de mim?

— Por enquanto, conversar. — Ele parecia que estava prestes a rir dela, com os olhos dourados cintilando ligeiramente nos cantos.

Estranhamente, aquilo a deixou furiosa o suficiente para acabar com o medo. Se havia uma coisa que Mia odiava, era que rissem dela. Com a estatura baixa e magra e uma falta geral de habilidades sociais que vinha de uma adolescência desconfortável envolvendo o pesadelo de todas as garotas — aparelho, cabelos crespos e óculos —, Mia tivera experiência bastante como alvo.

Ela ergueu o queixo beligerantemente. — Ok, e qual é o *seu* nome?

— É Korum.

— Só Korum?

— Nós não temos sobrenomes, não da mesma forma que vocês. Meu nome completo é muito mais comprido, mas, se eu lhe dissesse qual é, você não conseguiria pronunciá-lo.

Bem, aquilo era interessante. Ela se lembrou de ter lido algo parecido no *The New York Times*. Tudo certo até o momento. As pernas já tinham quase parado de tremer e a respiração voltava ao normal. Talvez, apenas talvez, ela conseguisse sair dali com vida. Aquele negócio de conversar parecia seguro, apesar de a forma como ele a encarava, com aqueles olhos amarelados que não piscavam, ser enervante. Ela decidiu mantê-lo falando.

— O que está fazendo aqui, Korum?

— Acabei de falar, estou conversando com você, Mia. — A voz dele, novamente, tinha uma ponta de riso.

Frustrada, Mia soltou um suspiro. — Eu quis dizer, o que está fazendo aqui, no Central Park? Na cidade de Nova Iorque em geral?

Ele sorriu novamente, inclinando a cabeça ligeiramente para o lado. — Talvez estivesse torcendo para encontrar uma garota bonita com cabelos cacheados.

Aquilo foi a gota d'água. Ele estava claramente brincando com ela. Agora que conseguia pensar um pouco novamente, percebeu que estavam no meio do Central Park, à vista de uma infinidade de espectadores. Sorrateiramente, ela olhou em torno para confirmar aquilo. Sim, com certeza. Apesar de as pessoas estarem obviamente passando ao largo do banco onde ela e o outro ocupante de outro mundo, havia várias almas corajosas mais adiante no caminho olhando para lá. Um casal estava até mesmo filmando os dois, cuidadosamente, com a câmera do relógio de pulso. Se o K tentasse fazer qualquer coisa com ela, em um piscar de olhos estaria no YouTube e ele sabia disso. É claro que ele podia ou não se importar.

Ainda assim, partindo do princípio que ela nunca vira nenhum vídeo de ataques de Ks a garotas universitárias no meio do Central Park, estava relativamente segura. Com cuidado, ela pegou o *notebook* e ergueu-o para colocá-lo de volta na mochila.

— Deixe-me ajudá-la com isso, Mia...

E, antes que conseguisse sequer piscar, ela o sentiu pegar o *notebook* pesado dos dedos subitamente moles, encostando gentilmente neles. Uma sensação parecida com um choque elétrico percorreu Mia quando ele a tocou, deixando as extremidades nervosas formigando.

Pegando a mochila, ele cuidadosamente guardou o *notebook* em um movimento suave e sinuoso. — Pronto, muito melhor agora.

Ah, meu Deus, ele tocara nela. Talvez a teoria de Mia sobre segurança em locais públicos fosse falsa. Ela sentiu a respiração acelerar novamente e, àquela altura, a pulsação estava bem além da zona anaeróbica.

— Eu tenho que ir agora... Adeus!

Ela nunca saberia como conseguiu dizer aquelas palavras sem hiperventilar. Agarrando a tira da mochila que ele acabara de soltar, ela se levantou depressa, notando em algum lugar no fundo da mente que a paralisia anterior parecia ter desaparecido.

— Adeus, Mia. Vejo você outra hora. — A voz suavemente zombeteira dele flutuou no ar fresco da primavera quando ela saiu, quase correndo com a pressa de se afastar.

~

Se deseja saber mais, acesse meu site em https://www.annazaires.com/book-series/portugues/. Os três livros da trilogia Crônicas dos Krinars já estão disponíveis.

EXCERTO DE O CÓDIGO DE
FEITIÇARIA, DE DIMA ZALES

Nota do Autor: Dima Zales, meu marido, é um autor de ficção científica e fantasia, e é meu colaborador na criação das Crônicas dos Krinars. O livro dele se chama O Código de Feitiçaria e, desta vez, sou colaboradora dele. Apesar de não ser um romance, há uma trama romântica no livro (mas sem cenas de sexo explícito). O livro agora está amplamente disponível.

~

Tendo sido um membro respeitado do Conselho de Feiticeiros e agora banido, Blaise passou o último ano trabalhando em um objeto mágico especial.

O objetivo é permitir que qualquer um possa fazer magia, não apenas a elite de feiticeiros. O resultado de sua busca é diferente de tudo que ele havia imaginado – porque em vez de um objeto, ele cria Ela.

Ela é Gala e não tem nada de inanimada. Nascida no Reino do Feitiço, ela é linda e extremamente inteligente – e ninguém sabe do que ela é capaz. Ela fará tudo para experimentar o mundo. . . até mesmo deixar o homem pelo qual começou a se apaixonar.

Augusta, uma poderosa feiticeira e ex-noiva de Blaise, vê o feito de Blaise como extrema insolência e Gala como uma abominação que precisa ser destruída. Em sua busca para salvar a raça humana, Augusta formará novas alianças, emaranhando-se em uma teia de intriga que vai além do que quaisquer deles suspeitem. Ela pode até usar seu novo amante, Barson, um guerreiro implacável, que também possui seus objetivos próprios. . .

~

Havia um mulher nua no chão do estúdio de Blaise.

Uma linda mulher nua.

Aturdido, Blaise olhava para a criatura maravilhosa que tinha acabado de surgir do nada. Ela olhava em volta com uma expressão perplexa no rosto, aparentemente tão chocada em estar ali quanto ele estava por vê-la. Seu cabelo loiro ondulado caía por suas costas, cobrindo parcialmente um corpo que parecia ser a perfeição personificada. Blaise tentou não pensar no corpo e, em vez disso, se concentrar na situação.

Uma mulher. Uma Ela, e não um Isso. Blaise mal podia acreditar. Poderia ser? Seria esta garota o objeto?

Ela estava sentada em cima de suas pernas dobradas, se sustentando em um braço esguio. Havia algo esquisito naquela pose, como se ela não soubesse o que fazer com seus membros. No geral, apesar das curvas que moldavam uma mulher adulta, havia uma inocência infantil na forma como se sentava, que aparentava uma completa falta de constrangimento e parecendo totalmente ignorante de seu próprio encanto.

Limpando a garganta, Blaise tentou pensar no que dizer. Em seus sonhos mais ousados, ele não teria imaginado esse tipo de resultado para o projeto que havia consumido sua vida nos últimos meses.

Ouvindo aquele som, ela virou a cabeça para olhá-lo e Blaise se deparou olhando para um par de olhos azuis de uma limpidez incomum.

Ela piscou e inclinou a cabeça para o lado, estudando-o com visível curiosidade. Blaise imaginava o que ela estaria vendo. Ele não havia visto a luz do dia há semanas e não se surpreenderia se, a essa altura, estivesse parecendo um feiticeiro louco. Provavelmente havia uma semana de pelo de barba cobrindo seu rosto, e ele sabia que seu cabelo castanho estava despenteado e arrepiado em todas as direções. Se ele soubesse que se defrontaria com uma linda mulher hoje, teria se arrumado todo pela manhã.

— Quem sou eu? — perguntou ela, surpreendendo

Blaise. Sua voz era suave e feminina, tão sedutora quanto o resto.

— Que lugar é este?

— Você não sabe? — Blaise ficou contente em finalmente ter conseguido juntar uma frase semicoerente.

— Você não sabe quem é nem onde está? — perguntou.

Ela balançou a cabeça.

— Não.

Blaise engoliu em seco.

— Entendi.

— O que eu sou? — ela perguntou de novo, olhando para ele com aqueles olhos incríveis.

— Bem — Blaise disse lentamente, — se você não é uma brincadeira de mau gosto ou um produto da minha imaginação, então é meio difícil de explicar . . .

Ela observava sua boca enquanto ele falava e, quando ele parou, olhou para cima novamente, indo de encontro a seu olhar fixo. — É estranho — disse ela — ouvir palavras dessa forma. São as primeiras palavras de verdade que ouço.

Blaise sentiu um arrepio na espinha. Levantando da sua cadeira começou a andar, tentando desviar os olhos daquele corpo nu. Ele esperava que algo aparecesse. Um objeto mágico, uma coisa. Ele não sabia que forma aquela coisa tomaria. Um espelho, talvez, ou um abajur. Talvez algo tão incomum quanto a Esfera de Captura de Vida que estava em sua mesa como um grande diamante redondo.

Mas logo uma pessoa? Uma pessoa do gênero feminino ainda por cima?

Na verdade, ele estava tentando tornar o objeto inteligente, assegurando que teria a capacidade de entender a linguagem humana e convertê-la em um código. Talvez não devesse estar tão surpreso em relação à inteligência que invocou e que tomou uma forma humana.

Uma forma linda, feminina e sensual.

Olha o foco, Blaise, olha o foco.

— Por que está falando assim?.

Ela lentamente se levantou, com movimentos incertos e estranhamente desajeitados.

— É para eu andar também? É assim que as pessoas falam umas com as outras?

Blaise parou diante dela, fazendo o possível para manter o olhar acima de seu pescoço.

— Desculpe. não estou acostumado a mulheres nuas em meu estúdio.

Ela passou as mãos pelo corpo, como tentando senti-lo pela primeira vez. Seja qual fosse sua intenção, Blaise achou aquele gesto extremamente erótico.

— Tem algo errado com minha aparência? perguntou ela. Era uma preocupação tão tipicamente feminina que Blaise teve que conter um sorriso.

— Pelo contrário — assegurou.

— Você está incrivelmente bem. Tão bêm que, na verdade, ele tinha dificuldades em se concentrar em nada que não fosse aquelas curvas delicadas. Ela tinha estatura média e tão proporcionalmente perfeita que poderia ser usada como modelo de um escultor.

— Por que eu sou assim?

Ela franziu levemente sua testa lisa.

— O que sou?

Aquela parte parecia ser a mais intrigante para ela.

Blaise respirou fundo, tentando acalmar sua pulsação acelerada.

— Acho que posso me aventurar a dar um palpite, mas antes de fazer isso, quero lhe dar algumas roupas. Por favor, espere aqui, eu já volto.

E sem esperar por sua resposta, ele saiu apressadamente do ambiente.

∼

O Código de Feitiçaria agora está amplamente disponível. Se você gosta de fantasia ou ficção científica, acesse o site de Dima Zales em www.dimazales.com/series/portugues/ e registre-se para a lista de e-mail de novos lançamentos.

Anna Zaires é autora *best-seller* do *New York Times* e do *USA Today* de livros de ficção científica e de romances eróticos contemporâneos. Ela se apaixonou por livros aos cinco anos de idade, quando a avó a ensinou a ler. Desde então, sempre viveu parcialmente em um mundo de fantasia, onde os únicos limites são os impostos pela imaginação. Ela mora na Flórida e é casada com Dima Zales, autor de ficção científica e fantasia. Eles trabalham juntos em todos os livros.

Para saber mais, acesse www.annazaires.com/book-series/portugues/.

www.ingramcontent.com/pod-product-compliance
Lightning Source LLC
Chambersburg PA
CBHW061010120726
47910CB00006B/1866